Monika Bittl

FREIWILD

Monika Bittl

FREIWILD

Roman

Droemer

Besuchen Sie uns im Internet:
www.droemer.de

FSC
www.fsc.org
MIX
Papier aus verantwortungsvollen Quellen
FSC® C006701

Ein Unternehmen der Droemerschen Verlagsanstalt
Th. Knaur Nachf. GmbH & Co. KG, München

Umschlaggestaltung: ZERO Werbeagentur, München
Umschlagabbildung: Nina K. Sundberg
Satz: Adobe InDesign im Verlag
Druck und Bindung: CPI – Ebner & Spiegel, Ulm
Printed in Germany
ISBN 978-3-426-19932-9

2 4 5 3 1

Nach dem Leben der Therese Pritzl,
genannt die Rote Res.

**»Das Geheimnis
der Freiheit ist Mut.«**
(Perikles)

Vorwort

Am 24. März 2012 kämpfte meine einundzwanzigjährige Tochter Kathi auf einer Lichtung des Bayerischen Waldes um ihr Überleben. Ich lag bewegungsunfähig neben ihr und »sah« dabei eine Geschichte, die wie ein Film ablief. Wenn meine Tochter überlebte, so gelobte ich voller Angst, würde ich dieses Gesicht so wahrheitsgemäß wie möglich aufschreiben. Bis heute ist weder uns noch Ärzten noch verschiedenen Wissenschaftlern erklärlich, was genau passierte. Dass es sich bei dem »Unfall« nicht um reine Einbildungen handelte, dokumentieren die Fotos unserer Verletzungen und die Blutwerte, die man kurz nach unserem Auffinden feststellte.

An diesem warmen Frühlingstag des Jahres 2012 wollte ich gerade zu einem wichtigen beruflichen Termin bei meiner Kollegin Michaela Karl in den Bayerischen Wald aufbrechen, als meine Tochter Kathi überraschend vor der Tür stand. Seit Monaten war das Verhältnis zu meiner Tochter angespannt, da Kathi meiner Meinung nach ihr Studium vernachlässigte, seitdem sie sich einer neuen politischen Gruppierung angeschlossen hatte. Ihr Kommen fasste ich als einen ersten Schritt auf mich zu auf – aber ausgerechnet an diesem Tag stand ein »Karriereschritt« mit dem Treffen der Kollegin an. Um berufliches Fortkommen und eine Annäherung an meine Tochter unter einen Hut zu kriegen, lud ich Kathi zu einer gemeinsamen Wanderung in der Nähe von Michaela Karls Wohnort ein und verschob das Meeting um drei Stunden.

Im Auto zeigte mir Kathi ihr neues Handy, ein iPhone. »Da ist übrigens auch ein Kompass drin, falls wir uns im Urwald verlaufen«, scherzte sie. Der Weg führte uns in die Nähe des Kaitersbergs, wir beschlossen spontan, dort anzuhalten, ich parkte den Wagen am Straßenrand, und wir schlugen einen ausgeschilderten Wanderweg ein. Nach rund zehn Gehminuten durch den Mischwald stöhnte Kathi: »Der Weg ist so langweilig, Mama, komm schon, wir gehen direkt nach oben!«

Über Moos und altes Laub, zwischen Gestrüpp und Felsvorsprüngen und unter alten Bäumen wanderten wir steil nach oben. Ich brauchte ab und zu eine Atempause, Kathi schien mir wie ein Reh davonzuspringen und sich an der Bewegung zu freuen. Plötzlich war sie hinter einem Kamm verschwunden und rief auch nicht mehr nach mir: »Mama, du Schnecke, komm schon!«

Nahe eines Höhleneingangs, hinter dem Kamm, sah ich mein Mädchen reglos in einer Mulde liegen. Ich rannte zu ihr, rief »Kathi, Kathi!«, packte sie an den Schultern, schüttelte sie – und verlor im nächsten Moment selbst das Bewusstsein. Dabei entsprach mein Zustand nicht einer »normalen Ohnmacht«, sondern ich wurde immer wieder für Sekunden wach, konnte die Augen öffnen, meine Tochter spüren und eine Amsel ganz bei uns in der Nähe sitzen sehen. Ich bemerkte, dass es Nacht wurde, sah kurz den Sonnenaufgang am nächsten Tag, empfand weder Durst noch Hunger noch Kälte und fühlte deutlich, dass Kathi ebenfalls lebte.
Kathis iPhone war bei ihrem Sturz so gefallen, dass es in meinem Blickwinkel am Rande der Mulde lag. In

den Minuten meines Wachseins sah ich auf dem Handy einen Film ablaufen, manche Szenen wiederholten sich, manche zogen nur flüchtig vorbei. Die Menschen, Häuser und Werkzeuge muteten altertümlich an. Man fuhr noch mit Pferdegespannen, leuchtete mit Kerzen und wusch Wäsche in einem Fluss. Wild wurde mit altertümlichen Gewehren geschossen, mit Sensen Gras gemäht, und barfüßige Kinder kritzelten etwas auf Schiefertafeln.
Irgendwann einmal, während ich kurz sogar sprechen konnte, sagte ich zur Amsel: »Wenn Kathi überlebt, dann erzähle ich diese Geschichte allen!« Die Amsel schien mir daraufhin zu nicken.

Mein Mann alarmierte die Polizei, man fand unseren geparkten Wagen, Suchtrupps wurden losgeschickt, doch auch eine Ortung via Handy und Wärmebildkamera führte nicht zu uns. Schließlich fiel den Rettungskräften ein seltsames Verhalten von Waldtieren auf. Füchse, Rehe und andere scheue Tiere wie Eichhörnchen und verschiedene Vögel näherten sich gemeinsam den Rettungsmannschaften und stoben dann wieder in eine bestimmte Richtung davon. Nach einigen Stunden ließen sich die Männer auf das eigenartige Naturschauspiel ein und verfolgten die Richtung der Tiere – sie hatten ihnen tatsächlich den Weg zu unserer Mulde gezeigt.

Bis heute ist weder Ärzten noch Psychologen erklärlich, warum wir beide mitten in dieser Mulde umkippten und in diesen Zustand fielen. Mehr als achtundvierzig Stunden lagen wir, Kathi mit dem Tode ringend, auf altem Laub und Moos. Wir wurden – immer noch im Dämmerzustand – ins Krankenhaus gebracht. Dort wachten wir schließlich mit äußeren Verletzungen wie Schnittwunden und blauen Flecken auf. Einige Blutwerte bestätigten die Bewusstlosigkeit, andere die extreme psychische Stresssituation.

Sobald ich wieder etwas zu Kräften gekommen war, begann ich noch im Krankenhaus, die gesehenen Szenen stichpunktartig aufzuschreiben, um nur ja nichts zu vergessen. Doch ich merkte bald, dass dies gar nicht nötig war, denn der »Film« hatte sich in mein Gehirn eingebrannt. Während mein Mann und Freunde meiner Erzählung zwar glaubten, aber doch etwas Phantastisches darin sahen, blieb meiner Kollegin Michaela Karl bald nach den ersten Sätzen der Schilderung fast der Mund offen stehen. »Du hast die Geschichte der Roten Res gesehen!«, wusste sie. »Das war eine Räuberin, eine Sozialrebellin, im 19. Jahrhundert im Bayerischen Wald, die bei uns noch in alten Geschichten lebt.«

Nach meiner vollständigen Genesung machte ich mich wieder auf den Weg in den Bayerischen Wald, um nach der Roten Res zu forschen. Über Monate suchte ich verwandte Nachfahren der Res, durchblätterte Kirchenregister, durchstöberte Archive der Gegend und in München, wälzte Gerichtsakten in Bad Kötzting und Straubing und flog nach Paris, um Zeitungsartikel zu kopieren. Ich fand eine Fülle an Material, darunter Briefe, Protokolle, Zeitungsausschnitte, ein Tagebuch und Gerichtsakten.

Je länger ich mich in das Leben der Res vertiefte, desto mehr verstand ich die Beweggründe meiner Tochter Kathi, mit ihrer politischen Gruppe für eine gerechtere Welt zu kämpfen. Inhaltlich drängen sich regelrechte Parallelen auf, wenn Kathi heute von einer »neuen Bevormundung und Entmündigung der Bürger«, einem

»Rückfall in ein parareligiöses Zeitalter« oder einem »Ausverkauf der Freiheit« spricht. Heute glaube ich zu wissen, dass die Mutter der Res mir dieses »Gesicht« erscheinen ließ, damit ich mich wieder hinter meine Tochter stelle, egal, wie ich nun inhaltlich zu ihren Ansichten stehe. Kathi und ich sind uns seither wieder innig verbunden.

Hiermit löse ich mein Versprechen ein und erzähle die Geschichte der Therese Pritzl, genannt die »Rote Res«. Da sich so viele Quellen fanden, können die Zeitzeugnisse für sich selbst sprechen und bedürfen keiner Ergänzung meines »eigenen Films«. Von dem gesichteten Material habe ich etwa ein Drittel verwendet, um Wiederholungen zu vermeiden. Ich ordnete nicht streng chronologisch, sondern stellte die Dokumente im Sinne einer schlüssigen Abfolge und guten Lesbarkeit zusammen. Heute nicht mehr geläufige Ausdrücke ersetzte ich teilweise durch zeitgemäße Wendungen.

Rede der Therese Pritzl am 24. Mai 1854 vor dem Straubinger Gericht

Die Freiheit ist keine luxuriöse Dame, die nachmittags mit Sonnenschirm durch einen Park spaziert. Sie ist keine dicke Bürgerin, die mit spitzen Fingern im Tee rührt. Aber sie ist auch keine Bettlerin, der man ein paar Almosen zuwirft.

Die Freiheit ist deine Schwester! Ihr habt die gleiche Mutter Erde und das gleiche Vaterland. Die Freiheit ist deine Schwester, die sie jagen und verfolgen, um ihr Gewalt anzutun. Eine Hure sei sie, erzählen die Häscher den Leuten. Ein unanständiges Luder heißt sie die Obrigkeit. Und die Pfarrer verdammen sie als tief gefallene Sünderin und erklären die Demut zur Heiligen.

Deine Schwester, ein kleines, zierliches Weib, jagt man durch die Wälder. Man hetzt Spürhunde auf sie und will das Haus ihrer Eltern anzünden, damit sie ihr Versteck verraten. Kopfgeld hat man auf sie ausgesetzt, mit allen Mitteln will man sie fassen. Warum nur?

Die Freiheit ist kein Zustand, sondern ein Verlangen. Sie wiegelt die Unteren gegen die Oberen, die Weiber gegen die Männer, die Lämmer gegen die Wölfe auf. Sie begehrt noch mehr auf als die Liebe. Sie lässt sich nichts diktieren und wagt alles zu denken – das kleine, zierliche Weib, deine Schwester, ist der Obrigkeit gefährlicher als die Liebe, weil sie nicht nur für *sich* ein Recht einfordert, sondern für alle Menschen. Und weil sie notfalls zur Waffe greift. Sie wird gehasst und verfolgt, weil sie lacht und lebenslustig tanzt, weil sie aus der Heerschar der Untertanen einzelne Menschen macht, große und kleine, dicke und dünne, bucklige und gerade. Die Freiheit kann euch einen, euch Geknechtete da draußen, und genau das fürchten die Mächtigen wie die Pest, die Cholera und den Teufel zusammen. Denn jetzt eint euch Schafherde nur ein Hirte, der euch für dumm verkauft, auf euch aufpasst und euch nach Gutdünken schlachtet und opfert. Wie die Schafe blökt ihr dumm, wenn jemand aus der Herde ausschert. Seht ihr denn nicht, dass ihr nur das Bellen der Hunde schlecht nachahmt? Merkt ihr denn nicht, dass man euren Kleinmut nur züchtet, um euch zu willfährigen Opfern zu machen? Spürt ihr denn nicht die Verlogenheit der Gebote, mit der man euch einredet, ihr wäret schlechte Menschen, aber gute Schafe?

Die Freiheit ist kein unsichtbarer Geist, sondern eure Schwester. Sie hat zur Waffe gegriffen, damit ihr die Wahrheit sagen dürft, auch wenn ihr schlecht gekleidet seid. Damit alle Brot bekommen und nicht nur ein paar Herrscher Kuchen. Damit ihr Menschen sein dürft und nicht nur Sklaven.

Die Freiheit, eure Schwester, mögt ihr lange nicht mehr gesehen haben. Sie versteckt sich im Wald, reißt sich Beine und Arme an Hecken blutig, den Häschern entfliehend. Eure Schwester besucht euch und die Eltern nicht mehr, um sich nicht in Gefahr zu bringen. Sie haust in einer Höhle, lässt sich verleumden, ernährt sich von Beeren und Pilzen und wildert, um zu überleben. Sie nimmt sich von der Natur, was ihr zusteht – und ihr schimpft sie Hure deshalb? Noch hat sie bloß ein Messer in der Hand. Aber, fürchtet euch, ihr Pharisäer, sie wird eines Tages noch eure Paläste abfackeln. Denn ihr könnt sie jagen, vergewaltigen und foltern. Aber ihr könnt sie nicht töten, denn ihre Idee ist unsterblich.

Aktennotiz des Königlichen Gerichtsbeobachters Xaver Meierhuber am 24. Mai 1854 zu Straubing

Die Angeklagte Therese Pritzl erschien um 7.03 Uhr in Begleitung zweier Gendarmen in Handfesseln vor dem Hohen Gericht. Ihr Erscheinen bestätigte die Ratscherei der Weiber. Sie ist von kleiner, knabenhafter Gestalt, hat Sommersprossen, wild gelockte rote Haare, sieht etwas älter als zweiundzwanzig Jahre aus und redet wirres Zeug über »Freiheit« daher. Anstatt zu ihren Personalien Stellung zu nehmen, hob sie den Kopf mit den grünen Augen auffällig hoch, stellte sich auf einen Stuhl im Saal und schwang Reden, wie sie einem Mannsbild von höherem Stand nicht anstehen würden. Nur der elendigen Geduld des vorsitzenden Richters ist es zu verdanken, dass man sie nicht zur Räson gerufen hat.

Die stinkenden, erbärmlich gekleideten Tagelöhner und Häusler im Gerichtssaal konnte sie damit auch nicht beeindrucken, weil sogar dieses einfache Drecksgesindel ihre offenbar wohlfeil vorbereitete Rede als das verstand, was es ist: wirres Zeug einer ehrlosen, verkommenen Person, auf die meiner Meinung nach zu Recht die Strafe durch Erhängen wartet. Zwar hat das Gesinde geklatscht am Ende der wirren Ansprache, aber kapiert hat das keiner. Eure Majestät, mein König, wenn dieses Weibsbild, das vor einigen Jahren noch auf den Hexen-

Bänken der heiligen Inquisition gelandet wäre, endlich eliminiert ist, dann kehrt auch in unserem wunderschönen Bayern-Land wieder eine Ruhe ein, und diese aufständischen Waldler werden nicht mehr aufmucken oder gar noch andere mit ihrer ungehörigen Auflehnung anstecken.

Erst morgen soll der Spießgeselle der Res, der Michael Heigl, vernommen werden. Weil der aber weder lesen noch schreiben kann, wird der bestimmt keine solchen Reden schwingen. Und die Vernehmungen wurden so terminiert, dass sich die Res und der Heigl nicht treffen vor Gericht. Wie Eurer Majestät bekannt, ist der Heigl ja schon einmal aus einem Gerichtssaal geflohen. Nicht, dass noch eintritt, was so ein Schmierfink in einem französischen Blatt geschrieben hat: »Gelingt dem schönen Räuberpaar wieder die Flucht?« Persönlich angemerkt sei deshalb noch von mir, dass es äußerst weitsichtig war, diese sogenannte Pressefreiheit nach 1848 wieder einzuschränken! Sonst würden diese Liberalen auch heute wieder die Leute so richtig aufwiegeln können!

La Presse (undatiertes Fundstück / übersetzt aus dem Französischen)

Straubing: Wir berichten aus einem der entlegensten Winkel der zivilisierten Welt, dem Bayerischen Wald. Hier scheint die Zeit still gestanden zu sein. Liberale Gesetze, die 1848 anderswo erkämpft wurden, nahm man scheibchenweise wieder zurück oder ließ sie sich teuer abkaufen, wie das Jagdprivileg, das sich nur reiche Bauern leisten können. Hier aber hat ganz offensichtlich noch nicht einmal die kurze Blütezeit der Freiheit stattgefunden. So kommt es, dass auch heute noch Fürsten die Ernte der Bauern, Häusler und Tagelöhner niederreiten. Die Privilegierten gehen auf Treibjagd mit ihren Pferden und zerstören dabei nicht nur das Korn der hungerleidenden Bevölkerung, sondern bringen mit ihrer Gier nach Wild auch das natürliche Gleichgewicht des Tierbestands durcheinander. Hirsche, Rehe und Kleinwild dürfen sich blindlings vermehren und fressen den Menschen die Nahrung vom Acker, damit die Fürsten mit ihren Schüssen zur Jagdsaison ihre Erfolgserlebnisse haben. Keiner vom unteren Stand darf Fallen legen oder sich schießen, was die Natur dem Menschen eigentlich zur Verfügung stellt. Mehr noch: Die Hungernden müssen tatenlos zusehen, wenn das Wild ihre Nahrung wegfrisst.

Auf Wilderei stehen schwere Strafen, und doch greifen die armen Leute, vor allem junge Burschen, immer

wieder zur Waffe und versorgen ihre Familien mit Fleisch.
Ein besonderer Fall wird jetzt vor dem Straubinger Gericht verhandelt: Eine junge Frau, genannt die Rote Res, hat jahrelang mit ihrem Gefährten, Michael Heigl, gewildert und den Armen Fleisch gebracht. Mehr noch: Das Paar hat Reiche bestohlen, Arme immer wieder beschenkt und lebte jahrelang versteckt in den Wäldern. Damit wurde ein ganzer Landstrich in Aufruhr versetzt, und der nun eröffnete Prozess gerät zu einem königlich-bayerischen Politikum. Mit aller Härte soll gegen die beiden verhandelt werden, um andere Rebellen abzuschrecken. Vor dem Gerichtssaal kam es zu kleinen Tumulten, weil Menschen in zerrissener Kleidung Einlass begehrten, aber nicht genügend Zuschauerplätze zur Verfügung standen. Das einfache Volk hier – die meisten sind Analphabeten – interessiert vor allem die Frage, wer die beiden verraten hat. Denn die Belohnung in Höhe des fünffachen Jahreslohnes eines Knechtes (»Judasgeld« hier genannt) wurde ausbezahlt.

Tagebucheintrag der Therese Pritzl am 24. Mai 1854

Heigl, sie wollen uns nicht zusammen in den Gerichtssaal lassen! Aber ich wünschte nichts mehr, als dich und die Kinder zu sehen, zu berühren, zu küssen … ich weine und weine, sobald kein Wärter in der Nähe ist … sollen sie mich hinrichten, sollen sie mich köpfen, sollen sie tun, was sie wollen, aber einmal noch möcht ich dich sehen, dich und die Kinder! … Oh nein, ich darf mich nicht versündigen, würdest du sagen, ich weiß doch! Aber ich werde auf eine Taktik sinnen, wie man uns zusammenbringen *muss*. Und du wirst beten, ich weiß schon.

Aussage des Michael Heigl vor dem Straubinger Gericht am 25. Mai 1854

Ich sag gar nix, als bis die Res net da ist.

Aussage des Lehrers A. Stifter vor dem Straubinger Gericht am 25. Mai 1854

Ich habe mir erlaubt, für das Hohe Gericht eine kleine Beschreibung unserer Heimat zu verfassen:
Fichten, Tannen, Erlen, Kiefern, Weiden, Eschen, Weiden und zittrige Espen, und noch viele Baumarten mehr bewohnen vom Tal bis zu den Höhenlagen den Bayerischen Wald. Sträucher und Pflanzen wie Himbeeren, Geißkraut, Weidenröschen, Roter Holunder, Türkenbund und zahlreiche Farnarten füllen die majestätischen Hochwaldbäume mit herb-buntem Leben und zaubern mit Moos, Hochmooren, Bächen, versteckten Höhlen und kleinen Seen einen saftig-grünen Urwald von wildromantischer Schönheit. Einige Einödhöfe, wenige Dörfer und noch weniger Städte rang der Mensch diesem Stück Natur ab. Ach, es wohnet unsäglich viel Liebes und Wehmütiges in diesem Anblicke … der uns in der stillen Betrachtung unserer Nöte zu entreißen vermag.

Aussage der Annamirl Leitner vor dem Straubinger Gericht am 25. Mai 1854

Ja, seit dreißig Jahr bin ich beim Ramsrieder-Bauern in Stellung, und da hab ich eigentlich alles mitgekriegt. Genauso wie der Sepp, mein Mann. Ich wüsst niemanden, der so lang wie der Sepp und ich bei einem Bauern in Stellung ist, da kann sich doch jeder selbst zusammenreimen, dass der Ramsrieder ein guter Bauer ist, wenn er jetzt auch im Sterben liegt, daheim im Bett. Und deshalb sind wohl der Sepp und ich zur Aussage geladen worden, denn wir sind doch bloß Gesinde. Also, die Res, die ist ... nein, da muss ich noch früher anfangen, lang bevor die Res auf der Welt war.

Der Sepp und ich haben ja ganz jung heiraten können, weil der Sepp was geerbt hat, von einem weitläufigen Verwandten. Und da haben wir das Hochzeitsgeld schon in jungen Jahren zusammen gehabt und haben beide beim Ramsrieder die Stellung gleich nach der Hochzeit bekommen. Und kurz darauf ist der Heigl Michael auch zum Ramsrieder gekommen, als Hüterbub. Der Vater vom Heigl war ein armer Köhler, mit einer ganz einfachen Hütte am Waldrand, da ist es üblich, dass die Kinder schon mit zwölf, und nicht erst mit vierzehn, zum Arbeiten geschickt werden. Freilich meist als Hüterbuben, weil für richtige Arbeit wie Holzfällen sind sie dann doch noch zu zart. Obwohl der Heigl schon als Bub auffällig kräftig gewesen ist. Mit der bloßen Hand hat er

mir damals schon einmal einen Pflock aus dem Boden gezogen, wo andere eine Axt gebraucht hätten. Und das schlaue Geschau mit diesem Adlerblick hat er auch damals schon gehabt.
Dem alten Ramsrieder hat der kräftige Heigl gleich gefallen. Wer kriegt schon einen so starken und schlauen Hüterbub? Und da war bald der Alois, der älteste Sohn vom Ramsrieder, der fast genauso alt war wie der Heigl, auf den Hüterbub eifersüchtig. Und wie der alte Ramsrieder dann seinem Alois und dem Heigl gleichzeitig das Schießen gezeigt hat und der Heigl sofort ein so vortrefflicher Schütze geworden ist, da hat der Heigl dann beim Essen neben dem Bauern sitzen dürfen, und nicht sein Sohn Alois. Ich kann mich noch gut an die giftigen Blicke erinnern, nicht bloß vom Alois, sondern auch von der Ramsrieder-Bäuerin. Dabei hat der alte Ramsrieder seinem Buben doch bloß zeigen wollen, dass er sich mehr anstrengen soll. Als ob Blut nicht dicker als Wasser wär. Doch da war schon der Keim für all das angelegt, was später noch passiert ist.

Irgendwann ist der Ramsrieder dann nicht mehr mit zum Wildern gegangen, sondern hat die Jungen alleine ziehen lassen. Meistens sind sie am frühen Abend oder gleich nach Sonnenaufgang losgezogen. Der Boden bei uns knarrt ja so, dass man immer gehört hat, wenn einer die Kellertreppe hinunter ist und aus dem Verschlag im Boden ein Schießgewehr geholt hat. Denn der Ramsrieder hat damals drei Waffen gehabt, glaub ich, auf jeden Fall zwei Zwillinge. Fallen haben die beiden Burschen nie gestellt, das wär unter ihrer Ehre gewesen. Dabei ist das Fallenstellen ja viel ungefährlicher, weil die Jäger die Schüsse nicht hören und so die Burschen weniger auf frischer Tat ertappt werden können. Es war ein offenes Geheimnis, dass der Heigl und der Ramsrieder Alois miteinander zum Wildern gegangen sind. Beide haben sich dazu auch immer fesch angezogen, der Heigl mit Hut und der Alois mit einer Lederweste. Das erlegte Wild – meistens Hasen übrigens und selten Rehe oder Hirsche – haben sie dann mitten in der Nacht oder in der darauffolgenden heimgebracht.

Ich hab mir immer gedacht, der Krug, der geht so lange zum Brunnen, bis er bricht. Weil die zwei ja gar keine Vorsicht mehr haben walten lassen, sondern – wahrscheinlich, um die Mädchen zu beeindrucken – auch noch extra fesch zum Wildern aufgetreten sind, so dass ein jeder es sehen hat können. Und dann ist es ja auch so gekommen – die zwei sind erwischt worden. Das heißt, die Jäger haben sie nicht direkt erfasst, sondern sind in aller Herrgottsfrüh ins Haus gestürmt und haben dann das erlegte Reh gefunden. Und da ist der alte Ramsrieder seelenruhig aufgestanden und hat gesagt: »Nehmt's mich mit, ich büß schon dafür.« Die Ramsriederin hat dazu gesagt: »Aber was machst denn da? Das war der Heigl!« Da hat der Ramsrieder sie ganz bös angeschaut und gesagt: »Halt's Maul, du Weib!« Und keiner hat sich daraufhin mehr was sagen traut, und die Jäger haben den Ramsrieder-Bauern mitgenommen, und daraufhin ist er ja, das muss hier sowieso aktenkundig sein, zu fünf Jahren Zuchthaus verurteilt worden. Fünf Jahre! Weil man ihm die ganzen anderen Wildereien der Gegend einfach auch noch dazugerechnet hat. Alles hat man auf den Ramsrieder geschoben, und der hat nicht widersprochen.

Bis heute ist nicht klar, wer von den beiden Burschen damals wirklich geschossen hat, aber weil der Heigl der bessere Schütze war, wird er es wohl gewesen sein, und der alte Ramsrieder hat also die Schuld nicht für seinen Sohn, sondern für den Heigl auf sich genommen.

Einen Tag nachdem der Ramsrieder verurteilt worden ist, hat der Heigl den Hof verlassen, da muss er sechzehn gewesen sein. Ich seh ihn noch vor mir, wie er mit einem Wanderstab und einem Bündel aus dem Haus gegangen ist. Die Ramsriederin hat ihm leise hinterhergeflucht, was auch verständlich ist. Schließlich hat der Hof jetzt fünf Jahre ohne Bauern auskommen müssen. Der Sepp, mein Mann, hat als erster Knecht zwar versucht, ihn so gut wie möglich zu ersetzen. Aber ein Bauer bleibt halt ein Bauer, und ein Knecht doch bloß ein Knecht. Die Ramsriederin hat über die Rührseligkeit geflucht, für einen anderen in den Kerker zu gehen. Und irgendwann, wie der Heigl unter den leisen Flüchen der Bäuerin vom Hof gegangen ist, da hat er sich noch einmal umgedreht, seinen Hut ein Stück nach hinten geschoben und hat einen Blick zu uns her geworfen, dass einem ganz gruselig geworden ist. Nein, das war kein böser Blick, aber so einer, der einem durch Mark und Bein gegangen ist, da hat man richtig gespürt, in dem geht was vor, der ist zu allem entschlossen. Und zur Ramsriederin hat er gesagt: »Bei euch mach ich's wieder gut. Aber die andern sollen mich kennenlernen.«

La Presse (undatiertes Fundstück/ übersetzt aus dem Französischen)

Straubing: Auch am zweiten Prozesstag war der Verhandlungssaal in Straubing überfüllt. Knechte, Mägde, Tagelöhner, Häusler in abgerissener Kleidung, Bauern im Wamst, Vertreter der örtlichen Presse, ein in Frack gekleideter königlicher Beobachter und andere Neugierige drängten sich zu den Bänken und Stühlen. Rund fünfzig Personen fanden Platz. Da es hierzulande nicht üblich ist, sich zu waschen, stank es bald im ganzen Saal, und der Richter ließ alle Fenster öffnen.

Michael Heigl wurde in doppelten Fußketten, bewacht von vier Gendarmen, hereingeführt. Der Räuber ist ein wahrer Hüne, zwei Köpfe größer als ein durchschnittlicher Mann der Gegend und von untersetztem, muskulösem Körperbau. Selbst nach der mehr als halbjährigen Untersuchungshaft sieht man seine Bärenkräfte sich noch durch das Hemd spannen. Seine Gesichtszüge sind im Augenblick der Ruhe mehr einnehmend als abstoßend. Unter einer hohen, gewölbten Stirn blitzt ein lebhaftes Auge hervor. Seine Nase ist gebogen, sein Mund ziemlich groß, aber wohlgeformt, und um seine starke Mundwinkel spielt ein Humor verratendes Lächeln. Dieser gewinnende Ausdruck des blassen Gesichtes verschwindet aber, sobald es innere Aufregung zeigt, dann bekommt sein Blick etwas Dämonisches.

Der vorsitzende Richter verlas vierundsechzig Anklagepunkte, fast alle beschreiben Diebstähle oder Verstöße gegen das Jagdgesetz. Heigl hat die Aussage verweigert, nur in Anwesenheit seiner Gefährtin würde er sprechen. Der Richter drohte, »keinerlei Gnade« walten zu lassen, wenn der Räuber sich nicht kooperativ zeige. Daraufhin lächelte der Rebell ironisch und schüttelte kaum merklich den Kopf. Ein paar Zuschauer im Saal riefen aus, was der Angeklagte wohl dabei dachte: »Der wird doch sowieso hing'richt.« Eine Vorverurteilung scheint für die Waldler festzustehen.

Tagebucheintrag der Therese Pritzl am 25. Mai 1854

Eine Amsel sitzt an meinem Kerkerfenster und schaut immer wieder durch die Gitterstäbe herein. Ich habe begonnen, mit ihr zu reden und ihr meine Gedanken zu erklären. Hier hocke ich auf einem lehmigen Boden, in einer Zelle mit einer Pritsche, einem Topf für die Notdurft, einem Tisch, einem Stuhl. Nur vormittags scheint für zwei Stunden die Sonne herein. Schräg fällt das Licht nach unten in meine Kellerbehausung.
Man gibt mir gut zu essen, zu trinken, und mich wundert, dass man mir das Papier und den Federhalter nicht genommen hat. Vermutlich messen nicht einmal die Juristen dem geschriebenen Wort einer vom unteren Stand Bedeutung bei. Einer Vogelfreien, hätte ich eben fast geschrieben – ach, wie schön wär es, frei wie ein Vogel zu sein. Und doch bin ich noch freier als der Heigl, dem man Fußketten angelegt hat, damit er nicht zu fliehen versucht.

Sogar Kerzen hat man mir gegeben für die Nacht und gestern Bücher angeboten. Ich frag mich, warum. Seit wann behandelt man eine wie mich im Kerker so menschlich? Was haben sie den Heigl früher im Gefängnis schon geschlagen und hungern lassen.

Ich schlafe schlecht hier, wache immer wieder auf. Drei Wünsche hätt ich, drei Wünsche, meine Amsel, trage sie doch weiter: die Kinder zu sehen, den Heigl zu sehen – und frei zu sein. Das, was alle tagtäglich für sich einlösen können, bei den Liebsten zu sein und sich frei zu bewegen – nur das ersehn ich mir, mit jedem Atemzug in dieser stinkenden Kerkerluft. Ich schließe die Augen und stelle mir vor, wie ich mit dem Heigl, die Kinder zwischen uns an den Händen, durch unseren Wald gehe. Ich rieche die Beeren, die Pflanzen, das erdige Moos. Ein Kuckuck ruft verschlagen, hat Eier in fremde Nester gelegt. Ein Specht klopft am Baum an. Und eine Amsel sieht mich an, so wie du, mein Federtier hier.

Ach, noch einen kleinen Wunsch hätt ich, liebe Amsel. Trag dem lieben Gott zu, dass der Heigl lesen lernen soll. Dann könnt ich ihm Briefe schreiben. Heimlich würd ich einen Weg finden, dass er sie bekommt … Ja, ja, ich weiß schon, es ist ein kindlicher Wunsch. Ich mein es auch nicht ernst. Was für eine kleinliche Angelegenheit doch, wenn man bedenkt, dass ich bald meinen Kopf an den Tod verlieren kann.

Aktennotiz des Königlichen Gerichtsbeobachters Xaver Meierhuber am 26. Mai 1854 zu Straubing

Auch am dritten Verhandlungstag hat der Michael Heigl wieder eine Aussage mit Hinweis auf die Anwesenheit der Res verweigert. Sachlich ruhig hat der Richter Johannes Paulsen darauf hingewiesen, dass Heigl sich damit jede Strafmilderung vergibt. Die erstaunliche Gutmütigkeit des Richters ist vielleicht auch der Tatsache zu schulden, dass der französische Schmierfink jeden Prozesstag anwesend ist, auch wenn er nicht täglich darüber berichtet. Ich halte das für eine völlig falsche Gangart, als ob wir Bayern so einen liberalen Fortschritt bräuchten, man hat ja gesehen, wohin die nationaldemokratischen Bestrebungen 1848 geführt haben, zu Aufruhr, Aufständen, ja fast zu einem Bürgerkrieg. Als ob unser Land national geeint werden sollte oder gar eine Demokratie bräuchte. Da haben sich die Aufrührler aber sauber getäuscht.

Sogar bis in den Bayerischen Wald und zu seinem elendigen Gesinde hat sich das herumgesprochen. Aus dem Zuschauerraum hat doch heute so ein dreckiger Häusler laut »Freiheit, Gleichheit, Brüderlichkeit« gerufen, als ob so einer wüsst, was das ist. Und der französische Schmierfink hat das natürlich sofort notiert. Selbst der Heigl hat da düster fragend zu diesem Menschen hingeschaut. Soviel ich gehört habe, ist der Heigl nämlich –

seiner jetzigen Sturheit zum Trotz – im Kern königstreu, wenn auch ein Verbrecher. Aber die Res ist viel schlimmer, weil sie die natürliche Ordnung der Stände bezweifelt und Demokratie fordert. Auch Arme und Reiche, Männer und Weiber sollten gleich gestellt sein – da muss ich ja fast lachen. Der Heigl ist eher ein verbrecherischer Irrläufer, der sich nicht einfügen hat können. Die Res hingegen ist von Grund auf gefährlich, weil sie ein »System« für alle Schandtaten verantwortlich macht. Sie stellt die Welt und unsere Werte auf den Kopf, und das auch noch rotzfrech. So sagte sie heute: »Der hungernde kleine Schulbub, der dem dicken Jäger ein Ei aus dem Hühnerstall stiehlt, soll also ein Verbrecher sein? Er wird mit Prügel bestraft für ein ungeheuerliches Verbrechen, das tagtäglich ein anderer begeht – unser König, seine Fürsten und ihre Helfershelfer. Sie pressen uns unteren Ständen alles ab, unsere Arbeitskraft, unsere Gesundheit und schließlich unser Leben. Sie lassen uns nicht einmal das Nötigste, um satt zu werden und uns anständig zu kleiden. Und wenn sich der kleine Schulbub nimmt, was ihm zusteht, dann prügelt man ihm so lange die Seele aus dem Leib, bis er selbst auch noch glaubt, er sei der Verbrecher.«

Da sehen Eure Majestät, um was für eine gottlose, dreiste und gefährliche Person es sich bei der Res handelt.

Tagebucheintrag der Therese Pritzl am 27. Mai 1854

Zum ersten Mal frage ich mich, ob es ein Schicksal gibt, einen vorgezeichneten Weg des Lebens. Niemand konnte mich in die Knie zwingen, kein Pfarrer, kein Fürst und schon gar nicht die Angst. Auch jetzt fürchte ich den Tod nicht, denn tritt er auf die Bühne, trete ich ab. Jahre im Kerker aber, das geb ich unumwunden zu, wären kaum zu ertragen, denn schon immer habe ich enge Räume gehasst.
Wie komm ich dazu, an ein Schicksal zu glauben, ich, die stets den Leuten gesagt hat: Ihr seid mindestens so frei, wie eure Gedanken es euch erlauben! … Ich denke an den Brief der Base Loni aus Amerika vor zwei Jahren. Schon vor über zehn Jahren ist sie ausgewandert, fünf Kinder hat sie mittlerweile, alle gesund, alle gehen in die Schule, und nicht bloß zu einem Häuschen mit großem Grund und Feldern dazu haben sie und ihr Mann es gebracht, sondern sogar zu Landarbeitern in ihrem Dienst! Ich brauche keine Schatzkiste und keine Krone, nein, ich brauche auch keine Leibeigenen oder Arbeiter, denen ich anschaffen kann, wie es mir gefällt. Aber die Freiheit, all das erreichen zu können, wenn man nur möchte, die ist doch ein unerhörter Wert – und haben Heigl und ich nicht aus Angst diese Freiheit verspielt? Das Gegenteil der Freiheit ist nicht der Kerker, nein, das weiß ich jetzt. Das Gegenteil der Freiheit ist die Angst.

Hier in Bayern gibt es keine Möglichkeit für uns, dem Elend der unteren Stände zu entrinnen. Die Bürger können jetzt aufsteigen und es zu etwas bringen, aber unsereiner ist zum Hunger verdammt. Nur Amerika hätt uns retten können, und wir haben davon geträumt. Wie oft sprachen der Heigl und ich davon, einen Dampfer zu nehmen und dorthin zu ziehen. Von einem schönen Haus und einer redlichen Arbeit für den Heigl haben wir geträumt, uns dazu fröhlich hüpfende Kinder ausgemalt. Grad so wie Bürger haben wir uns gesehen. Wir haben im Kopf jedes Zimmer eingerichtet und uns lachend um das schönste Geschirr für die Küche gestritten, während wir in der winterlichen Höhle so froren. Von jeder Eiche, Buche, Linde und Weide, so haben wir gesagt, nehmen wir Ableger mit, und die pflanzen wir dann in unserem Garten. Die Kinder würden so lange wie möglich in eine Schule gehen und es einmal viel besser haben als wir – all das geht doch in dem freien Land Amerika.

Doch wir haben nur weiter geträumt und haben noch nicht einmal die Leute nach dem Dampfer gefragt. Warum nur? Ist das ein Schicksal? Waren wir einfach ohne unseren Wald nicht denkbar? Hätten wir uns selbst unserer Wurzeln beraubt und hätten keinen Boden unter den Füßen mehr gefunden? Gibt es vielleicht gar keine wirkliche Freiheit in einer falschen Heimat? Waren wir doch einfach feige? Oder war es eben doch ein Schicksal, das anderes mit uns plante?
Ach, heut wünschte ich, bei all den verzagten Gedanken, ich könnte aus mir selbst auswandern.

Aussage der Annamirl Leitner vor dem Straubinger Gericht am 29. Mai 1854

Im Nachhinein gesehen war es ja schicksalhaft, das Kommen und Gehen auf dem Ramsrieder-Hof. Bloß ein paar Tage, nachdem der alte Ramsrieder verurteilt worden ist und der Heigl seinen Hut genommen hat, ist die Res zu uns auf den Hof gekommen. Die Agnes, die Mutter der Res, ist ja im Kindbett gestorben, und der Ramsrieder hat vom Kerker aus einen Brief geschickt, in dem stand, wir sollen das Mädchen »aufnehmen und wie ein eigenes Kind« behandeln. Der Sepp und ich haben uns natürlich gewundert, warum der alte Ramsrieder sich schon wieder für ein fremdes Kind ins Zeug legt, wo er doch gerade erst wegen einem verurteilt worden war. Die Res war da noch nicht einmal vier Wochen alt und ich nicht gerade erfreut, dass so ein schreiender Säugling plötzlich ins Haus dazu kommt. Aber wenn der Bauer das anschafft, dann macht unsereiner das selbstverständlich ohne Murren.

Was uns aber damals auch noch gewundert hat, dass der Vater der Res sie ohne Taufgeld gebracht hat. Ich mein, es ist ja nicht ungewöhnlich, dass Kinder gebracht werden, wenn die Mutter stirbt. Aber dann eigentlich immer mit Taufgeld versehen. Der alten Ramsriederin hat es natürlich auch nicht gepasst, wo sie sich doch sicher war, dass der Heigl, also ein fremdes Kind, ihren Mann hinter Gitter gebracht hat. Und dann zu einem

Zeitpunkt, wo wir ohne Bauern waren, war auch noch ein Mund mehr zu stopfen. Aber andererseits war das noch 1831, da ist man zwar auch nicht immer ganz satt geworden, aber die großen Hungerjahre sind da noch vor der Tür gestanden.

Und so ist die Res bei uns am Hof aufgewachsen. Da war zunächst nichts Auffälliges, bis auf ihre Neugier. Die Res hat immer alles genau angeschaut, im Winter ist sie tagelang nicht mehr vom Spinnrad weggekommen, sie hat immer bloß auf das Spinnrad geschaut und gefragt, warum es sich dreht. Bei uns hat es ja immer geheißen »Warum, warum ist der Willi dumm?«, wenn jemand andauernd was wissen wollt. Aber ich hab mich dann doch oft ihrer erbarmt und hab ihr zum Beispiel erklärt, dass durch das Rad die Fäden langgezogen werden. Oder einmal hat sie dem Sepp tagelang beim Schaufelmachen zugeschaut und wollt wissen, warum eine Schaufel aus einem Stück Holz besser ist als wie eine Schaufel aus zwei Stücken. Ich mein, welches Kind fragt das schon?
Im Sommer ist sie mit den anderen Kindern auch immer rausgerannt, da haben die alle Verstecken und Fangen gespielt, was halt Kinder in dem Alter so machen, die kann man ja noch nicht richtig arbeiten lassen. Die Res war ja nie besonders kräftig, aber flink wie ein Wiesel. Wild war sie, die Res, und auf die Bäume ist sie geklettert wie die Buben.
Ja, mit den Buben ist sie meistens mitgerannt, und einmal hat sie mich auch gefragt, ob sie nicht auch eine Lederhose haben könnt, weil mit dem Rock klettern wär viel umständlicher. Da hab ich lachen müssen, ein Mädchen kann doch nicht in Hosen rumlaufen, wo kämen wir da hin, hab ich zu ihr gesagt. Da hat sie doch drauf gesagt, vielleicht kehrt der Herrgott das einmal um,

und die Mädchen haben Hosen an und die Buben Röcke. Ich hab noch mehr lachen müssen.
Aber die Bäuerin, die hat damals schon davon geredet, dass die Res zu aufmüpfig wird, dass man auf das Mädchen besser aufpassen müsst. Die Ramsriederin, das kann man ganz offen sagen, hat die Res nie gemocht. Wenn die Kinder was angestellt haben, dann hat die Res immer als Erste die Watschen von ihr gekriegt. Aber der Res hat man bald angesehen, dass ihr die Watschen wurscht sind. Die hat das einfach über sich ergehen lassen, nicht mal mehr mit der Wimper gezuckt, wenn sie geschlagen worden ist, und so von den anderen und vor allem auch den Buben noch mehr Respekt gekriegt. Wie es da inwendig ausgeschaut hat, weiß ich freilich nicht, aber eigentlich hat der Mensch ja immer den gleichen Charakter, und wenn die Res heut noch so einen natürlichen Stolz hat, dann hat sie ihn als Kind auch schon gehabt, auf jeden Fall gegenüber der Ramsriederin.

Ja, und ganz früh hat das dann auch schon bei der Res angefangen mit den Buchstaben und der Schule. Da hat sie einen Narren daran gefressen gehabt. Den Großen ist sie nachgelaufen, in die Schule, nicht bloß im Sommer. Weil vom Frühjahr bis Herbst, da gehen die Kinder ja gern in die Schule, damit sie nicht arbeiten müssen, um sich vorm Heuen oder Dreschen zu drücken. Aber die Res, die ist den Großen auch im Winter in die Schule nachgerannt, ich seh sie noch vor mir, vielleicht vier oder fünf Jahr war's alt, und keine Schuh hat's net gehabt. Und geschneit hat's gehabt, die ganze Nacht. Da hat die Res einfach Lumpen geholt, sich die um die Füß gebunden und wollt so in die Schule gehen. Wobei die Schule in Weildorf von uns eine Stunde weg ist, und im Winter gehen die Kinder da gut zwei Stunden durch den Schnee. Ich hab ihr g'sagt, so kann sie net in die Schule gehen, da holt sie sich den Tod. Da hat's geweint, und die Ramsriederin und der Sepp, mein Mann, haben alle zwei gesagt, was soll aus dem Mädel bloß noch werden, wenn die jetzt schon so g'spinnerte Ideen hat. Eine Tracht Prügel hat sie auch nicht zur Vernunft bringen können, da hat sie trotzig den Kopf hoch gehoben und g'sagt: »Ich geh aber in die Schul!«

Was soll man denn mit so einem Kind machen? Mein Mann hat g'sagt, ich würd zu viel mit ihr reden, aber mich hat's gereut, die Res. Ich seh zwar auch net ein, warum wir Häusler unbedingt lesen und schreiben können müssen, aber wenn ein Kind das unbedingt will, was soll da so schlimm dran sein? Weil mit ihre vier oder fünf Jahr hat die ja sowieso noch net stricken oder spinnen können, war also auch im Haus im Winter unnütz. Wobei der Pfarrer sagt, dass die ganzen Bücher sie dann so hochmütig gemacht haben, aber die Bücher hat sie ja erst später gelesen, erst einmal hat sie ja die Buchstaben lernen wollen. Aber das ist bei ihr ganz schnell gegangen, und wie der Bauer wieder aus dem Kerker heimgekommen ist, da hat die Res schon lesen und schreiben können. Ich kann mich noch erinnern, wie der Bauer geschaut hat, wie er die Res vor der Schiefertafel hat hocken sehen. Und wie die Res den Bauern gesehen hat, hat sie schnell weggewischt, was sonst noch drauf war, hat ein großes »Grüß Gott« für den alten Ramsrieder draufgeschrieben und dem Bauern die Tafel zur Begrüßung hingehalten. Der Bauer hat das gesehen, den Kopf darüber geschüttelt, und g'fragt, ob sie die Res ist. Mit einem ganz milden Blick. Und ist ihr dann durchs Haar gefahren, fast zärtlich. Da hab ich mir schon gedacht »oh weh, das wird noch was«. Und recht hab ich behalten.

Aussage des Pfarrers Kaltbichler am 29. Mai 1854

Der Lehrer ist schuld, der hat ihr doch die ganzen ketzerischen Schriften gegeben. Das fängt ja schon damit an, dass heutzutage alle Lesen und Schreiben lernen sollen, sogar die Mädchen. Diese Bücher hetzen gegen den Herrgott, den Glauben, die Kirche und führen doch bloß zu einem Sündenfall, wie man an der Res jetzt sieht. Und wahrlich ein Sündenfall ist das, und noch nicht einmal beichten will sie ihre Vergehen, Verbrechen, Versündigungen. Dabei wüsst ich niemanden, der so ein Register hätt, und wüsst bis jetzt noch nicht mal, welche Buße ich ihr auferlegen sollt. An einen Ablass ist in dem Fall gar nicht zu denken.
Aber nein, das rothaarige Luder bereut ihr unchristliches Tun noch nicht einmal: »Du sollst nicht lügen!« »Du sollst nicht stehlen!« Vielleicht sogar »Du sollst nicht töten!« und auf jeden Fall aber hat sie gegen »Du sollst keine Unkeuschheit treiben!« verstoßen. Seit Jahren! Und seit Jahren war sie nicht einmal mehr beichten, wie mir auch meine geistigen Brüder bestätigt haben.

Der Lehrer ist schuld, der hat ihr Satans Wege aufgezeigt, und ich werd auch über den sauberen Herrn Stifter noch eine Aktennotiz schreiben. Als sein Dienstherr bin ich dafür verantwortlich, dass der nicht noch einmal so ein Schindluder mit einem Zögling treibt. Das hat angefangen, wie die Res noch ganz klein war, da hat er sie schon in seine Fänge genommen, ihr das Lesen und Schreiben eingetrichtert und ihr ständig vorgesagt, dass sie was Besseres wär. Ich weiß noch wie heut, wie die Res zur ersten heiligen Beichte vor der ersten heiligen Kommunion gekommen ist. Klein war sie noch, die roten Haar zu zwei dicken Zöpfen geflochten, ist sie in meinen Beichtstuhl gekommen. Wie allen Kindern hab ich ihr den Beichtspiegel vorgelesen und sie zu jedem Punkt gefragt, ob sie was dazu zu sagen hätt. »Naa« hat die Res zu jedem Punkt gesagt, und dann, am Schluss, da hab ich sie gefragt, was sie hinzuzufügen hätt. Da hat sie doch frech geantwortet: »Die Knie tun mir weh!« und ist aufgestanden. Ich hab sie geheißen, sich sofort wieder hinzuknien, und da sagt sie, schon wieder frech, wo eigentlich in der Bibel stehen würd, dass man sich zum Beichten hinknien muss. Und wo überhaupt in der Bibel steht, dass man beichten muss. Ich hab gedacht, ich hör nicht richtig, und hab ihr zur Buße zwanzig Rosenkränze aufgetragen.

Aber nicht, dass jetzt hier jemand glaubt, ich würde mich gegen das heilige Sakrament der Beichte versündigen und das mir Anvertraute ausplaudern. Nein, das war ja nicht ein eigentlicher Inhalt und außerdem ist die Res dann vor dem Segen und der Vergebung aus dem Beichtstuhl hinaus. Ich bin aufgesprungen und bin ihr nach und hab sie in der Kirche vor allen anderen Kindern zur Rede gestellt. Dass sie die erste heilige Kommunion nicht empfangen könnt, wenn sie sich so satanisch verhält. Dass der liebe Gott – so sag ich immer bei den Kindern – sie dafür bestrafen würd. Und spätestens beim Jüngsten Gericht würd sie sowieso für alles büßen müssen. Die Res hat mich immer bloß angeschaut, mit so einem durchdringenden Blick, nix hat geholfen, als bis mir eingefallen ist, wie ich sie vielleicht auf den Pfad der Tugend bringen könnt, über die Strafe für andere. Dass der liebe Gott ihre Geschwister und den ganzen Ramsrieder-Hof mit Krankheiten strafen wird, wenn sie so weitermacht. Ich bin ja auch bloß ein Diener des Herrn und kein Hellseher, aber der Zweck heiligt in diesem Fall doch die Mittel.

Jedenfalls, wie ich das dann gesagt hab, da ist sie vor mir auf die Knie gefallen. Ich hab alles probiert, das Hohe Gericht mag mir glauben, sie dem Satan zu entreißen und ihr ein Fegefeuer zu ersparen. Aber gespürt hab ich damals schon im Inneren, dass dies ein schwerer Weg wird, und deshalb auch oft anderen Sündern zur Buße aufgetragen, für die Res zu beten.

Wenn so ein Schaf Gottes einmal auf Abwege kommt, ist es schwer, es wieder zu der Herde zurückzuführen. Darüber hab ich auch gepredigt, aber keiner hat mich verstanden, die Leute bei uns im Wald sind halt alle nicht besonders geistig … ich mein … wie soll ich sagen, was soll man auch sagen zu ungebildetem Gesinde.

Aussage des Lehrers A. Stifter vor dem Straubinger Gericht am 30. Mai 1854

Bitte schön, wenn das Hohe Gericht keine Empfindung für Poesie hat, dann werde ich ganz profan die Fragen beantworten. Ja, die Pritzl Theres ist in meine Schule gegangen, und ich hab ihr Lesen, Schreiben und Rechnen beigebracht. So ein Kind hab ich noch nie unterrichtet, weder vorher noch nachher. Die ist freiwillig schon vor der Einschulung gekommen, hat alles wissen wollen und alles sofort verstanden. Und im Gegensatz zu den Banausen hier und draußen war sie auch Schöngeistigem zugetan, wie sich bald herausgestellt hat. Sie hat meine Bücher gelesen, und ich hab sie auch in Poesie unterrichtet, während die anderen Kinder noch mühsam einen Buchstaben an den anderen gesetzt haben. »Die Armennot – Wie Uli der Knecht glücklich wird« von Gotthelf hab ich ihr gegeben, aber auch Eichendorffs »Aus dem Leben eines Taugenichts« oder »Die Wahlverwandtschaften« von Goethe. Selbstverständlich habe ich sie auch zum Bibelstudium angehalten, ihr aber zugleich mein »Grimms Wörterbuch« zur Verfügung gestellt – wobei das jetzt ja nicht mehr hochgeistig, sondern informativ zu werten ist. Und auch einen Philosophen hat sie gelesen, das freilich in Übersetzung, ich glaube, es war Epikur. Sie hat die Bücher richtig »verschlungen«, wie man so schön sagt, und man hörte, dass sie die Bücher immer nachts im Mondschein las, wenn die anderen schliefen. Aber gesprochen wurde über die Lektüre nicht offen. Hier im Bayerischen Wald gilt man ja immer noch als »Deppenschädel«, wenn man etwas anderes als die Bibel oder Hausmannsbücher liest, womöglich gar noch Romane. Da heißt es heute noch – aber nicht bloß im Bayerischen Wald –, die Einbildungskraft würde durch die Fiktion überstrapaziert und verführe in eine Traumwelt, die wiederum nervöse Nervenleiden aller Art erzeugen würde. Aus der Volksmeinung spricht – man entschuldige – die reine Dummheit. Aus den kirchlichen Vertretern dieser Ansicht – und alle kirchlichen Vertreter teilen sie – spricht die reine Arroganz und vielleicht auch ein Machtkalkül. Dabei kann kein Tabak, kein Wein oder sonst ein Genuss eine romantische Lektüre unter einem Apfelbaum sitzend überbieten. Nur eigenes Dichten vermag diese Erfüllung des Herzens noch zu steigern. Meine schönsten Tage habe ich auf einem wilden Felsen hier in der Landschaft sitzend mit der Feder in der Hand verbracht. Unsere wildromantische Natur in ihrer unendlichen Schönheit fordert ja geradezu zu einer schöngeistigen Umformung heraus. Dem Gericht und dem Publikum erlaube ich mir deshalb meinen Gedichtband »Schattenmond« zu empfehlen … Das gehört schon zur Sache! Aber wenn Sie meinen, werde ich mich auf den schnöden Bericht konzentrieren.

Also weil die Res so ungewöhnlich schöngeistig veranlagt war, habe ich ihr vorgeschlagen, in ein Kloster zu gehen. Aber die Res hat den Kopf geschüttelt und gesagt: »Nein, da wär ich ja eingesperrt für mein Leben lang.« Dass sie als Mädchen nur in einem Kloster geistige Freiheit haben würde, das wollte sie nicht verstehen.

Ich bin dann auch zu ihrem Vormund und hab darum ersucht, sie in ein Kloster zu geben. Die Res hätte zu einer ganz großen Gelehrten werden können. Aber der

Ramsrieder lehnte dies sofort strikt ab, was mich sehr wunderte, denn andere Bauern waren stets dankbar für meine Empfehlungen gewesen, folgte ihnen doch meist eine Zusage des Klosters.
Vielleicht hat sich der Ramsrieder-Bauer aber auch damals schon einen anderen Nutzen von der Res versprochen und deshalb abgelehnt. Mehrmals sogar hab ich den Ramsrieder besucht und ihn als Vormund schließlich sogar regelrecht angefleht, das Mädchen zu den neuen Schwestern am Stein zu geben. Aber die Leute hier sind stur und sprechen nicht mehr über ein Thema, wenn sie einmal dazu nein gesagt haben. Mit den besten Argumenten ist ihnen nicht mehr beizukommen in so einem Fall, ja, oft beantworten sie nicht mal mehr Fragen, so als wäre es ehrlos oder unter der Würde, einen Sachverhalt von verschiedenen Standpunkten aus zu prüfen.

In diesem Fall kam noch erschwerend hinzu – was ich damals freilich nicht ahnte –, dass eine gewisse Bauernschläue die Menschen hier oft auch frühzeitig ein gutes Geschäft »riechen« lässt. Bald kamen dann ja viele Leute hier zur Res, um sich von ihr Briefe und Rechnungen schreiben zu lassen. Sie kann ja so geschliffen formulieren! Kein Wunder, Bücherlesen stärkt die Sprache! Und die Res durfte sich ja noch sehr lange, also eigentlich immer, von mir Bücher ausleihen.

Hätte ich ihr die Bücher etwa nicht geben sollen, wie der Herr Pfarrer nicht müde wird zu schimpfen? Wär aus der Pritzl Theres dann wirklich ein anderer Mensch geworden? Auf diese philosophische Frage gibt es sicherlich keine einfache Antwort. Die Natur, auch die menschliche, ist komplex und unabwägbar. Welch große Geister haben sich schon abgemüht, eine »schöne Seele« zu beschreiben! Goethes Begriff gefällt mir zunehmend. Wer kann sich anmaßen, in so einfachen Antworten, wie der Herr Pfarrer sie gibt, die menschliche Natur auszuloten? So wie wir Berge, Flüsse, Täler, Wälder und Wiesen haben, steckt in uns auch eine Art geistige Sinnlichkeit, die bloß nicht alle zu entdecken vermögen.

Aussage der Annamirl Leitner vor dem Straubinger Gericht am 30. Mai 1854

Freilich war sie schon immer eigen, die Res. Das mit dem Lesen und Schreiben hab ich ja schon erzählt. Die Ramsriederin hat dann auch irgendwann aufgehört, sie immer dafür zu schlagen, weil sie ja gesehen hat, dass die Res mitgearbeitet hat, und von dem Schriftlichen haben sie ja dann auch was gehabt. Es sind bald immer mehr Leute gekommen, damit die Res ihnen einen Brief aufsetzt oder einen Antrag schreibt. Grad im Winter, wenn man nicht bis in die Nacht hinein arbeiten hat müssen, sind sie von nah und fern gekommen, bis von Waldersrain waren Leute da. Ich seh das noch wie heut vor mir, wie einmal gleich fünf Holzfäller auf einmal gekommen sind, so richtige Brackl von Mannsbildern, Holzfäller halt, die sind dann bei uns in der Kuchel am Tisch gehockt und haben gewartet, bis einer nach dem anderen drangekommen ist. Da hat so ein kleines Mädchen mit roten Zöpfen – neun oder zehn war die Res da vielleicht – einen nach dem anderen in der Kuchel abgeholt, immer einen kleinen Knicks gemacht und gesagt: »Sie sind jetzt dran.« Die Mannsbilder haben gestaunt, manchmal geschmunzelt und es immer wunderlich gefunden, dass so eine Handvoll Mensch wirklich so gut schreiben können soll. Die Res war da ja halb so groß wie die Mannsbilder und halb so breit, das war schon ein komisches Bild, das sie da abgegeben hat. Und wie sie dann mit einem nach dem anderen in eine Kammer gegangen ist, die wir extra für die Schreiberei der Res hergerichtet und zu diesen Stunden immer frei gehalten haben. Denn die Res hat immer gesagt, da müsse sie mit der Kundschaft ungestört sein, sonst würden sich grad die Männer gar nicht sagen trauen, was sie nun aufsetzen soll.

Kerzen haben wir von dem Zeitpunkt an deshalb auch immer vorrätig gehabt. Manchmal bin ich auch dabei gesessen und hab gestrickt und zugehört. Die Leut haben gesagt, was die Res schreiben soll, die Res hat ganz schnell den Gehalt erfasst, es schöner formuliert und sogleich zu Papier gebracht. Zum Schluss hat sie dann immer noch mal vorgelesen, was sie geschrieben hat, und nur ein einziges Mal hab ich erlebt, dass die Leute nicht zufrieden waren. Im Gegenteil, die Leute haben beim Vorlesen zum Schluss immer genickt, ich glaub, sie haben sich gefreut, was sie eigentlich doch alles ausdrücken können, und haben gar nicht gemerkt, wie die Res dabei mit ihren Formulierungen nachgeholfen hat. Bis heut versteh ich nicht ganz, wie die damals noch so junge Res sich so in die Leut hat einfühlen können. Ich kann es mir nur so erklären, dass sie in einem gewissen Sinn, also schon alleine wegen dem Lesen und Schreiben, immer auch eine Außenseiterin gewesen ist, auch wenn grad die Res alles dazu hat tun wollen, um es nicht zu sein. Beim Arbeiten hat sie sich ganz besonders angestrengt, um so normal wie alle zu wirken, aber trotzdem war sie zu ungewöhnlich, um wirklich zu uns allen so richtig dazugehören zu können. Und so Außenseiter können sich ja manchmal ganz besonders gut in andere reinfinden und spüren oft ganz genau, wo die anderen auch ihren wunden Punkt haben.

Auf jeden Fall war die Res dann auch keine Belastung mehr, also ein Maul mehr, das wir durchfüttern haben sollen, sondern hat sich gerechnet, also eigentlich nicht nur gerechnet, sondern sogar was eingebracht. Das hat sicher an den Fertigkeiten der Res gelegen, aber zu der Zeit auch an Amerika. Damals sind ja so viele dahin ausgewandert, und deshalb hat man einfach auch viele Briefe gebraucht. Sie müssen wissen, dass die unteren Stände von gleich zwei Nachbardörfern komplett mit einem Dampfer nach Amerika gefahren sind, weil sie da Geld, von welcher Stelle weiß ich nicht, für die Überfahrt bekommen haben.

Und umgekehrt, weil die Leut da schon zur Res Vertrauen gefasst haben, sind sie auch wieder zur Res gekommen, damit sie ihnen die Briefe vorliest, die von den Angehörigen aus Amerika gekommen sind. Dafür hat die Res fast gar kein Geld verlangt, fürs Vorlesen, da hat sie gesagt, wir können doch die armen Leut nicht ausnehmen dafür. Auch das haben ihr die Leut gedankt.
Heut denk ich, vielleicht haben ihr gerade diese Briefe von drüben zusätzliche Flausen ins Ohr gesetzt. Einmal ist sie nach dem Vorlesen mit Tränen in den Augen aus der Kammer gekommen und hat gesagt: »Stell dir vor, Annamirl, in Amerika wird überhaupt kein Unterschied gemacht, in welchen Stand einer hineingeboren ist! Ein jeder kann da zu Ansehen kommen und reich werden, wenn er tüchtig genug arbeitet. Alle haben eine Freiheit!« Richtig beschwörend hat sie das gesagt und auch später dann immer wieder darüber geredet, bis der Ramsrieder einmal gesagt hat, dass es jetzt genug ist, weil wir hier nicht in Amerika, sondern in Bayern sind, und bei uns ist das halt alles anders und mehr braucht man da gar nicht mehr herumdeuteln mit so einem Freiheitsgerede.

Gesagt hat die Res dann nichts mehr von Amerika und den Briefen und der Freiheit, aber oft, wenn sie so ein Schreiben vorher in der Hand gehabt hat, dann ist sie mit leuchtenden Augen aus der Kammer gekommen. Und wenn dann über irgendetwas geredet worden ist, da war die Res oft in Gedanken ganz woanders, wir haben immer gesagt: »Die ist jetzt in Amerika.« Wobei es bei uns Waldlern ja so ist, dass wir alle nicht viel reden, aber auch nicht viel träumen. Es wird wenig gesagt, aber wenn, dann hat es seine Gültigkeit. Mei, und g'spinnerte Ideen und Träumereien können wir uns gar nicht leisten, dafür ist unser Leben einfach zu hart.

Postkarte mit Zeichnung der Freiheitsstatue von New York, abgestempelt 1843

Liebe Res,

wir lassen dir dies mit einem herzlichen Vergelt's Gott aus der neuen Welt schreiben. Wir haben alle Arbeit gefunden, und ich habe jetzt drei Kinder! Hier ist es keine Schande, arm zu sein, sondern bloß eine, nicht nach oben kommen zu wollen. Ein Tellerwäscher ist hier schon zum Millionär geworden! Alle sind hier gleich viel wert, so wie du gesagt hast. Mei, ich bin so froh und glücklich und danke dir für deine Hilfe!

Deine Base Loni

Aussage des Ramsrieder Alois vor dem Straubinger Gericht am 31. Mai 1854

Mei, was soll ich schon sagen über die Res. Sie ist halt meine Stiefschwester, sechzehn Jahr jünger wie ich. Warum der Vater sie damals auf den Hof geholt hat, wie ihre Mutter gestorben ist, das hat damals keiner gewusst. Und die Mutter hat sie nicht mögen, das ist ein offenes Geheimnis. Wir haben uns eigentlich immer gut verstanden, aber viel haben wir nicht miteinander zu tun gehabt.
An dem Matthias, meinem jüngsten Bruder, hat die Res einen Narren gefressen gehabt, von Anfang an, fast so wie an den Buchstaben. Der Matthias ist drei Jahr jünger noch wie sie, also unser Nachzügler gewesen. Er war nie besonders kräftig und schon immer ein wenig kränklich. Auch ihn hat die Mutter nicht so gern gemocht, das ist auch ein offenes Geheimnis. Die Mutter hat schon immer was gegen so Schwächelnde gehabt, Gott straft die Sünder mit Krankheit, hat sie gern gesagt und auch den Matthias damit gemeint. Es heißt ja oft, es liegt an der Mutter, wenn ein Kind immer so krank und schwach ist, aber die Mutter hat das ganz anders gesehen. Ich weiß nicht, ob ihre Milch eine schlechte war, ich kann nur sagen, wie ich das erlebt habe und was die Mutter gesagt hat.

Den Matthias hat die Mutter jedenfalls nicht gemocht, obwohl der Matthias ja das leibliche Kind war und die

Res nicht. Als Säugling hat der schon so viel geschrien, ich kann mich an viele Nächte erinnern, wo der plötzlich wieder losgeplärrt hat, da sind wir alle aufgewacht davon, einmal ist wohl sogar der Sepp zu der Mutter gegangen und hat gesagt, da kann doch kein Mensch schlafen, wenn das Kind nicht endlich beruhigt wird. Später hat der Sepp dann gesagt, die Mutter hätt bloß den Kopf geschüttelt und geantwortet, ein Mensch müsst sich schon selbst beruhigen können. Und der Sepp hat damals zu mir gesagt: Ich glaub, die Mutter will gar nicht, dass er weiterlebt. Die will ihm viel Leid ersparen. Denn ein Krüppel hat es einfach nicht leicht im Leben. Die Mutter hat vielleicht von Anfang an gewusst, dass mit dem Matthias was nicht stimmt, ich hab das damals nicht verstanden, bloß die Augen bei ihm waren schon als Säugling so komisch, wie von einem Dschingis Khan, und so blöd gegrinst hat er auch immer.

Die Res hat ihn aber abgöttisch gemocht und sich später, wie er dann schon ein bisserl größer gewesen ist, hat sie sich nicht nur einmal vor ihn gestellt, wenn er eine Tracht Prügel kriegen hätt sollen, und gesagt: »Dann schlagt's lieber mich!«
Und je mehr die Mutter die zwei spüren hat lassen, dass sie schlechter als die anderen Kinder sind, desto mehr hat der Vater den zwei Kleinen alles durchgehen lassen. Das war wie ein Krieg zwischen Vater und Mutter mit den kleinen Soldaten Res und Matthias im Schlachtfeld. Die haben sich beim Essen manchmal sogar einfach so neben ihn setzen dürfen, das wär zu meiner Kindheit noch undenkbar gewesen, da ist genau darauf geschaut worden, wer neben dem Bauern sitzen darf. Wie der Heigl noch da war, da hat mich das damals unbändig geärgert, beim Matthias und der Res war es dann an-

ders, da hab ich mir gedacht, mei, des sind ja noch Kinder, die wissen doch gar nicht genau, was sie tun. Aber dieser Krieg zwischen den Eltern war dann da, und ein jeder hat die Res und den Matthias genau beobachtet, weil ein jeder gewusst hat, wenn die jetzt wieder irgendwas machen, was nicht ganz gewöhnlich ist, dann wird die Luft in der Stube zum Schneiden dick zwischen dem Bauern und der Bäuerin. Das war zum Beispiel einmal so, dass der Matthias noch vor dem Essen geplärrt hat, er hätt jetzt so Hunger und wann es denn endlich Essen geben würd. Da hat die Mutter ihn an den Ohrwascheln gepackt und zur Stube rausgezogen, die Res ist ihnen natürlich nach, und just in dem Moment ist der Vater zur Stube reingekommen, hat das gesehen und angeschafft, dass der Matthias und die Res sich sofort an den Tisch setzen sollen und nicht hinausgeworfen gehören. Die Mutter hat den Matthias ausgelassen, die Res hat noch frech wie nach einem Sieg dazu gegrinst, und die Mutter hat kaum mehr die Fassung behalten können. »Dann gibt's heut für keinen was zu essen«, hat die Mutter geantwortet, nachdem sie ein paar Mal sichtlich durchgeschnauft hat, um ruhig zu werden. Doch damit hat sie den Vater nicht schlagen können. Der hat gegrinst und ihr angeschafft: »Du gehst in den Stall, wir essen, das Annamirl wird uns das richten.«

Vielleicht kommt es auch daher, dass die Res sich immer als was Besseres vorgekommen ist. Ich mein, wenn ein Bauer sozusagen nach der Pfeife eines fremden Mädchens tanzt, dann wird die nicht gerade demütig. Noch dazu, wenn man damit eine Bäuerin in die Knie zwingt. Ich mein, ich glaub, dem Vater ist es in Wahrheit nicht um den Matthias und auch nicht um die Res gegangen, aber an den beiden hat sich dieser – wie soll ich sagen – Ehekrieg festgebissen. Das war ab einem bestimmten

Zeitpunkt nur noch wie ein Stellungskrieg. Und ein jeder hat geschaut, dass er nicht zwischen die Fronten kommt. Im Grunde genommen hat keiner mehr was zur Res und zum Matthias gesagt, damit bloß nicht wieder der ganze Hausstand deshalb durcheinanderkommt, denn manchmal hat es dann tatsächlich für keinen von uns mehr ein Essen gegeben.

Da war von Anfang an das Sündige in den beiden, wie sich ja hernach herausgestellt hat, denn wegen dem Matthias ist es dann auch zum ersten Vergehen gekommen. Die Res wollt sich einfach mit viel zu vielen Sachen nicht abfinden und hat kein Sünderbewusstsein gehabt wie jeder anständige Mensch. Die hat sich gegen das aufgelehnt, was Gott und der König geschaffen haben. Wo würden wir hinkommen, wenn ein jeder so wär? Dann gäb es ja gar keine Ordnung mehr, zwischen Oben und Unten, zwischen Mann und Frau, und überhaupt.

Tagebucheintrag der Therese Pritzl (undatiert)

Nachts hab ich geträumt von mir als Kind, wie früher flocht ich mir die Zöpfe, zählte die Sommersprossen an den Händen und schlüpfte in die ersten Lederschuhe. Ich roch die Rohrnudeln in der Küche der Ramsriederin, den muffigen Beichtstuhl, die frisch gemähten Wiesen und den Achselschweiß der Bäuerin, wenn sie meinen Kopf unter ihren Arm klemmte, um mich zu schlagen. Mit den neuen Lederschuhen lief ich hinaus, aus dem Haus hinaus, auf Wiesen und in die Wälder, nur weg und raus aus den kleinen Kammern. Damals wie heute hab ich diese Enge nicht ertragen, dabei hatten wir es beim Ramsrieder noch gut. Nur vier Mägde hatten sich eine Kammer zu teilen, wir Kinder zu acht in einem anderen Zimmer daneben. Den fünf Knechten war es gegönnt, sich im Kuhstall oder sommers vor ihm zum Schlafen zu legen. Ach, wie oft hab ich mich nachts zu ihnen gestohlen, vor dem Stall im Mondlicht gelesen, und wenn es kalt war, so haben sie mir oft ihre Decke gegeben, der kleinen Res, über die sie den Kopf schüttelten, denn die hatte es mit den Büchern! Und der Sepp, der liebe erste Knecht, hat mir dazu auch noch Kerzen geschenkt, damit konnt ich im Winter im Keller lesen.

Und in den Palästen, da sitzen die Reichen mit Lüstern des Nachts, haben zu essen, zu trinken und könnten lesen, die ganze Nacht durch, im Sommer und Winter, und jedes Kind hat ein eigenes Zimmer, und Schuhe jeder Bub und jedes Mädchen, und Gewänder, so teuer, dass unsereiner ein Jahr lang davon satt werden könnt. Ich hab alles gesehen, mit eigenen Augen, es stimmt, was man sich erzählt: Die Hunde füttert man mit Filets.

Als Kind noch wollt ich es nicht glauben und dachte, der Sepp erzählt wieder Märchen. Und die Pfarrer erklären uns alle zu Deppen, behaupten, der Herrgott hätte es so gewollt, die Oberen oben, die Unteren unten, und wer das nicht demütig hinnimmt, versündige sich. Geschlagen haben mich die Ramsriederin und der Pfarrer dafür, dass ich es nicht glauben wollt, dass ich gesagt hab, aber der Herrgott hat uns doch alle gleich nackig geschaffen. Mit so einer Wucht und so einem Zorn wurd ich sonst nicht geprügelt, da hab ich bei jedem Schlag mehr immer klarer erkannt, dass ich doch recht hab. Mit Schlägen und Strafen wollen sie die Wahrheit verbieten. Je mehr Sünden sie erfinden, desto besser können sie uns knechten, klein halten, armseliger machen. Könnt ich bloß verstehen, warum alle Leut sich das gefallen lassen … aber doch, über die Nächsten, die Liebe packen sie uns, so wie mich der Pfarrer mit Matthias in die Knie zwingen hat können. Krank würd er werden, mein Bruder, hat der Kaltbichler Pfarrer immer gesagt und auf den Herrgott am Kreuz in der Kirche gedeutet. Jesus sei für uns gestorben, und ich würd mir was herausnehmen, was nicht einmal ER sich angemaßt hätt, für mich selbst Rechte zu fordern und damit meine Brüder und Schwestern gradweg ins Fegefeuer stürzen … Und grad wie ich angefangen hab, das nicht mehr zu glauben, wurd er so krank, mein Matthias.

Aussage des Pfarrers Kaltbichler am 1. Juni 1854

Wie das mit dem Matthias und der Medizin war, da war die Res auf jeden Fall schon gefirmt, also dreizehn oder vierzehn, und kein »unschuldiges Kind« mehr, wie es heutzutage immer heißt. Obwohl das Luder doch nie ein unschuldiges Kind gewesen ist, das sagt man einfach so dahin, um Sünden zu beschönigen. Warum sonst hätte Jesus gesagt: »Lasst die Kinder zu mir kommen!« Doch nicht, um eine Schule aufzumachen, sondern um schon den Jungen zu zeigen, wann sie von Gottes Weg abweichen.

Die frechen Antworten der Res hab ich ja schon zu Protokoll gegeben. Und bei frechen Antworten bleibt es meistens nie, darum muss man ja allen Anfängen wehren, das sieht man an der Res, wo aus dem liederlichen Mundwerk dann auch diese liederlichen Taten geworden sind. Und nicht umsonst heißt es, dass, wer in Gedanken begehrt, schon sündigt. Das hab ich auch immer und immer gepredigt, mit welch verführerischer Gewalt der Satan einen auf seine Seite zieht – aber grad die, die es besonders nötig haben, haben es natürlich nicht geglaubt. Das kann doch auch jeder Ungebildete vom unteren Stand verstehen, das kann doch nicht so schwer sein! Nicht zuletzt gibt es deshalb doch auch das heilige Sakrament der Beichte, dass man bereut und dieses Aufbegehren gegen die gottgewollte Ordnung ablegen

kann. Dass man sich vom Hochmut eines Menschenlebens befreien kann und sich geistig demütig unserem Herrgott unterordnet. Aber manchmal frag ich mich, ob die Waldler nicht alle schon vom Teufel in Besitz genommen worden sind, bei dem, was da alles los war, wegen der Res in den letzten Jahren. Fast ein jeder hat doch plötzlich aufbegehrt! Wie wenn plötzlich der Flusspegel steigt und alle noch Hölzer in die Fluten werfen, um die Wasserkraft auszunutzen, so wurden brave Schafe des Hirten plötzlich von diesem Unwesen der Rebellion mitgerissen. Nicht mal hinter vorgehaltenem Mund hieß es zeitweise – ich betone: ganz offen und laut –, vielleicht haben der Heigl und die Res schon recht und wir lassen uns bloß zu viel gefallen.
Da braucht sich das weltliche Gericht auch nicht darüber hinwegtäuschen, wer erst einmal gegen die kirchlichen Dogmen verstößt, der wird bald auch die weltlichen Gesetze missachten. An der Res kann man das studieren! Da werden die weltlichen Juristen schon noch sehen, wo das alles hinführt, aber nein, die Staatsgewalt meint ja immer, man müsst bloß die Kirche noch mehr in ihren Rechten beschneiden, und das ergäbe dann einen besseren Menschen. Ich weiß, das ist überspitzt gesagt, aber es ist die göttliche Wahrheit, meine persönliche Offenbarung sozusagen.

Jedenfalls hat die Res ja immer schon an dem kleinen Stiefbruder Matthias fast so einen Narren gefressen gehabt wie an den Buchstaben. Das hab ich ja daran gemerkt, dass sie nur über Drohungen, die den Matthias betroffen haben, auf den Pfad der Tugend zurückzuführen war. Dass der Matthias dann freilich so bald schon auf Leben und Tod gelegen hat, das hab ich auch nicht wissen können, da wasche ich meine Hände in Unschuld, ich bin doch kein Prophet! Die Ramsriederin hat zwar später gemeint, ich als weiser Pfarrer hätt das von Anfang an kommen gesehen, aber da übertreibt sie ein wenig, so genau hab ich das auch nicht gewusst. Würd ich das jetzt behaupten, wär das bloß Angeberei, und das ist auch eine Sünde. Manche Wege Gottes sind leicht zu verstehen, andere wieder schwerer, und deshalb gibt es ja uns, die Geistlichen, die Mittler zwischen Gott und der Welt. Wir haben ja auch nicht umsonst Theologie studiert!

Der Ramsrieder Matthias ist im Herbst, das muss anno 1845 gewesen sein, das war auch schon ein Hungerjahr, immer schwächer und kränker geworden. Da ist sogar die Res in der Kirche vor Gott auf die Knie gefallen und ist zu mir gekommen und hat gefragt, was sie denn machen könnte für den Matthias. »Beten, beten, beten!«, hab ich ihr gesagt, die Res hat genickt und war dann wirklich öfter in der Kirche als beim Bücherlesen zu sehen. Aber wenn so ein von Grund auf verdorbenes Luder betet, dann nützt das wahrscheinlich nichts, und der Matthias ist immer schwächer geworden.

Und dann ist eines Tages die Ramsriederin zu mir gekommen und hat gesagt, ich soll die Letzte Ölung beim Matthias vornehmen, der würd es wohl nimmer lang machen. Ich hab eingewendet, ob wir nicht noch ein wenig warten sollen, weil Gott manchmal ja doch auch Gnade vor Recht walten lässt. Und – weil die Ramsriederin darauf bestanden hat – hab ich gesagt, ich nehm das auf mich, wenn der Matthias sterben würd, bevor er die Letzte Ölung hat. Mich hat der Bub gereut, ich hab ja schon oft erlebt, dass die Leut erst recht sterben, wenn sie von mir die Letzte Ölung kriegen. Ich weiß schon, das klingt jetzt ketzerisch, aber ich bin Gott und dem Hohen Gericht zur Wahrheit verpflichtet. Die Ramsriederin hat daraufhin aber erwidert, »um den wär es nicht schad«, aber die Hölle würd sie ihm doch ersparen wollen, und ist dann ein paar Tage später mitten in der Nacht noch einmal zu mir mit ihrer Bitte gekommen. Mich haben ihre Worte doch recht erstaunt, denn sie war ja die leibliche Mutter von dem Buben, so was hab ich selten gehört.

Also bin ich dann doch lieber zum Ramsrieder gegangen und hab dem Matthias die Letzte Ölung gegeben, nicht dass es am Ende noch heißen würde, ich hätt den Buben direkt in die Hölle gebracht. Und darum hab ich dann ja alles hautnah mitbekommen, was damals in der Nacht vorgefallen ist, wie die Res gefallen ist.
Just nämlich wie die Ramsriederin mich geholt hat, ist die Res auch heimlich in der Nacht davongelaufen, zum Doktor in Weildorf. Dem hat sie gesagt, dass sie für den Matthias unbedingt eine Medizin brauchen würden und dass er kommen müsst, auch wenn die Bäuerin dagegen wär, weil das Leben ja in Gottes Hand liegen würde. Aber sie würd das bei ihm abarbeiten, Schriftliches für ihn machen, so viel wie er nur wolle.

Der Doktor – das hat er mir später erzählt – hat ihr erwidert, dass er den Matthias ja schon früher untersucht hätte und wenn überhaupt dann nur eine sündhaft teure Medizin helfen würde, die sich kein Bauer hier leisten kann. Außerdem, so der Doktor, hätte er die auch gar nicht vorrätig da, beziehungsweise hätt er schon eine bestimmte Kräutermixtur da, aber die wär für den Araber des Fürsten extra bestellt, und der würd wahrscheinlich in der Nacht noch kommen, um sie zu holen. Und die könnte er natürlich nicht hergeben. Die Res muss sich daraufhin fürchterlich aufgeregt haben, ob der »Gaul« des Fürsten denn mehr wert wär als ihr Stiefbruder. Da sieht man, was ich grad gesagt hab, wohin das führt, wenn man sich gegen alles und jedes auflehnt.

Ja, und in einem unbeobachteten Moment muss die Res dann die Medizin, die für den Araber des Fürsten bestimmt war, einfach gestohlen haben. Der Doktor hat gesagt, plötzlich sei sie einfach davongelaufen. Er selbst hat den Diebstahl gar nicht gleich gemerkt. Wer geht auch schon von der Dreistigkeit eines Mädchens aus, so mir nichts dir nichts gegen das Siebte Gebot zu verstoßen?

Der Doktor hat das erst bemerkt, als der Fürst ein paar Stunden später gekommen ist, um die Medizin für den Araber zu holen. Für den Doktor war das natürlich eine peinliche Situation, die bestellte Medizin für das Pferd nicht mehr zu »finden«. Er hat zwar noch versucht, sich herauszureden, aber was das für Folgen gehabt hat, das wissen wir ja. Voller Wut hat der Fürst daraufhin über die stumpfsinnigen Waldler geschimpft und die Steuern für alle noch einmal kräftig erhöht. Und das in den Hungerjahren, wo jeder Kanten Brot so wertvoll war! »Dieser Landstrich hat keine Zivilisation verdient!«, hat der Fürst geschimpft. Er war außer sich, weil der Araber ja verendet ist nach der Geschichte.

Also manchmal würd sogar ich sagen, dass es unglückliche Zufälle gibt, aber andererseits ist natürlich alles Gottes Fügung. Und Gott will nicht, dass der Mensch stiehlt, und Gott will nicht, dass sich die unteren Stände gegen Gottes Gebote auflehnen!

Aber um auf die Ereignisse im Detail zurückzukommen: Ich hab mich noch gewundert, wie ich den kranken Matthias gesehen hab, der angeblich im Sterben lag, und wie er plötzlich so munter aus der Wäsche geschaut hat. Nach dem, was mir die Ramsriederin zuvor geschildert hatte, hatte ich sogar befürchtet, zu spät zu kommen. Ich weiß auch noch genau, wie die Res neben ihm am Bett gesessen ist und mit so einem überheblichen Lächeln bemerkt hat, meine Anwesenheit bräucht es jetzt nicht mehr, manchmal würden auch weltliche Mittel helfen. Der Gehalt des Ganzen ist mir freilich erst später klargeworden.

Ich bin die Tage danach auch in eine große Gewissensnot gekommen, weil mir nach den Berichten des Doktors plötzlich der Zusammenhang dämmerte, und ich hab den Herrgott andauernd gefragt, ob man in so einem Fall nicht doch stehlen darf. Aber heute weiß ich, dass das eine Prüfung des Herrn gegen den Teufel gewesen ist. Heute weiß ich, dass es genau darum geht, dass wir uns ganz grundsätzlich an alle weltlichen und kirchlichen Gesetze halten müssen und keine Ausnahmen dulden können, wir müssen die Prinzipien unter allen Umständen wahren, sonst käme ein jeder darauf, für sich eine Ausnahme zu verlangen. Unser Allmächtiger hat mich schließlich in meiner Meinung bestärkt: Der Matthias ist ein paar Tage darauf trotzdem gestorben, und die Res ist für den Diebstahl zur Rechenschaft gezogen worden.

Aussage des Michael Heigl vor dem Straubinger Gericht am 2. Juni 1854

Ich sag gar nix, als bis die Res net da ist. Bloß eins: Die Res hat nie was g'macht, außer damals, wo sie für ihren Bruder Matthias die Medizin gestohlen hat, aber das ist schon ewig her. Alles, was sonst war, hab ich g'macht, und bevor jetzt das ganze Zeug an Reden losgeht, sag ich gleich: Nein, ich nehm nicht freiwillig eine Schuld auf mich zum Schutz der Res, sondern das ist die Wahrheit. Und wenn die Res net kommt, wenn ich da bin, dann erfahrt ihr überhaupt gar net, was wirklich gewesen ist, weil ich dann endgültig nix sag!

Aktennotiz des Königlichen Gerichtsbeobachters Xaver Meierhuber am 2. Juni 1854 zu Straubing

Sogar jetzt, vor dem Hohen Gericht, fährt der Heigl fort, sich ständig und allem zu widersetzen. Er besteht weiter darauf, nur auszusagen, wenn die Res anwesend ist. Und die dummen Tagelöhner und Bauern hat er damit auch wieder auf seine Seite gezogen. Der ganze Saal hat nach seiner heutigen Aussage applaudiert und der französische Schmierfink ebenso.

Dem Richter sollten Eure Majestät baldmöglichst eine Notiz zukommen lassen. Je mehr Zeugen er zur Vergangenheit der beiden Verbrecher aussagen lässt, desto mehr Mitleid erheischen diese Existenzen! Dabei gehört ihnen so schnell wie möglich einfach ein kurzer Prozess gemacht, damit das Land endlich zur Ruhe kommt. Das Aufmucken und Murren kann sich, schneller als uns lieb ist, doch noch einmal in einen regelrechten Aufstand oder gar eine Revolution verwandeln, die wir doch gerade verhindern wollen.

Ich bitte Eure Majestät, diese Gefahreneinschätzung wohl zu beachten! Zumal am nächsten Verhandlungstag, also am Montag, dem 5. Juni, auch die Res wieder zu Wort kommen wird. Auch wenn keiner der Hinterwäldler ihr wirres Zeug wirklich versteht, die zwei Verbrecher reißen die Leute am Ende mit ihrem Gefühl mit. Ihre Strategie scheint zu sein, sich selbst zu Märtyrern zu stilisieren, dem müssen wir unter allen Umständen entgegenwirken. Ich bitte Eure Majestät deshalb dringend darum, dem Richter entsprechende Anweisungen zukommen zu lassen.

Erst am Montag wird weiter verhandelt. Die Res hat jetzt zwei Tage Zeit, sich vorzubereiten. Das Luder wird diese Stunden geschickt zu nutzen wissen. Ich verstehe auch nicht, warum man ihr nach wie vor Papier und Feder zur Verfügung stellt, um diesem Treiben nachzugehen. Oder haben Eure Majestät Angst davor, dass ihr genau dies bei dem französischen Schmierfinken zu einem Märtyrer-Status verhelfen könnte?

Rede der Therese Pritzl am 5. Juni 1854 vor dem Straubinger Gericht

Im Kerker behandelt man mich gut, es geht mir materiell vielleicht sogar besser als euch da draußen. Man gibt mir Essen, Waschgelegenheiten und Schreibzeug. Dankbar sollte ich dafür sein, heißt es. Und ich bin es mit einer Kammer meines Herzens sogar, denn ich weiß, ihr da draußen hungert oft, obwohl ihr im Dienst steht, im Frühling pflügt und sät, im Sommer das Gras wendet, im Herbst erntet und im Winter spinnt und strickt und schnitzt. Und ich, die Res, nehme mir heraus, immer noch keine Ruhe zu geben, mich nicht mit ihren körperlichen und geistigen Almosen abspeisen zu lassen und dabei demütig das weltliche und kirchliche Gericht zu erwarten.

Zu Kreuze sollte ich kriechen, damit endlich wieder eine Ruhe herrsche – und genau deshalb geben sie mir Essen, eine Waschschüssel und Schreibzeug! Damit der leere Magen nicht rebelliert, ich mir selbst nicht zu sehr stinke und nicht im Kopfe eingehe. Und vor allem auch, damit man euch gegen mich aufbringt, damit ihr euch denkt: Was will sie denn noch? Was redet sie da von Freiheit? Was ist das für eine Luxusangelegenheit, ach hätten wir es bloß so gut wie sie! »Die spinnt doch!«, haben viele von euch manchmal heimlich gedacht, mich trotzdem gewähren lassen, aber jetzt füttert man eure Zweifel über mich ganz gezielt. Hat sie es nicht so gut, dass sie bloß deshalb überhaupt so einen Schmarren zusammenspinnen kann? Oder geht es ihr gar darum, nur ihren eigenen Kopf zu retten? Kann dies Weib sich nicht in ein Schicksal fügen, muss sie denn immer aufmucken?

Aber nein, ihr lieben Leute, ihr täuscht euch. Vielleicht über mich, das vermag ich nicht zur Gänze zu entscheiden. Aber es ist kein Schicksal, wie man euch weiszumachen versucht, es gäbe kein Entrinnen aus unserer Bestimmung. Kein Gott hat verfügt, dass ihr hungern müsst, obwohl ihr im Dienst steht! Kein Naturgesetz schreibt vor, dass es obere und untere Stände gibt. Und kein Land ist mit einem König und noch nicht einmal mit einem Gott geboren worden! Auch wenn es heißt, der Himmel habe den Karfreitag und die Krone direkt eingesetzt. Vielleicht formte ein Gott Blitz und Donner und Hagel und Mond und sogar die Sonne mit seinen eigenen Händen. Und womöglich sogar den Menschen. Aber eine Krone formten Goldschmiede in Diensten, um die Münder ihrer Kinder zu stopfen.

Ich frage nicht mehr, warum die Welt ungerecht ist. Ich frage mich, warum ihr alle euch das gefallen lasst? Merkt ihr denn nicht, was sie betreiben, euch antun, euch einreden? Sie predigen Tag und Nacht, Gott und der König hätten diese unsere Ordnung so gewollt und die Gesetze seien ähnlich denen von Moses für ein höheres Heil bestimmt. Wer einen wachen Verstand hat und dies bezweifelt, den stellen sie heute noch öffentlich an den Pranger und bezichtigen ihn der Sünde, des Gottesfrevels und der Verkommenheit oder des Müßiggangs, den sie wiederum verfolgen.

Ich könnte verzweifeln darüber, wie man euch behandelt, schlimmer als Schlachtvieh.

Und sie hetzen uns gegeneinander auf, man zeigt mit den Fingern auf Sünder, und ein jeder glaubt, so tief fallen werde er selbst nie, wenn er nur die moralischen Gesetze beherzige, brav sei, es gar nicht so weit kommen lasse wie die Res. Ein jeder versucht, ein guter Mensch und frommer Christ zu sein, ein noch besserer, um im Himmel die Gerechtigkeit zu erfahren, die man ihm hier verwehrt.

Doch wo und wann hat Jesus verlangt, dass eher eure Kinder als der Gaul des Fürsten sterben müssen? Was haben sie nicht alles gemacht, um euch dazu zu bringen, den Heigl und mich zu verraten? Sie haben euch Getreide abgenommen, noch mehr Steuern abgezwungen, sie haben den Frauen die Kinder geraubt, damit einer von euch endlich zum Judaslohn greift. Und Jahre habt ihr widerstanden! Vergesst diese Jahre nicht, sie zeigen euch, was ihr könnt, nämlich aufbegehren, und das fürchten sie wie der Teufel das Weihwasser.

Soll ich euch sagen, wer uns wirklich verraten hat? Nicht der eine, kleine Judas aus unseren Reihen ist der wirklich Böse, sondern die weltlichen und kirchlichen Fürsten allesamt, die uns so weit bringen, dass einer von uns eines Tages tatsächlich zum Verräter wird. Ich hab ihm längst schon verziehen, nicht aus dem scheinbar christlichen Grund, auch noch einmal die andere Wange hinzuhalten, sondern weil dieses Gewicht der staatlichen und kirchlichen Macht ja absehbar dazu führen musste, einen jeden von uns hätt es früher oder später erdrückt, und selbst für mich hätt ich nicht die Hand ins Feuer gelegt, wär ich an seiner Stelle und nicht die Gejagte gewesen.

Bangt nicht um mich – fiebert mit für euch und vor allem für eure Kinder. Wollt ihr sie weiter wie die Fliegen verrecken sehen? Lasst nicht zu, den Himmel in Aussicht zu stellen, damit man euch das Diesseits umso mehr zum Fegefeuer macht. Begehrt auf gegen all das, so wie ein jeder kann!

La Presse (undatiertes Fundstück / übersetzt aus dem Französischen / der erste Teil des Artikels fehlt)

Nach der Rede der bayerischen Rebellin Therese Pritzl gab es im Gerichtssaal wieder einen Tumult. Die Menschen im Zuschauerraum stiegen auf die Bänke und kannten kein Halten mehr im Applaus für diese Ansprache. Obwohl die Leute vermutlich nur einen Bruchteil des Inhalts verstanden, konnte sie die Inbrunst des Mädchens mitreißen. Sogar ein Gendarm applaudierte versehentlich, bis er sich dessen gewahr wurde und beschämt zu Boden blickte. Mit ihrer überaus authentisch wirkenden Gestik und Mimik schafft es die Magd, die einfachen Leute auf ihre Seite zu ziehen. Schon allein, wie sich die kleine Person zu Beginn der Ansprache auf einen Stuhl stellt, aber mitten im Reden herabsteigt und auf die Zuschauer zugeht, verrät ihre geschickte mündliche Mitteilungskraft. Man wundert sich, wie eine einfache Magd zu solcher Kunstfertigkeit kommt!

Unserem Blatt kommt dabei große Bedeutung zu – wären wir als Prozessbeobachter nicht hier anwesend, würde man die Rebellin sicher nicht so zu Wort kommen lassen und auch im Kerker viel schlechter behandeln.

Aussage des Ramsrieder Alois vor dem Straubinger Gericht am 5. Juni 1854

Die Rede von der Res gerade – das ist sie, wie sie leibt und lebt, meine Stiefschwester! Sogar jetzt im Kerker schützt sie den Judas, der sie verraten hat, noch! Sie hat immer zu den Kleinen, den Armen gehalten und nie für sich was verlangt. Da kann man über sie sagen, was man will, dass sie eine Ehrlose und Gesetzlose ist und schon immer so sündig war. Aber für sich selbst hat sie sich noch niemals versucht zu bereichern wie so manch anderer. Der Jakob – Gott hab ihn selig – hat ja zum Beispiel immer Hasenfallen aufgestellt und das Wild dann teuer verkauft. Abgesehen davon, dass es sich einfach nicht gehört, das Wild so elendig verrecken zu lassen in den Fallen, ist es dem nicht darum gegangen, dass seine Familie was zum Essen hat, nein, der wollt so reich werden wie ein Fürst. Aber sogar den hat die Res seinerzeit noch verteidigt und gesagt: »Der macht doch bloß das, was die Oberen auch machen.«

Aber da ist trotzdem ein Unterschied zwischen einem Jakob und einer Res. Die Leut sehen das auch so. Darum ist der Jakob ja so schnell hingehängt worden, der Res und dem Heigl aber haben die Leut trotz aller Schikanen jahrelang die Stange gehalten.

Wenn ich ein Richter wär, dann würd ich unterscheiden zwischen Verbrechen, die man bloß aus Eigennutz, und Verbrechen, die man für andere tut. So wie es bei der Res von Anfang an war.

Aussage der Annamirl Leitner vor dem Straubinger Gericht am 6. Juni 1854

Jetzt heißt es immer, die Res wär schon immer so gewesen, dabei stimmt das gar nicht. Ungewöhnlich war sie freilich schon von klein auf, und die Schiefertafel war ja fast wie ein Heiligtum für sie, was die Res da alles darauf notiert hat, das geht wirklich nicht auf eine Kuhhaut. Aber die Res hat sich immer an die Gesetze und Gebote gehalten, im Großen und Ganzen, seien wir doch mal ehrlich, ein jeder greift doch auch einmal zu Notlügen. Bis das mit der Medizin für den Matthias war, hat sie nie was wirklich Schlimmes angestellt. Nur das halt, was andere Kinder auch gemacht haben. Aber mit dem Stehlen der Medizin hat sie einen anderen Weg eingeschlagen, das war keine Kinderei mehr, das war … ich weiß nicht, wie ich sagen soll … vielleicht ein ganz deutliches Zeichen dafür, dass die Res wirklich ganz anders gestrickt ist als wie wir. Und dafür ist sie ja auch hart genug bestraft worden.

Die Ramsriederin hat wohl verhindern wollen, dass ihr Mann wieder ins Zuchthaus für ein fremdes Kind geht, also hat sie die Res persönlich wegen dem Diebstahl angezeigt, nachdem sie die leere Flasche gefunden hat, die dem Doktor abgegangen ist. Sogar der Doktor hätt die Res wahrscheinlich nicht hingehängt, wie er später einmal mir gegenüber zugegeben hat. Aber die Bäuerin hat es getan, was vielleicht auch wiederum an diesem Ehekrieg gelegen hat – aber das vermag ich eigentlich nicht zu beurteilen, da würd ich mich jetzt wirklich zu weit aus dem Fenster lehnen.

Und so ist die Res, die da noch keine dreizehn war, zum Fürsten geschickt worden. Angeblich, so heißt es, hat er sie vor die Wahl gestellt, sie öffentlich auspeitschen zu lassen oder ihm einen Monat zur Buße zu allen Diensten zu sein. Dafür würde sie dann vom Gericht verschont. Ich bin ja bloß eine Magd, aber ich frag mich, warum ein Herrscher solche Strafen verhängen darf. In Frankreich gibt es ja andere Gerichte, die unterscheiden, wer die Herrschaft hat und wer Recht spricht. Das halte ich für eine gute Sache. So werden gerechte Strafen nicht so abhängig von einer Person gemacht.

Mit dem Jakob, einem Hasen-Wilderer bei uns, war es doch im Prinzip genau das Gleiche, wenn auch unter anderen Umständen, weil den jemand von uns ganz schnell hingehängt hat. Der war als Knecht beim Mähen auf dem Feld, hat versehentlich mit der Sense einem Hasen die Kehle durchgeschnitten und das Vieh dann mit heimgenommen, um seine Tat zu verbergen. Seine Frau hat sich gefreut, dass sie nun den Kindern Fleisch zu essen geben konnte. Und so hat es angefangen, dass er schließlich planmäßig Hasenfallen im Wald aufgestellt hat, bis er über die Stränge geschlagen und das Wild teuer verkauft hat, um sich selbst zu bereichern. Und dann hat ihn jemand hingehängt, so dass ein Jäger ihn dann beim Fallenstellen erwischt hat. Angeblich soll der Jakob den Verfolger mit der Waffe bedroht haben. Auf jeden Fall wurde er vom Jäger mit einem gezielten Kopfschuss niedergestreckt. Aber kein Mensch hat jemals untersucht, ob das wirklich Notwehr war. Schon komisch, wie oft die Jäger angeblich nicht anders ihr Leib und Leben schützen können, das hört man ja auch von anderen Revieren.

Aber was wollt ich jetzt eigentlich sagen ... Ja, die Res, das ist einfach ihr Charakter, hat ja nie darüber geredet, wie das bei dem Fürsten war und ob er sie hat auspeitschen lassen. Aber so wie ich die Res kenn, hätt die sich lieber vierteilen lassen, denn schlimme Züchtigungen war sie ja von klein auf gewöhnt – als auf irgendwelche Gnadengeschichten hereinzufallen. Ich mein, vor zehn Jahren noch, da waren doch alle Kinder gescheite Prügel gewöhnt, und speziell die Res hat die einstecken können.

Wie sie da dann aber vom Fürsten heimgekommen ist, da hat man ihr sofort angesehen, dass da was passiert sein muss, und sie hat mich im Innersten gereut. Sie hat bloß noch ins Leere geschaut. Und geschlagen muss sie auch geworden sein, sie war ja ganz blutig, am ganzen Körper. Tagelang hat sie vor sich in der Kammer hingedämmert. Nicht geweint, aber auch nichts gesagt. Nicht bloß wir Weiberleut haben eigentlich sofort gesehen, was der Fürst mit ihr gemacht haben muss. Da hat man ja früher schon solche Geschichten gehört, aber bei der Res muss er es arg getrieben haben.

Von dem Tag an war die Res dann endgültig eine andere. Aber nicht so, wie die Leut behaupten, erst recht rebellisch, sondern im Gegenteil. Sie war so brav, wie sie bloß hat sein können. Mir hat sie leidgetan, die ist ja noch so jung gewesen, andererseits hab ich mir damals auch überlegt, ob es vielleicht nicht auch etwas Gutes hat, wenn ihr endlich einmal jemand zeigt, dass es so auch nicht geht, gegen das Schicksal aufzubegehren.

Ich frag mich schon, ob das sein muss, dass der Fürst noch halbe Kinder so bestrafen darf. Wobei ich gehört hab, dass das ja jetzt verboten sein soll und überhaupt Kinder erst ab vierzehn Jahren vor Gericht kommen können. Aber mit Politik kenn ich mich gar nicht aus, und sie ist mir auch herzlich wurscht. Was spielt das schon für eine Rolle für unser Leben? Die machen doch sowieso, was sie wollen, und ändern können wir eh nichts.

Tagebucheintrag der Therese Pritzl am 6. Juni 1854

Das Annamirl hat vor Gericht und vor allen Leuten die alte Geschichte mit dem Fürsten ausgeplaudert! Was hab ich mich gewundert! Sie hat es natürlich gut gemeint, mein liebes Annamirl, aber erstens stimmt die Geschichte so nicht, und zweitens schadet sie mir damit. Natürlich war es grauenhaft beim Fürsten – aber ich hab danach dämmernd in der Kammer gelegen, weil ich so um den Matthias trauerte. Wir waren doch aus einem Holz geschnitzt gewesen, der Matthias und ich konnten mit Blicken miteinander »reden« – und wenn er in der Nähe war, hab ich keinen Schmerz bei den Prügeln gespürt.

Was wundere ich mich über das Annamirl! Damals hat sie gesagt, das wäre nun meine gerechte Strafe – und heute stellt sie mich als Opfer einer fürstlichen Willkür dar. Wollte sie mich damals auf den »anständigen Weg« bringen? Oder haben sich endlich die Zeiten geändert, und sogar so brave Leute wie das Annamirl sehen, was unsere Monarchie an Willkür gebiert, was Fürsten anrichten und wer darunter zu leiden hat?

Oder hat damals keiner meine Trauer um den Matthias verstanden? Vielleicht sterben zu viele Kinder, die Leute sind abgestumpft gegen den Tod. Oder die ewige Propaganda der Kirche wirkt: Hernach, nach dem Tod, hätten wir ein schöneres Leben, wenn wir uns nur brav und demütig dem Schicksal fügen. »Jetzt geht's ihm besser!«, haben die Leute am Kindersarg vom Matthias gesagt. Und ich hab mir bloß gedacht: Wer weiß denn, ob es ihm bessergeht? Ihm »geht« es doch jetzt gar nicht mehr! Bei der Beerdigung vom Matthias hab ich verstanden, dass unser Leben und unsere Welt aufhören, wenn wir nicht mehr sind.

Aber das traute ich mich dann nicht mehr, laut zu sagen. Erst recht nicht nach der Schinderei beim Fürsten. Ach, nach dieser Strafe wollte ich meine Gedanken für mich behalten und »brav« werden, damit aus meinem Leben doch noch etwas wird, es sollte mir eine »endgültige Lehre sein«, so wie das Annamirl immer gesagt hat. Ich hab keine Bücher mehr gelesen, fleißig am Hof mitgeholfen und bin freiwillig in alle Messen und Andachten gegangen. Wenn ich nur dieses eine Leben hab, so hab ich mir gedacht, dann muss ich mir das doch so gut wie möglich gestalten! Und weil der Ramsrieder-Bauer mich wie seine eigene Tochter behandelt hat, hab ich doch eine Möglichkeit zum Aufsteigen gesehen, die andere gar nicht haben! Das war ja alles noch vor dem März 48.

Mal heißt es, Gott strafe mit dem Tod, mal heißt es, der Tod sei einfach ungerecht. Aber wie kann der Tod ungerecht sein, wenn er gezielt die Armen besucht, weil sie vom Hunger ausgezehrt sind und sich keine Medizin leisten können?
Am offenen Grab von Matthias hab ich mir geschworen: »Jetzt will ich es wissen!« Ob es nicht doch eine Möglichkeit gibt, tugendhaft die Standesgrenzen zu überwinden. Ob es nicht doch in meiner Hand liegt, aus meinem irdischen Dasein etwas zu machen, nachdem ich begrif-

fen hatte, dass ich bloß das eine Leben hab. Ich hab dem Matthias Blumen in verschiedenen Farben ins Grab geworfen, und wie ich aufgeschaut hab, wie ich in die ausgemergelten Gesichter der Menschen geschaut hab, hab ich verstanden, dass ich – wenn überhaupt – nur aufsteigen und das Schicksal überwinden kann, wenn ich den Bayerischen Wald verlasse. Dass es nur in der Stadt München eine Möglichkeit für mich gibt. Aber zu dem Zeitpunkt hätt der Ramsrieder mich noch nicht gehen lassen. Ich hab ja die ganzen Briefe geschrieben, und man hat mich gut brauchen können. Das war ich doch dem Ramsrieder schuldig! Und so hab ich damals keine Lösung gewusst, außer abzuwarten.

Wenn es jetzt heißt, ich hätte schon immer ein »unbändiges Gerechtigkeitsgefühl« gehabt, so ist das ganz und gar falsch. Es gibt überhaupt kein Gerechtigkeitsgefühl, nur eine Empörung oder Wut über Ungerechtigkeit. Mit dem Verstand kann ich Gleichheit einklagen – Gefühle können doch nicht denken! So wie ich auch mit meinem Verstand an Gott glauben kann oder nicht – aber doch Gott nicht *fühlen* kann.

Nach dem Tod von Matthias und dem Monat beim Fürsten wollte ich aus meinem Leben nur noch das Beste machen. Die armen Häusler und Tagelöhner waren mir egal, nein, ich hab nicht »schon immer« für sie ein Herz gehabt. Im tiefsten Inneren hab ich mich damals sogar manchmal gefragt, vielleicht haben sie es doch so verdient? Vielleicht wäre nur *ich* zu etwas Besserem berufen, vielleicht hat der Herrgott oder das Schicksal mit mir eine Ausnahme vor? Denn wer hier schreibt schon für Nah und Fern Briefe? Welcher Bauer behandelt eine Fremde wie seine eigene Tochter? Wer versteht schon, dass der Pfarrer lügt?

Das liebe Annamirl stellt mich jetzt als Opfer dar. Vielleicht war ich es sogar, aber ich hab es gar nicht so empfunden. Zumal die Willkür der Fürsten vor 48 oft noch viel brachialer war. Erst der März 48 hat uns die Freiheit kosten lassen – mit ein paar Atemzügen ihre Kraft erahnen lassen. Das Annamirl will beim Richter und den Leuten Mitleid für mich erhaschen. Aber dieses Mitleid macht mich nicht groß, sondern klein. Es ist, wie wenn man einem Bettler Almosen hinwirft – darüber kann der Untere sich freuen, aber der Obere bleibt in seiner Position und fühlt sich erst recht bestärkt, über den anderen zu stehen.

Vielleicht könnte Mitleid mir den Kopf retten – aber es läuft mir von Grund auf zuwider. Und zwar nicht, weil ich glaub, ein Herrgott würd mich dafür belohnen. Ich weiß doch selbst nicht, warum. Mitleid, Mitleid, wie ich das Wort allein schon hasse! Das hat man mit armen Hascherln und Opfern – aber wir Einzelne sind nicht die wirklichen Opfer, sondern alle zusammen. Selbst der kleinste Häusler hat mit mir Zuchthäuslerin nun Mitleid, kann sich damit über mich erhöhen – und genau damit spaltet man uns.

Dieses Mitleid geht weiter von einem Oben und Unten aus, kehrt bloß manchmal den Spieß um. Hat der arme Häusler mich noch vor einem Jahr beneidet oder bewundert, als eine, die sich was traut, so fühlt er sich jetzt auf dem gerechten Weg und meint, er hätte doch den besseren Weg gewählt, im Ducken und Stillhalten und Erdulden. Aber mir geht es doch nicht um diesen einen kleinen Häusler, der ein jeder von uns ist, sondern um all die Knechte und Mägde der Welt, die nun in ihrem Mitleid wider Willen all das erfüllen, was die Obrigkeit beabsichtigt: dass wir uns auch untereinander einer über den anderen stellen.

Wir müssen den Spieß nicht umkehren, sondern wegwerfen, wir brauchen ihn nicht, ebenso wenig wie einen König. Denn im Grunde sind wir Menschen alle gleich. Einer klüger, einer dümmer, einer kleiner, ein anderer größer; aber weiß Gott keiner von Geburt an auf einer anderen Stufe der Stände.

Wir haben ihn doch gespürt, den Atem der Freiheit, in der kurzen März-Zeit. Pressefreiheit, Schwurgerichte, neue Minister ... Nein, die Waldler haben ihn nicht gespürt, diesen Wind, er fegte über sie und die Ihren hinweg. Weil sie auch kaum lesen können und keine Zeitungen haben, so trägt sich alles hierher nur ganz langsam. Wie oft hab ich mir die Haare schon gerauft – es wird ein langer und steiniger Weg, die Welt wirklich zu verändern. Man weiß ja so oft gar nicht, wo man anfangen soll! ... Und doch gibt es im Kleinen immer etwas zu tun. Ich werde nicht versuchen, in erster Linie meinen Kopf zu retten und auf Mitleid oder Gnade einzugehen – ich will mutig zur Wahrheit stehen! Ha, jetzt musst ich fast lachen. Es wird gar nicht so schwer sein, die Wahrheit zu sagen, hält man meine Reden doch ohnehin für die eines Narren!

Ach, und Heigl, ich seh dich jetzt vor mir, kopfschüttelnd über mich lächeln, im Zwinkern der Augen ein leises Entsetzen: Was redet die Res da schon wieder daher? Was soll aus der mit all dem Krampf im Hirn noch werden? Mein Heigl, du weißt gar nicht, wie verzagt ich oft bin, tief innen drin, und es immer schon war. Aber eine Kraft, die ich nicht benennen kann, treibt mich immer wieder dazu, die aufkeimende Angst zu bekämpfen. Und du bist aus dem gleichen Holz geschnitzt, ach nein, ich täusche mich, du bist wie ich ein tief verwurzelter Baum in unserem Wald, aber aus einem ganz anderen Holz geschnitzt. Ich bin eine feinsinnige Birke – du eine Eiche mit ganz tiefen Wurzeln. Und jetzt lächle und schau mich an wie eine »G'spinnerte«. Ach nein, du wirst deine Grübchen in den Wangen nicht zeigen. Entweder dein Kopf rollt oder unser beider, auf jeden Fall aber kannst du so oder so die Zeilen nicht lesen, weder als Lebender noch als Toter. Ich liebe dich, Heigl, du Depp!

Aussage des Pfarrers Kaltbichler am 6. Juni 1854

Die Res hat nach ihrem Diebstahl und der gerechten Strafe dafür so getan, als wär sie einsichtig. Aber ich hab ihr das nie geglaubt, so eine Wandlung vom Saulus zum Paulus. In die Andachten ist sie immer gekommen, mit einem Rosenkranz um die Hand gewickelt, und regelmäßig hat sie gebeichtet. Aber so einer wie ihr hab ich nicht getraut. Die ist dazu in der Lage, Sünden einfach zu verheimlichen, mir und unserem Herrgott glattweg ins Gesicht zu lügen und bloß in den Beichtstuhl zu kommen, damit ich annehme, dass sie nichts Schlimmeres verbrochen hat.

Das kann mir doch keiner erzählen, dass die Res in den Hungerjahren nicht wieder gestohlen hätt! Da haben ja sogar die Bauern selbst nichts zum Essen gehabt, und das mit dem Auswandern nach Amerika hat gar kein Ende mehr genommen. Da hat die Hexe gut daran verdient. Ich weiß zwar nicht, was sie für einen Brief kassiert hat, aber zu tun hat die jedenfalls jede Menge gehabt, ganze Gruppen von Holzfällern sind da manchmal zum Ramsrieder gegangen. Ich hab das von meinem Fenster im Pfarrhaus aus gut sehen können, und meine Haushälterin Berta – Gott hab sie selig – hat mich oft genug darauf aufmerksam gemacht. »Schau!«, hat sie oft bei der Abenddämmerung gerufen, »schon wieder pilgern die zu der.«

Wenn sie also auch nicht gestohlen hat, so hat sie das Geld doch den Ärmsten der Armen aus der Tasche gezogen, denn alle, die nach Amerika schreiben haben lassen, waren doch Hungerleider. Weil kein anständiger Reicher würd doch freiwillig die Heimat verlassen und in so ein unchristliches Land auswandern, wo man die Wilden noch missionieren muss. Da redet sie immer von armen Knechten und Mägden, und was hat sie getan? Woher hätt sie denn sonst das Geld gehabt, so sauber angezogen in unsere Hauptstadt zu fahren? In eine Kutsche ist sie eingestiegen, in feinen Stiefeln, in einem rotweißen Kleid, mit einem Köfferchen, einem Hut und einem Sonnenschirm. Wie heute hab ich das Bild noch vor mir: Ganz auf vornehme Madame hat sie gemacht, wie eine Bürgerliche aus der Stadt ist sie in die Kutsche nach München. Neuerdings heißt es ja immer, mit redlicher Arbeit könnt man es zu allem Möglichen bringen – übrigens auch so eine Modeansicht aus dem unchristlichen Amerika –, ich aber sage euch: Gott hat diese Ordnung geschaffen und jedem seinen Platz in seinem Stand zugeteilt. Wo kämen wir auch hin, wenn sich ein jeder alles herausnehmen würde? Soll am Ende vielleicht noch ein Weib Papst werden? Zu was diese ganzen Umstürzler unser Land anno 1848 führten, haben wir ja gesehen. Nichts als Durcheinander hat es erzeugt, keiner hat sich mehr ausgekannt, und jede Moral wurde vom Fuß auf den Kopf gestellt. Um 48 sind doch tatsächlich Tagelöhner frech grinsend zu mir in den Beichtstuhl gekommen und haben erzählt, dass man andernorts auch aus den »Pfaffen« den Reichtum herausprügle.

Tagebucheintrag der Therese Pritzl am 7. Juni 1854

Heigl, Heigl, ich bin verzweifelt – mir fällt keine Taktik ein, wie man uns zusammenbringen müsste. Und dabei spüre ich mit jeder Faser meines Körpers, dass ich dich nur sehen bräuchte, um wieder Kraft zu schöpfen.

Wenn ich so alleine im Kerker hocke, nur eine Amsel vor mir sehe, kriegen sie alle ein Recht und eine Stimme und ein Gewicht, das sie in Wirklichkeit nicht haben: der Pfarrer, der König und auch die Leute. Ich, ja, ich, bei all meinen kämpferischen Reden fühl mich wie die kleine Sünderin, die einen Jesus braucht, der ihr verzeiht. Ich glaub tatsächlich, ich hätte mir zu viel herausgenommen. Tränen fließen auf dieses Blatt. Immer öfter erobern solche Sätze mein Denken: Ich habe alles falsch gemacht, wir haben uns nur eingeredet, für eine Freiheit aller zu kämpfen, wir lebten bloß dumm in den Tag hinein, wir wollten doch bloß hemmungslos unser Leben genießen, wir haben uns übernommen, uns Waldlern steht es doch nicht zu, dem Lauf der Welt einen Stoß zu versetzen!

Und vor allem frage ich mich: Was haben wir unseren Kindern angetan? Was haben sie für eine Mutter, die Freiheit für sie forderte und demnächst auf dem Schafott landen wird?

Ich schlug irgendwann meinen Kopf gegen die Mauer des Kerkers, um meinen Schmerz zu betäuben, die Stirn blutete schon – da pickte die Amsel ganz heftig herum und flatterte wild mit den Flügeln, wie um mir zu sagen: Hör endlich auf! Oder sehe ich schon Gespenster? Ach, ach, mir ist so sterbenselend. Erreichen sie jetzt, was sie all die Jahre nicht schafften? Geht doch die Liebe über die Freiheit? Oder braucht es für beides unendlichen Mut?

Aussage der Annamirl Leitner vor dem Straubinger Gericht am 7. Juni 1854

Die Res hat das ganze Geld, das sie mit dem Schreiben verdient hat, immer anständig beim Bauern abgegeben, das hab ich selbst gesehen. Sie hat sogar richtig Buch darüber geführt und es dem Ramsrieder immer vorgelegt, nicht mal einen Kreuzer hat sie für sich selbst abgezwackt. Der Bauer kann zwar auch nicht gut lesen, aber auf Zahlen versteht er sich. Dieser Anstand hat ja sogar die Ramsriederin lange versöhnlicher ihr gegenüber gestimmt, und nach dem Tod vom Matthias war auch der Ehekrieg zwischen den Bauernleut nicht mehr so schlimm. Aber je älter die Res geworden ist, desto ähnlicher hat sie dem Ramsrieder geschaut.

Ich hab mit dem Sepp damals darüber gesprochen, nachts in der Kammer, weil wir haben ja eine eigene Kammer gehabt, mit den Kindern. Der Sepp hat auch zuerst wie ich gemeint, dass der Bauer und die Res sich so ähnlich schauen, weil sie sich einfach so mögen. Und außerdem kennt man das ja, dass auch fremde Kinder von den Stiefeltern bestimmte Sachen übernehmen, wie zum Beispiel den Gang oder die Art, den Löffel zu halten. Aber irgendwann hat sich die Ähnlichkeit immer deutlicher gezeigt, und da war es einfach nicht mehr zu leugnen, dass die Res die leibliche Tochter vom Ramsrieder sein muss. Grad an den Ohren sieht man das ja. Und die waren bei allen zweien wie

aus einem Guss geformt. Die ganze Gesichtsform, die Sommersprossen, die Nase und die feingliedrigen Hände. Früher haben wir die Ähnlichkeit wahrscheinlich einfach nicht bemerken wollen.
Aber irgendwann hat das der größte Depp gesehen, und wir haben im Nachhinein verstanden, warum der Bauer damals die Res gleich aufgenommen hat, wie ihre Mutter gestorben ist. Und aufgefallen ist das natürlich vor allem auch der Ramsriederin. Oder vielleicht hat sie das auch früher, von Anfang an, schon geahnt und deshalb die Res nie leiden mögen.

Je auffälliger die Ähnlichkeit für alle geworden ist, desto mehr hat die Bäuerin die Res schikaniert. Unter allen möglichen Vorwänden hat sie ihr mittags nichts mehr zu essen gegeben oder sie die ganze Nacht durcharbeiten lassen. Einmal hat die Res ein Spinnrad fallen lassen im Winter. Das ist weggerollt, mei, wie oft ist mir das auch schon passiert. Und die Ramsriederin hat dann geschimpft, aber nicht bloß geschimpft, sondern der Res angeschafft, deshalb die ganze Nacht zu spinnen.
Es war ganz offensichtlich, dass die Bäuerin die Res für was anderes abstrafen wollte, für etwas, wofür die Res ja gar nichts konnte. Denn eigentlich kann ja kein Kind was dafür, wenn der Vater oder die Mutter gegen das Sechste Gebot verstoßen. Freilich wird das allgemein anders gesehen und die Bangaden wie eine Satansbrut behandelt, aber da haben der Sepp und ich eine eigene Meinung.

Besonders der Pfarrer hat dann auch jeden zweiten Tag gegen die »Bangaden« gepredigt und damit immer vor allem die Res gemeint. Einmal ist die Res auch deshalb mitten aus einer Predigt heraus weinend zur Kirche hinausgelaufen. Wie muss sich auch so ein junger Mensch vorkommen, wenn es mehr oder weniger deutlich heißt, dass er ein Werk des Satans ist? Was muss da in so einer Seele vorgehen? Und der Herr Pfarrer hat das natürlich so ausgelegt, kaum war die Res zur Kirchentür hinaus, dass die göttliche Erleuchtung nun die Hexe vertrieben hätt.

Die Res hat dann immer versucht, alles noch zweihundertprozentig besser zu machen als wie alle anderen. Bei den Arbeiten am Hof, mit dem Schreiben und mit den Kirchgängen. Beim Erdäpfelklauben am Tag hat sie zugelangt, bis die Hände blutig aufgerissen waren. Vor und nach der Arbeit ist sie in jede Messe und Andacht. Und nachts hat sie dann noch die Briefe geschrieben. Bloß drei oder vier Stunden hat sie oft geschlafen. Keiner sonst, den ich kenne, hat sich jemals so um Tugendhaftigkeit bemüht. Aber im Nachhinein kann man sagen, dass sie auf verlorenem Posten gekämpft hat. Ein uneheliches Kind hat doch im Leben nicht die Möglichkeit, die Schande seiner Geburt loszuwerden.

Und weil der Ramsrieder, ihr Vater, sie – das muss man auch offen sagen – ganz besonders gern gehabt hat, hat er all dem dann irgendwann wohl auch nicht mehr zuschauen können. Aber wieder zu einem Krieg mit seiner Frau hat er es auch nicht mehr kommen lassen wollen.

Die Res hat mich dann im Frühling 1847 einmal mitten in der Nacht geweckt und gesagt: »Annamirl, ich möcht mich verabschieden, aber nicht vor allen Leuten! Der Bauer hat mir die Hälfte von dem Geld zurückgegeben, das ich mit dem Schreiben verdient hab, und schickt mich damit nach München.« Ich bin im Schlaf hochgefahren und hab mir gedacht, was soll denn die Res in München? Die gehört doch zu uns! Aber andererseits hat sie auch keine andere Möglichkeit bei uns gehabt, die Ramsriederin hätt sie sonst noch zu Tode schikaniert. Und außerdem wollte die Res ja schon lange weg, sie hat schon lang davor von Amerika geträumt.

Im Nachhinein hieß es auch oft, die Res wollt hochmütig was Besseres werden und ist deshalb nach München. Aber die Res wär nicht gegangen, wenn der Bauer sie nicht fortgeschickt hätt. Denn gegen den Willen des Bauern hätt die Res nie etwas gemacht. Sie hat … wie soll ich sagen … einen so von Grund auf dankbaren Charakter und vergisst nicht, wenn ihr jemand etwas Gutes getan hat.
Wahrscheinlich hat der Ramsrieder auch darauf spekuliert, dass sie in München wirklich gute Möglichkeit hätt, wo sie doch so gut lesen und schreiben hat können. Wir Gesinde haben da gar nicht daran gedacht, sondern ich hab gemeint, sie geht halt in einem Haushalt in Stellung oder in eine Fabrik, da gibt es ja in München mittlerweile so viele.

Man muss aber auch sagen, dass das schon irgendwie gut gepasst hat, dass die Res nach München ging. Weil sie immer schon was Besonderes war, und das hat sich auch gezeigt, wie sie gegangen ist, sechzehn Jahr alt war sie da. Keiner von uns hätt so weit voraus gedacht wie sie. Am Tag nachdem sie mich nachts extra geweckt hat, hat sie gesagt: »Ich geh nach München, aber da kann ich es bloß zu was bringen, wenn ich anständig ankomm und nicht als kleiner Häusler.«

Daraufhin ist sie zum Schneider nach Weildorf und hat sich ein sündhaft teures Gewand machen lassen, für weit über die Hälfte vom Geld, das der Bauer ihr gegeben hat. Und mit dem Rest vom Geld hat sie die Kutschenfahrt für sich bezahlt. Das heißt, sie ist in München zwar würdig, aber mit nicht mehr vielen Talern oder Kreuzern in der Tasche angekommen. Das ganze Geld, womit sie einen schönen Grundstock für eine Aussteuer gehabt hätte, war damit weg. Aber anders hätt sie es wohl in München auch gar nicht so weit gebracht, das hat sie schon richtig gemacht, die Res. Und der alte Ramsrieder, das kann man im Nachhinein auch sagen, hat aus Liebe zur Res auf viel Geld verzichtet und das alles auf den richtigen Weg gebracht – bis zu einem gewissen Zeitpunkt freilich, aber keiner von uns ist ein Hellseher und kann die übernächsten Folgen ahnen.

Brief der Res an Annamirl Leitner aus München vom 27. Juli 1847

Liebes Annamirl!

Hoffentlich findest du bald jemanden, der dir den Brief vorlesen kann! Ich denk jeden Tag an dich und den Sepp und den Ramsrieder-Hof. Ich riech deine Rohrnudeln am Freitag und schmeck deine Fleischsuppe am Sonntag. Oder hast du vielleicht sogar eine Fischsuppe gekocht? Wer kann das so gut wie du? Und ich sehe uns alle um den Tisch sitzen, jeder einen Löffel in der Hand, essend aus dem Topf mit dieser deiner unvergleichlichen Suppe.

Weißt du, wie das in München ist? Es gilt als fürchterlich unschicklich, dass jeder mit dem Löffel zum Topf greift, ein jeder muss seinen eigenen Teller haben, sogar Suppenteller! Am Anfang hab ich richtig kichern müssen, wie jeder so in seinen Teller gestarrt hat beim Essen. Da wird man sich richtig fremd bei der Mahlzeit, wie soll ich sagen, das ist gar nicht mehr so gemeinschaftlich. Wenn jeder einen eigenen Teller hat, kann er sagen, bei meinem Menü ist was verpatzt worden. Wenn aber alle aus dem gleichen Topf essen, dann gibt es nur eine Wahrheit – die Mahlzeit ist gelungen oder auch nicht.

Ach, aber weißt du was, Annamirl? Ich hab mich so schnell an die städtische Sitte gewöhnt wie nur was. Das kommt mir jetzt schon ganz normal vor, dass jeder seinen eigenen Teller hat, so als wär das immer schon so gewesen!

Aber ich rede mich leicht, mir geht es doch so gut, liebes Annamirl! Auch die Aufregung darüber, dass der Herr Gabelsberger mich eingestellt hat, hat sich allmählich gelegt. Die Herren haben gesehen, dass ich in Windeseile das Kurzschriftensystem, das Steno heißt, lernte und – ich will wirklich nicht angeben – fast doppelt so schnell als sie arbeite. Der Herr Gabelsberger wollte mir deshalb sogar den Lohn erhöhen, aber ich hab abgelehnt, damit es kein böses Blut gibt, und lasse die Herren auch nur, wenn es unumgänglich ist, sehen, wie schnell ich bin. Immerhin dulden sie mich, und ab und zu hat man mir sogar schon Komplimente gemacht.
Nur wenn bisweilen hoher Besuch kommt, da muss ich mich freilich verstecken oder schnell zur Hintertür hinaus, denn der Gabelsberger will den »Bogen nicht überspannen«, wie er sagt, mit einem Weib, das so offensichtlich für ihn arbeitet. Denn Damen-Sekretäre gelten immer noch als anrüchig. Weil ich aber ohnehin meistens in der hintersten Kammer sitze, geht das problemlos.

Mir geht es so gut! Ich mag dir gar nicht sagen, wie viel ich verdiene! Und das mit der »Schreiberei«, die du ja sowieso nicht als richtige Arbeit siehst! Du würdest auch den Kopf über mich schütteln, weil die Mannsbilder mich wegen der Arbeit auch nicht mehr als richtiges Weib sehen. Aber das wissen wiederum nur die Herren in der Kanzlei, und wenn ich sonst durch München spaziere, verstehen sich viele Leute keinen rechten Reim auf mich zu machen. Wo sollen wir die hinstecken?, les ich immer wieder in ihren Gesichtern. Für eine Häuslerin schau ich wohl zu klug drein, für eine Bauerntochter bin ich zu fein gekleidet, für eine Tochter aus höherem Hause wirke ich wiederum doch zu derb, und so weiter und so fort. Mich amüsiert das, und liebend gern spaziere ich hier durch die Straßen, die fast alle gepflastert sind. Schon allein deshalb kann man immer so sauber und gepflegt auftreten, weil das Gewand nicht andauernd in eine Lache fällt. Und seit neuestem trage ich auch eine Riegelhaube. Alle feinen Bürgerdamen der Stadt schmücken sich mit diesem Kopfputz, der nur einen Teil des Haars bedeckt und nach hinten zu zwei Spitzen verläuft. Das Häubchen war zwar sündhaft teuer, aber dafür mache ich jetzt mit meinem roten Rock, roten Oberteil, fliederfarbenen Mieder, dazu eine Schürze und ein Schultertuch aus weißen Spitzen wirklich etwas her.

Du sagst ja immer, Jugend und Schönheit ziehen die Männer an. Aber in München gibt es so viele junge und schöne Weiber, liebe Patin, dass das alleine nicht reicht! Wirklich schön sind nur die Frauen der oberen Stände, die das Geld haben, sich sauber zu kleiden und zu pflegen. Peinlich achten alle auf den Sonnenschirm, um die Blässe zu erhalten. Der König höchstpersönlich hält die Weiber hier für so wunderbar, dass er die größten Maler der Stadt damit beauftragt hat, die »schöne Münchnerin« zu porträtieren. Die ersten Gemälde dazu sind schon in einer Galerie ausgestellt.

Und jetzt müsstest du mein Kichern hören: Dabei läuft der König selbst in dem immer gleichen, grauen, abgewetzten Rock herum! Ich hab ihn selbst einmal darin gesehen!

Ach, übrigens hab ich auch bei einer neuen Zimmerwirtin eine Kammer gefunden, ganz in der Nähe der Kanzlei in der Kaufinger Straße. Diese Kammer hab ich ganz für mich allein! Sie kostet zwar ein kleines Vermögen, mehr als die Hälfte meines Gehalts, aber du weißt, wie schwer ich enge Zimmer ertrage, wie schnell ich mich bedrängt fühle. Auch wieder so etwas, wo ich dich den Kopf über mich schütteln seh, liebes Annamirl!

Und so bleibt bei all den Ausgaben im teuren München gar nicht so viel übrig, wie ich sparen möchte. Trotzdem: Hab ich nicht das große Los gezogen? Ihr habt meine Schreiberei immer für eine Spinnerei gehalten. Und jetzt ermöglicht sie mir, dass ich ganz frei und fein in München leben kann! Du müsstest einmal sehen, wie die anderen Zugezogenen leben, in den dreckigen Vorstädten wie die Au, am Glockenbach und in Haidhausen. Zusammengepfercht sind sie in schimmelnden Häusern, die mehr die Bezeichnung Hütte verdienen. Unablässig schreien irgendwo Kinder, um die sich keiner kümmert, weil die Mütter in Fabriken oder sonst wo arbeiten. Deshalb hat der Magistrat auch das Betteln verbieten lassen, sonst säßen die Armen hier bloß noch auf den schönen Straßen herum.

Könnt ich dir nur von meinem Glück etwas abgeben, liebes Annamirl! Ich hätte selbst dann immer noch im Übermaß davon!

Schreib dir bald wieder,

deine Res

La Presse (undatiertes Fundstück / übersetzt aus dem Französischen)

Im Prozess gegen das bayerische Räuberpaar Therese Pritzl und Michael Heigl werden immer mehr Details aus deren Leben ausgebreitet. Nicht nur wir, sondern auch andere Prozessbeobachter vermuten, dass mit dieser Gründlichkeit eine Beweisführung des »kriminellen Charakters« erzielt werden soll.

Dreh- und Angelpunkt der frühen Jahre beider Angeklagter ist der Bauernhof des Ramsrieder, der mitten in dem 300-Seelen-Dorf Hainbach liegt. Heigl trat mit zwölf Jahren dort als Hüterbub in Stellung, wurde vom Bauern zusammen mit dessen Sohn ins Wildern eingeführt und verließ den Hof schließlich, als das Vergehen öffentlich wurde. Der Bauer nahm höchstpersönlich die Strafe für den Burschen auf sich, wobei bis heute ungeklärt ist, ob nicht der Sohn des Bauern, Alois Ramsrieder, die Straftat damals beging.

Heigl verließ den Hof am Tag nach der Verhaftung des Ramsrieder-Bauern anno 1831 und trat eine Schlosserlehre bei seinem Onkel in Furth im Wald an. Kurz vor dem Ende der Lehrzeit wurde Heigl beauftragt, ein neues Schloss an der Truhe des Pfarrers Merzinger anzubringen. Heigl sah dabei das Gold und Geld, das der Pfarrer aus Opfergeldern gehortet hatte. Auf den jungen Burschen musste dies wie unendlicher Reichtum und zugleich wie Hohn wirken. Denn ausgerechnet dieser Pfarrer predigte unablässig über das »Glück der Armut« und war bekannt für seine unbarmherzige Verurteilung von Sünden aller Art und die Höhe des Ablassgeldes.

Heigl steckte den gesamten Inhalt der Truhe in einen Sack und verschwand damit. Zunächst wurde vermutet, er sei wieder zum Ramsrieder zurückgekehrt, doch weder dort noch bei seinen Verwandten war er zu finden, und alle Zeugenaussagen sprechen dafür, dass Heigl erst sehr viel später wieder zum Ramsrieder-Hof kam. Bis heute ist ungeklärt, wo sich Heigl die folgenden zwei Jahre aufgehalten hat, vermutlich aber in Böhmen.

Angeblich trieb ihn Heimweh wieder in den Bayerischen Wald zurück. Heigl beging einen weiteren Diebstahl bei einem Pfarrer und brach in die Jagdhütte des Fürsten bei Kötzting ein. Beide Male erbeutete er jedoch weniger Geld und Gold als vielmehr teuren Wein. Letzteren spendierte er nach den Einbrüchen den Bewohnern des jeweils nächstgelegenen Dorfes und machte sich damit als Spender eines unverhofften Feiertages beliebt. Ein weiterer Einbruch bei einem hochrangigen Beamten misslang, Heigl wurde von zufällig anwesenden Gendarmen festgenommen.

Nach einem kurzen Prozess im Jahre 1837 – Heigl war zu dem Zeitpunkt einundzwanzig Jahre alt – wurde er zu zehn Jahren verschärfter Haft verurteilt und kam in das Straubinger Gefängnis. Aufgrund eines Versehens – ein Gnadengesuch wurde fälschlicherweise ihm zugeordnet – wurde Heigl vorzeitig nach acht Jahren verbüßter Strafe entlassen. Der Hüne versuchte daraufhin, einen anständigen Weg einzuschlagen, was nach geltendem bayerischen Recht aber fast nicht machbar ist. Demnach gilt ein Strafentlassener nämlich als vogelfrei, was heißt, dass ihm niemand Arbeit geben darf, dem Dienstherrn drohen sonst harte Strafen. Vogelfreien ist auch Betteln verboten, und niemand darf ihnen kostenlose Unterkünfte stellen, nicht einmal Verwandte. Die Begründung für diese inhumanen Repressalien lautet: Man würde durch Unterstützung und Milde den »Müßiggang« fördern. Müßiggang steht hierzulande unter Strafe, und die Deutschen haben das Sprichwort »Müßiggang ist aller Laster Anfang«. Der ausschweifende Luxus des Adels wird nicht danach bewertet.

Heigl fand dennoch einen Ausweg aus dieser misslichen Lage und eine Gefährtin dazu.

Aussage der Annamirl Leitner vor dem Straubinger Gericht am 7. Juni 1854

Manchmal geht das Schicksal wirklich seltsame Wege oder vermeidet, dass sich Wege kreuzen. Wie nämlich die Res von uns weggegangen ist, weil sie der Bauer nach München geschickt hat, da ist der Heigl kurz darauf wieder bei uns in der Gegend aufgetaucht. Jahrelang hat er sich nicht blicken lassen. Gehört haben wir freilich immer wieder von ihm, haben auch oft bei uns in der Stube über ihn geredet, wenn die Ramsriederin nicht da war. Weil die Bäuerin hat es ihm nie verziehen, dass der Bauer wegen ihm seinerzeit ins Gefängnis gegangen ist.

Zunächst ist der Heigl nach den Jahren bei uns zu seinem Onkel nach Furth im Wald in eine Schlosserlehre gegangen. Er hat auch mal schreiben lassen, aber die Ramsriederin hat seine Briefe alle ungeöffnet in den Kachelofen gesteckt. So oder so hat es sich aber herumgesprochen, dass der Heigl ein guter Schlosser wird, er hat ja die besten Voraussetzungen dafür gehabt. Schlau war er schon immer, und seine Bärenkräfte sind immer noch mehr geworden. Aber dann ist das mit dem Pfarrer Merzinger gewesen, dem er das Geld aus der Truhe gestohlen hat. Der Merzinger war ein ganz scharfer Hund, meiner Base hat er einmal für einen Fluch drei Gulden abgenommen. Damals hat man für drei Gulden seine Kinder einen ganzen Monat satt kriegen können. Ja, und da hat der Heigl, der allein mit der Truhe war, zugelangt. Er hat das ganze Geld eingesteckt und ist mit ihm abgehauen. Wo er sich danach genau herumgetrieben hat, das weiß ich nicht, bei uns ist er jedenfalls zu jener Zeit nicht aufgetaucht. Geheißen hat es immer, er wär in Böhmen.

Irgendwann hat es geheißen, der Heigl sei wieder aus Böhmen zurück und hätt schon wieder zugelangt, hätt schon wieder was gestohlen. Die Ramsriederin hat damals immer das ganze Gesinde einen Rosenkranz beten lassen, dass die Sünd nicht auf den Hof zurückkäme. Das war auch der Zeitpunkt, wo ich zum ersten Mal gespürt hab, dass die Leut eigentlich nicht für den Hof, sondern für den Heigl beten. Damals hat es angefangen, dass sich eigentlich ein jeder heimlich mitgefreut hat für den Heigl. Weil er hat ja nie einem Armen was genommen, sondern immer nur den Reichen.
Am meisten haben sich die Leute gefreut, wie er einmal in die Jagdhütte vom Fürsten eingebrochen ist. Nicht bloß das Geld und die Felle hat er mitgenommen, sondern auch den ganzen Wein. Und den Wein hat er dem nächsten Dorf mitgebracht, allen hat er was gegeben, und am helllichten Tag haben die sich zusammengehockt und haben sich damit betrunken, auch die Weiber, weil der Wein so gut geschmeckt hat. Und was macht der Heigl? Eine Woche später kommt er wieder mit einem so guten Wein, sagt, dass der noch besser ist. Und das war der Messwein von einem Pfarrer! Der Heigl hat sich nicht darum geschert, noch einmal einem Stellvertreter Gottes auf Erden was zu stehlen!

Dass das nicht ewig gutgehen kann, das hat auch ein jeder gewusst. Und tatsächlich ist er dann schnell erwischt worden, weil zufällig zwei Gendarmen am Haus vorbeikamen. Es ist ihm der Prozess gemacht worden, und zehn Jahre Strafe hat er bekommen! Im Dorf hat jeder gesagt, dass man ihn mit der größten Härte abgeurteilt hat. Der Pfarrer Kaltbichler hat dagegen von »neuzeitlicher Milde« in der Sonntagspredigt gesprochen. Froh sollten wir alle sein, hat er gemeint, dass es heute Kerkerstrafen gibt, vor noch nicht allzu langer Zeit hätt man Leuten wie dem Heigl die Hände für solche Vergehen abgehackt.

Aussage des Ramsrieder Alois vor dem Straubinger Gericht am 7. Juni 1854

Fünf Jahre ist der Vater für den Heigl in den Kerker gegangen. Fünf Jahre haben wir keinen Bauern am Hof gehabt. Der ehrenwerte Herr Richter weiß ja nicht, was es für die Mutter geheißen hat, elf Kinder, darunter die Res, aufzuziehen und das Gesinde zu führen. Und wie hat der Heigl uns das gedankt? Gar nicht! Er hat zwar Briefe schreiben lassen, aber die hat die Mutter erst gar nicht aufgemacht. Was hätt da auch drinstehen sollen? Danken hätt er es uns können, wenn er fortan ein anständiges Leben geführt hätt. Und die Möglichkeit hätt er auch gehabt, bei seinem Onkel hat er ja in die Lehre gehen dürfen, und die Voraussetzungen dafür, ein tüchtiger Schlosser zu werden, hat er auch gehabt, schon allein wegen seiner Kraft. Und was macht der Heigl? Er stiehlt dem Pfarrer sein Geld!

Warum arbeiten wir eigentlich jeden Tag gottgefällig, werden auch nicht jeden Tag satt und lehnen uns nicht gegen alles und jedes auf? Sind wir Anständigen denn allesamt Deppen? Und dann hat er nicht bloß einmal gestohlen, der Heigl, sondern nach der ersten Langfingerei hat er schamlos weitergemacht. Nichts, aber auch nichts war ihm eine Lehre! Ich sag es ja immer, ein verdorbener Charakter bleibt ein verdorbener Charakter, auch wenn er sich kurzzeitig verstellt.

Einmal hat er Messwein unter den ganzen Leuten am helllichten Tag verteilt, ein anderes Mal hat er gewildertes Fleisch vor alle Haustüren gelegt, wobei ich jetzt nicht mehr genau weiß, wann das gewesen ist, aber das ist ja auch wurscht. Und wieder ein anderes Mal hat er einfach jemandem aus dem Dorf gestohlenes Geld zugesteckt. Der hat doch damals schon verstanden, sich beliebt zu machen, nur um immer weiter seine Untaten zu begehen!

Aber da haben ihn dann die Gendarmen erwischt und inhaftiert. Zehn Jahre hätt er für seine Schandtaten eigentlich büßen müssen. Das hat der alte Straubinger Richter damals so geurteilt. Aber dann sind schon langsam diese politischen Unruhen aufgekommen, und irgendjemand hat ihn begnadigt, ich weiß nicht mehr, wer oder warum das so gewesen ist, aber es war nicht der König. So hat er nicht mal ganz acht Jahre Haft verbüßt und ist dann wieder frei gekommen.

Die Leuten haben damals alle gesagt, ja wie schaut denn der jetzt aus, wie ein Gerippe! Ja sollte er denn im Kerker gemästet werden? Und dass man sich unter anderen Verbrechern bei einer verschärften Haft auch mal die einen oder anderen Schläge einfängt, die Spuren hinterlassen, ist doch auch nicht verwunderlich. Oder soll ein Kerker ein Palast mit Müßiggang sein, dann würd doch ein jeder Strafen in Kauf nehmen und sich selbst alles herausnehmen.

Nix gegen den Heigl, aber heut wird immer so getan, als hätt ihm die Zeit im Kerker das Kreuz gebrochen. Ja Herrgott noch mal, ich muss doch vorher wissen, was ich tu. Und dann hinterher jammern, wenn es um die Verantwortung geht! Wir sind doch keine kleinen Kinder, die vorher nicht einschätzen können, was sie wirklich anstellen. Wobei ich gerechterweise sagen muss, dass die anderen mehr gejammert haben als wie der Heigl selbst. Und im Gegensatz zum Vater, der seine Strafe bis zum letzten Tag abgesessen hat, ist der Heigl ja auch noch begnadigt worden!

Aussage des Lehrers A. Stifter vor dem Straubinger Gericht am 7. Juni 1854

Die Taten des Heigl hallten wie ein Ruf durch unsere weiten Wälder und über die saftigen Wiesen und beseelten die Menschen, ihr Schicksal zu wenden. Mit ihm widersetzte sich die ungezähmte Natur dem städtischen Kleingeist, der sich leider auch in unsere liebliche Landschaft zunehmend einschreibt. Statt mit Häusern und Hütten oder gar Palästen die Schöpfung immer unnatürlicher dem Ursprung zu entfernen, verstand unser Held es, zunehmend mit und in der Natur zu leben. Derweil verfeinerte Res ihren schönen Geist in der Stadt – so zeigt sich, wie Kunst und Natur sich ergänzen und vereinigen können. Denn nicht Natur und Kunst schließen sich aus – sondern Amtsschimmel, Kleingeister und Pfaffen verhindern sie beide.

Brief der Annamirl Leitner nach München an die Res vom 10. August 1847

Liebe Res,

bist du immer noch so eine feine Dame in München? Passt du hoffentlich gut auf dich auf? Einer von uns verzeiht man es nicht, wenn sie hinfällt, also gib Obacht!

Bei uns in Hainbach geht alles seinen gewohnten Gang. Der Wickerl und der alte Amroider sind gestorben, die Leni hat ein gesundes Mädchen und die Maria einen gesunden Buben zur Welt gebracht. Die Ernte war mager, aber nicht so verheerend wie schon einmal. Der Pfarrer hat an Mariä Himmelfahrt zu viel Messwein getrunken und bei der Predigt gelallt. Wir haben dann gesagt, er hätt noch eine zusätzliche Beichtstunde angekündigt, die sollt er jetzt halten. Und weil er so betrunken war, hat er das geglaubt, und wir haben alle unsere ganzen Sünden gebeichtet, und der Pfarrer kann sich an kaum mehr eine erinnern, was ihn natürlich fürchterlich wurmt.

Eine neue Magd bei uns am Hof, die Anna Maria Gruber aus Arnsdorf, verdreht den Mannsbildern den Kopf. Sie ist wirklich ein Prachtweib, hat ein ganz fein geschnittenes Gesicht, dunkle Locken und die Rundungen an den richtigen Stellen. Vor allem dem Ramsrieder Alois hat sie es angetan, an Kirchweih hat er ihr den ersten Tanz abgeluchst. Ich hab gehört, wie der Bauer zum Alois gesagt hat, er könnt ruhig zu ihr in die Kammer, aber nicht dass er sich einbilden tät, eine Magd würd Bäuerin werden können. Die Ramsriederin würd die Anna am liebsten vom Hof schicken, aber sie hat sich bisher nichts zuschulden kommen lassen. Also muss die Ramsriederin mit ansehen, wie die Mannsbilder, und allen voran ihr Alois, mehr um die Gunst der Anna buhlen als um die der Bäuerin oder des Herrgotts.

Wenn die Ramsriederin so weitermacht, wird sie noch ein rechtes Biest, das keiner mehr ertragen kann. Je milder der Bauer wird, desto härter geht die Bäuerin mit allen ins Gericht. Es ist, als ob der eine dem anderen beweisen möcht, dass er mit seiner Methode recht hat. So eine Art Ehepaar ist für alle ein Kreuz, für die Kinder, das Gesinde und für es selbst.

Res, schau dich allmählich auch nach einem feinen Mannsbild um, nicht dass es sich in München doch noch herumspricht, dass du in dieser Kanzlei arbeitest. Und schau nicht auf schöne Augen oder eine gerade Nase, sondern darauf, ob er anständig ist und nicht trinkt. Die Liebe vergeht, aber die gemeinsame Wirtschaft bleibt.

Dein Annamirl

Geschrieben vom Leitner Gustl

Aussage des Ramsrieder Alois vor dem Straubinger Gericht am 8. Juni 1854

Ich geb es ja unumwunden zu, ich hätt ihn umbringen mögen. Weil ich hab ja mit der Anna damals schon geliebäugelt, das haben auch alle gewusst, spätestens nach dem Tanz an Kirchweih. Der Richter kann die Anna selber mal anschauen, die ist … ich kann es nicht anders sagen, heut noch, ein Rasseweib. Und an Kirchweih, bei dem Tanz, da hab ich sie auch wirklich gefragt, ob sie nicht … ja, und dann war ich auch bei ihr in der Kammer.

Ich geb es unumwunden zu und hab es auch längst gebeichtet. »Vielleicht«, hat die Anna mir zugeraunt auf dem Tanzboden und dazu so kokett getanzt und geschaut, dass alle Leut, die zugeschaut haben, sich schon denken haben können, um was es da geht. Die Anna hat sich gedreht, und der Rock ist hochgeflogen, und sie hat bloß mich dabei angeschaut, keinen anderen. Die Musikanten haben extra noch schneller dazu aufgespielt, und zum Schluss haben alle für uns geklatscht. Wobei der Herr Richter nicht glauben soll, dass wir in Hainbach rauschende Feste gefeiert haben – der Boden war einfach, und das Bier hat in dem Jahr nur ausnahmsweise reichlich zur Verfügung gestanden.
Im Prinzip haben wir alle noch gegen den Hunger gekämpft und um gute Ernten gebetet. Wobei die Leute ja oft am meisten Unzucht treiben, wenn man sonst nichts hat.

Ja, und ich wollt die Anna damals auch schon heiraten, es war mir ganz wurscht, was die Eltern gesagt hätten, sogar gegen den Vater hätt ich mich gestellt. Aber bald darauf ist er dann bei uns auf dem Hof aufgetaucht, der Heigl. Mit seinem Lederhut, auf den er eine Feder gesteckt hat, und einem Sack auf dem Rücken hat er eines Tages nach siebzehn Jahren plötzlich wieder vor dem Haus gestanden.
»Was willst?«, hat die Mutter ihn gefragt.
»Eine alte Rechnung begleichen«, hat der Heigl geantwortet und ist ohne eine Aufforderung ins Haus rein. Da hat die Anna ihn auch zum ersten Mal gesehen und ihm was zum Essen und Trinken hingestellt. Der Heigl hat seinen Sack ausgepackt und einen ganzen Batzen Geld auf den Tisch gelegt.
»Des ist dafür, weil du für mich in den Kerker gegangen bist«, hat er zum Vater gesagt.
Mich und die Mutter hat er dabei überhaupt nicht angeschaut, aber die Anna. Alle sind wir um den Tisch herum gestanden, denn so einen Haufen Geld auf einmal hat noch keiner von uns vorher gesehen. Und der Heigl hat die Anna damit beeindruckt.
Wie er dann hinausgegangen ist zur Tür, da ist sie ihm einfach nach. Ich hab sie am Arm festgehalten und hab gesagt: »Das ist der Heigl, der Verbrecher.«
In dem Moment hat der Heigl sich noch mal umgedreht und ganz frech zu mir gesagt: »Ich hab alles gebüßt und meine Strafe abgesessen.« Und zur Anna hat er gesagt: »Du find'st mich im Wald.«

Von da an hat sich die Anna oft zu ihm gestohlen, die haben einen heimlichen Treffpunkt gehabt, in einem alten Stadel. Ich geb's zu, ich bin der Anna nachgeschlichen, wie sie eines Abends wieder einmal angeblich zum Ratschen oder zum Pfarrer wollt. Sie ist in der Dämmerung im Stadel verschwunden, und gleich darauf hab ich auch den Heigl hineingehen sehen. Da hab ich nicht mehr an mich halten können, die nächste Mistgabel gepackt, die Tür aufgerissen und geschrien: »Heigl, du Sau, fahr in die Hölle!« Der Heigl hat gegrinst, die Anna sich hinter ihm versteckt, und ich bin mit der Mistgabel auf ihn los.

Vielleicht ist der Heigl damals schon mit dem Teufel im Bund gestanden, denn so schnell hab ich gar nicht schauen können, wie er mir die Mistgabel abgenommen und gegen mich gerichtet hat. »Die Anna gehört mir«, hat er gesagt und mich mit einem einzigen Stoß auf den Boden geworfen.
Der hat sich die Anna doch bloß genommen, um mir, dem Bauernsohn, eins auszuwischen. Und die Anna war so dumm, sich von dem Heigl beeindrucken zu lassen.

Ein paar Tage später ist der Heigl dann wieder auf den Hof gekommen und hat an der Tür gestanden.
»Wart fünf Minuten!«, hat die Anna geantwortet und schnell ihre Habseligkeiten zusammengepackt. Und nach nicht einmal zehn Minuten sind die zwei dann vom Hof gegangen, nebeneinander her, so als wie wenn die Ehe jetzt ausgemacht wär. Nicht einmal ihr Dienstbotenbuch hat die Anna sich noch abzeichnen lassen.
Ich hab der Anna fassungslos hinterhergeschaut, wie sie immer weiter weg gegangen und immer kleiner geworden ist, mit ihrem Bündel auf dem Rücken. Herbst war's, und ein Wind hat immer wieder Laub auf ihrem Weg aufgewirbelt.

»Des is gut so«, hat die Mutter gesagt, der Vater hat dazu genickt, und ich hab gewusst, was sie meinen. Denn jetzt war die Anna weg und damit mei Liab, und der Weg war frei, dass ich eine Bäuerin heiraten würd.

Brief der Annamirl Leitner nach München an die Res vom 20. Oktober 1847

Liebe Res,

bei uns hat es eine Aufregung gegeben: Der Heigl Michael ist auf den Hof gekommen und hat dem Bauern Geld gebracht. Wir haben ihn ja siebzehn Jahre nicht mehr am Hof gesehen gehabt, das ist ein Mannsbild wie ein Bär. Und stell dir vor, die Anna Gruber ist mit ihm gegangen, hat alles stehen und liegen gelassen und ihre Stellung aufgegeben! Der Alois wär dem Heigl am liebsten an die Gurgel gesprungen, aber gegen den hat er überhaupt nichts auszurichten, da müssten schon drei Mann kommen, um ihn zu bändigen. Außerdem hat der Heigl den Alois zuvor schon einmal recht hergenommen, die haben um die Anna gerauft, und der Alois ist mit einer blutigen Nase und vielen blauen Flecken heimgekommen.

Es heißt jetzt, dass der Heigl und die Anna sich einem fliegenden Händler angeschlossen haben und verschiedene Waren von Böhmen zu uns bringen wollen. Angefangen haben sie mit Gänsen, und angeblich soll ihr Geschäft ganz gut laufen. Es freut mich, dass dem Heigl etwas eingefallen ist, dass er und die Anna so findig waren. Denn eine normale Arbeit dürft dem Heigl ja keiner mehr geben, und allein deshalb werden die Zuchthäusler ja immer wieder zu Verbrechern. Eigentlich müsst man doch jedem Menschen eine Möglichkeit geben, wieder neu anzufangen, der Herrgott vergibt uns doch auch unsere Sünden, wenn wir gebeichtet und gebüßt haben. Woher der Heigl allerdings das Geld hat, das er dem Bauern gebracht hat, möcht ich lieber gar nicht wissen. Der Alois würd den Heigl auch am liebsten deshalb sofort anzeigen, aber das traut er sich nicht, denn schließlich hat sein eigener Vater die Gulden geschenkt bekommen. Und in der ganzen Umgebung hat man auch nichts von einem weiteren Diebstahl gehört. Der Ramsrieder will mit dem Geld Land kaufen und reibt seiner Frau jetzt jeden Tag indirekt unter die Nase, dass er sich im Heigl nicht getäuscht hätt und Milde sich eben doch auszahlen würd.

Die Ramsriederin ist wiederum froh, dass die Anna vom Hof weg ist und sie jetzt eine standesgemäße Bäuerin für den Alois suchen kann.

Hoffentlich geht es dir immer noch so gut in München!

Dein Annamirl

Geschrieben vom Leitner Gustl, mit vielen Grüßen an dich, Res!

Brief der Res an Annamirl Leitner aus München vom 20. Oktober 1847

Liebes Annamirl,

in München geht es zu, ich sag es dir! Studenten ziehen immer wieder in Gruppen umher und raufen miteinander. Die einen sind königstreu, die anderen fordern »französische Verhältnisse«. Das heißt, sie wollen ein allgemeines und geheimes Wahlrecht, Schwurgerichte, Pressefreiheit und noch etliches mehr. Das geht schon länger so, aber jetzt haben sich auch die Bürger versammelt und fordern diese Rechte! Der König hat eine junge spanische Geliebte und macht daraus keinen Hehl! Lola Montez – so heißt die Mätresse – ist ein aufbrausendes Weib, das auf offener Straße Zigarren raucht. Und die arme Königin Therese muss ganz einfach mit ansehen, wie ihr Mann, unser König, dieser Person verfallen ist! Um die Königin tut es hier sonst niemandem leid, fast alle reden nur über längst notwendige Veränderungen in einem neuen französischen Zeitalter. Und manche wollen sogar unser Königtum und die Stände abgeschafft sehen!

Überall auf den Straßen wird debattiert und unter den Burschen gerangelt und gerauft. Neulich hat die Polizei direkt vor unserer Haustüre zwei Studenten festgenommen, die lautstark – freilich waren die auch betrunken – gegrölt haben: »Nieder mit dem König! Es lebe die Revolution!« Ich hab das von meinem Zimmer aus haargenau beobachtet. Und wie der eine Student verhaftet worden ist, hat er zufällig zu meiner Kammer im dritten Stock heraufgeschaut, mich am Fenster gesehen, mir im Abtransport noch einen frechen Handkuss zugeworfen und gerufen: »Trag es weiter! Für eine gerechtere Welt kämpfen wir!« Seitdem seh ich den feschen Studenten mit dem Schmiss, der hohen Stirn und den blonden, gelockten Haaren immer wieder vor mir. Und ich denk mir immer, hat denn so ein Student eine Ahnung davon, was wirklich gerecht ist? Hat der schon jemals Hunger gelitten, so wie wir alle vom Wald? Und die feinen Bürger, die jetzt auch so große Töne von sich geben, was wissen die schon davon, im Winter Holz vom Berg zu lassen und im Sommer jeden Tag auf dem Feld zu arbeiten und trotzdem im Herbst nichts zu ernten, weil es Unwetter gab oder die Jäger alles zerstörten? Gut genährt spazieren die alle herum und können raufen und debattieren, weil sie ihre Kraft nicht draußen verausgaben müssen, weil sie schnell mal einen Doktor und die Medizin bezahlen können und wahrscheinlich noch nie barfuß durch den Schnee laufen haben müssen, um den Pfarrer zur Letzten Ölung zu holen.

Ich denk mir immer, die wollen doch bloß dem Adel gleichgestellt sein und neiden ihm die Privilegien. Wenn eine Welt gerechter sein müsste, dann für euch, liebes Annamirl, und die ganzen Armen der Stadt und der Vorstädte. Denen geht es oft noch elendiger als den Waldlern, sie haben auch nichts zu essen, aber noch nicht mal die Möglichkeit, in einem Garten Gemüse für sich anzubauen. Die arbeiten in stinkenden Fabriken oder sammeln den Dreck ein und werden manchmal behandelt wie räudige Hunde. Das war übrigens auch neulich in unserer Gasse, da haben Gendarmen einen Haderlum-

per zu Boden geschlagen, bloß weil er die Genehmigungspapiere für die Stadt vergessen hatte. Ein alter Mann war das, bestimmt schon fünfzig, und nach der »Behandlung« durch die Gendarmen konnt er gar nimmer aufstehen. Wahrscheinlich haben sie ihm Knochen gebrochen, ich konnte es nicht mehr weiter verfolgen, weil mich die Zimmerwirtin zu sich gerufen hat. Was soll jetzt der alte Haderlumper machen, wenn er nicht einmal mehr aufstehen kann? Als hätt er Geld, sich in ein Krankenhaus – von diesen Einrichtungen muss ich dir auch noch einmal genauer erzählen – zu legen und seine Brüche auszukurieren! Wenn er nicht eine gute Verwandtschaft hat, wird er einfach verhungern!
Und da fordern die Studenten Pressefreiheit und so ein Zeug – als ob ein Haderlumper oder ein Waldler davon abbeißen könnt!

Ich hör dich jetzt förmlich sagen, liebes Annamirl, was interessiert mich schon Politik! Und deine Augen fragen mich, obwohl du deine Neugier nicht zugeben möchtest, wie es mir mit der Arbeit und der Liebe geht.
Ich bin immer noch fleißig in der Kanzlei, aber der Herr Gabelsberger hat zu mehr Vorsicht gemahnt. In diesen stürmischen Zeiten, so hat er gemeint, müsse man mit allem rechnen, auch dass sie ihm einen Strick daraus drehen, dass er ein Weib angestellt hat. Ich schleiche mich seitdem noch vor Sonnenaufgang in die Kanzlei und arbeite in einer Art Besenkammer mit wenig Licht. Auch die Herren Kollegen sind zunehmend reservierter mir gegenüber, ich glaub, sie halten mich auch für eine Aufständische, einfach bloß deshalb, weil ich mir als Weib so eine Arbeit herausnehme. Manchmal hätte ich gute Lust, es der Frau Montez nachzumachen, mir eine Zigarre anzuzünden und die Füße auf den Tisch zu legen. Aber nein, Annamirl, so weit lass ich es natürlich

nicht kommen, ich muss doch dankbar dafür sein, welch ein Los ich gezogen habe!

Und um auf deine zweite Frage zu kommen – mit der Liebe ist es auch nicht so weit her. Einen armen Fabrikarbeiter, Knecht oder gar Haderlumper möcht ich nicht heiraten. Bürgersöhne würden zu mir niemals eine Erlaubnis bekommen, und was bleibt da noch außer Adeligen und Studenten, für die ich auch nicht in Frage komme? So wäre es in punkto Liebe vielleicht doch nicht verkehrt, die Stände abzuschaffen, dass es einfach keine Rolle mehr spielt, wer woher kommt. Ich weiß schon, dass du jetzt wieder sagen würdest, Res, spinn doch nicht so herum. Aber andererseits hast du, und nur du, mich auch immer in meiner Vorstellungskraft und meinen Träumereien verstanden. Das hast du nie zugeben können, aber ich hab es immer gespürt.

Übrigens setzt sich manchmal eine Amsel auf meinen Fenstersims und schaut so drein, als würd sie mich neugierig und liebevoll beobachten. Sie ist auch gar nicht scheu und fliegt nicht weg, wenn ich das Fenster aufmache. Ich hab sie für mich einfach Angela getauft und red manchmal leise mit ihr. Siehst, jetzt hast wieder was zum Kopfschütteln!

Ach, liebes Annamirl, so schön es hier ist – manchmal hab ich trotzdem Heimweh nach euch und vor allem nach dir und dem Sepp. Ich hoffe, ich hab bald das Geld beieinander, um euch zu besuchen!

Deine Res

Aussage des Pfarrers Kaltbichler am 8. Juni 1854

Wer das heilige Sakrament der Ehe nicht ehrt und systematisch der Unzucht nachgeht, ist auch sonst ein Lump, ein Kind des Satans. »Wer einmal lügt, dem glaubt man nicht, auch wenn er dann die Wahrheit spricht«, heißt es. Und in Anlehnung dessen kann ich sagen: »Wer ein Gebot Gottes missachtet, ehrt auch die anderen nicht und ist ein Bösewicht.« Bestes Beispiel dafür ist der Heigl, wie er damals schon mit der Anna Gruber in Unzucht gelebt hat. Es heißt neuerdings ja immer, dass die unteren Stände das Hochzeitsgeld nicht aufbringen können. Ja, dann müssen sie halt sparen und dürfen es nicht für die Vergnügungen an Kirchweih so leichtsinnig ausgeben!

Und auch auf die Res lässt sich das Sprichwort übertragen. »Das Weib sei dem Manne untertan«, heißt es in der Heiligen Schrift. Aber die Res wollt sich eben nicht unterordnen und hat in München wie ein Mannsbild gearbeitet. Als ob der Herrgott und der König nicht schon ihre Gründe dafür hätten, wenn sie eine Ordnung schaffen, in der jeder seinen Platz hat, die Oberen und Unteren, die Mannsbilder und die Weiber, die kirchlichen und die weltlichen Würdenträger. Von Ausnahmen einmal abgesehen, wir sind ja alle auch einmal schwach mit dem Fleische, selbst unser König seinerzeit, wie er dem verruchten Satansweib Montez verfallen ist. Aber so verruchte

Weiber wie die Spanierin haben die Res da in München wahrscheinlich noch richtig angesteckt in ihrem revolutionären Aufbegehren. Und wohin wir damit kommen … ja, das haben wir ja gesehen bei den blutigen Unruhen anno 1848. Unfrieden war für Jahre gestiftet, die Leute aufgehetzt. Und es hat gehörige Kraft gekostet, wieder eine verbindliche Ordnung für alle herzustellen.

Einen größeren Schmarrn als dass der Mensch die Freiheit wolle, kann man gar nicht erzählen. Ein jeder will doch Gebote und Weisungen, an die er sich halten kann. Wenn ich mir vorstelle, dass sich in meiner Kirche ein jeder einen Platz suchen könnte, wo er nur wollte, und nicht die Weiber qua der natürlichen Ordnung links und die Mannsbilder rechts hocken würden – da wär ja Chaos und Unzucht geradezu Vorschub geleistet. Burschen würden sich darum raufen, wer neben einer schönen Magd sitzt, Kinder würden sich nach vorne drängen, und Fürsten müssten am Ende noch zwischen einfachem Gesinde hocken. So hat die Ordnung nicht nur einen göttlichen, sondern auch weltlichen Sinn. Ein jeder kennt sich automatisch aus, wo er hingehört, und muss nicht viel nachdenken. Und schön haben es die Leut noch dazu, denn unsereiner, die Schriftgelehrten, nehmen ihnen Zweifel und Auslegungen ab.

Brief der Res an Annamirl Leitner aus München vom 23. Oktober 1847

Liebes Annamirl,

unsere Briefe haben sich überschnitten! Stell dir vor, wir haben uns am gleichen Tag geschrieben, haben zur selben Zeit aneinander gedacht, oder war es bloß Zufall, dass der Leitner Gustl bei euch war und du ihn hast schreiben lassen? Jetzt antworte ich dir ganz schnell, damit wir uns nicht wieder überschneiden, denn ich tu mich da ja leichter, brauch ich doch nicht extra jemanden zum Schreiben zu holen.

Vor der Anna Gruber hab ich den größten Respekt – einfach mit der großen Liebe mitgehen, obwohl man in unserer Zeit nicht weiß, was demnächst passiert! Oder meinst du, sie ist dem Heigl nur deshalb gefolgt, weil sie glaubt, sie würd durch ihn noch reich werden?

Du kannst dir gar nicht vorstellen, wie es hier in München weiter zugeht! Fast stündlich passiert etwas Neues. Studenten haben schon wieder eine Burschenschaft gegründet und fordern lautstark Freiheit, Demokratie und ein vereinigtes Vaterland. Manchmal biege ich um eine Straßenecke, und dann liegen da plötzlich revolutionäre Flugblätter. Auch die Bürger haben sich wieder versammelt, und es herrscht eine feindselige Stimmung gegen die Montez, aber auch gegen den König selbst.

Mir kommt es so vor, als könnte in jeder Minute etwas ganz Unerhörtes passieren. Angeblich will der König auch die Universität schließen lassen, wenn es so weitergeht. Er möcht es nicht so weit wie in Frankreich kommen lassen, wo es lauter Aufstände gab. Hat sich das bis zu euch in den Wald herumgesprochen? Hat der Lehrer euch das erzählt? Der korrespondiert (schreibt) doch immer auch mit Franzosen und müsste das erfahren haben.

Und ich, liebes Annamirl, sehe die Welt jetzt ebenfalls mit ganz neuen Augen, mit strahlenden und auch revolutionären Augen! »Res, mach keinen Schmarrn!«, höre ich dich jetzt empört ausrufen. Keine Sorge, Annamirl, es ist gar nicht so wild, ich erkläre es dir gleich. Ich hab mich verliebt!

Neulich hab ich dir doch von den Studenten geschrieben, die unter meinem Fenster verhaftet worden sind. Und der eine, der mir so frech einen Handkuss zugeworfen hat, ist nach einer Nacht im Kerker wieder entlassen worden und hat daraufhin nichts Besseres zu tun gehabt, als schnurstracks zu mir zu kommen! Kannst du mich kichern hören? Vor der Haustür hat er auf mich gewartet, mit Blumen in der Hand. Ich bin gerade von der Kanzlei heimgekommen und hab geglaubt, der wartet auf das schöne Fräulein vom Erdgeschoss. Aber nein, für mich waren die Blumen bestimmt! Nepomuk – so heißt er – hatte gelobt, wenn er schnell wieder aus dem Kerker entlassen würde, würde er mir Blumen bringen! Und so sind wir da noch etwas schüchtern vor meiner Haustüre gestanden und haben unter den gestrengen Augen der Zimmerwirtin, die immer alles genau beobachtet, noch ein paar Worte gewechselt. Wie lustig der redet, Annamirl, der kommt aus Berlin! Und so hab ich auf die Schriftsprache umgeschwenkt, die ich ja leidlich kann, und auch in der Kanzlei wird sie meist gesprochen. Da war er ganz erstaunt, dass ein einfaches Mädchen sie beherrscht, und er hat immer größere Augen bekommen, wie ich dann auch von Büchern, die ich beim Lehrer gelesen hab, erzählt habe. Man hat es ihm richtig angesehen, wie er das in seinem Kopf gar nicht sortieren konnte, weil das für ihn nicht zusammenpasste. Schließlich hat er so entgeistert geschaut, der Nepomuk, dass ich plötzlich laut lachen hab müssen. Das hat ihn angesteckt, und wir haben beide nur noch gekichert und gar kein vernünftiges Wort mehr herausgebracht.

»Darf ick dir einladen?«, hat er dann gefragt, das hab ich natürlich abgelehnt, und die Zimmerwirtin hat mich auch hinterher eindringlich davor gewarnt, noch einmal mit so einem Studenten, der in einer Burschenschaft ist, öffentlich zu reden, wenn ich meinen Ruf nicht ruinieren wollt. Dabei, liebes Annamirl, sind die Burschenschaftsstudenten gar nicht so wild wie ihr Ruf – ich hab jetzt schon mit mehreren von ihnen gesprochen, und glaub mir, bei uns im Wald raufen sich die jungen Männer schneller!

Der Nepomuk studiert Philosophie, und du kannst dir gar nicht vorstellen, was er alles weiß und liest! Er erzählt mir von Feuerbach, Kant und Hegel und wundert sich immer noch, dass mich das alles interessiert. Manche Dinge würd ich als Weib zwar nicht verstehen, meint er, aber dann versucht er es mir doch zu erklären, und mir kommt es jedes Mal vor, als würden wir bei solchen Gesprächen in eine andere Welt reisen, ich nenn es mein geistiges Amerika. Wir reden über Freiheit und ob der Mensch überhaupt Gesetze braucht, über einen Sinn des Lebens, über … ach, Annamirl, über Gott und die Welt!

Besonders gern spricht Nepomuk über Frankreich und die Republik. Ganz andere politische Systeme möcht er haben und ist bereit, bis aufs Blut dafür zu kämpfen, sagt er. Und da kann er sich reinsteigern und redet dann ohne Punkt und Komma.

Mich interessiert das sehr, aber auch der Nepomuk meint wie du, Politik sei nun wirklich keine Weibersache. Manchmal verstehe ich bestimmte Dinge tatsächlich nicht. Es mag mir zum Beispiel nicht richtig in den Kopf, warum es uns ohne einen König bessergehen sollt. Vielleicht versprechen sich die Studenten und die Bürger davon einen Vorteil – aber für unsereiner, die Knechte, Mägde, Häusler und Tagelöhner, bleibt doch eh alles gleich.

Wir haben uns im Englischen Garten, das ist ein großer Park, getroffen und debattierten dann spazieren gehend. Der Nepomuk in seinem Studentenrock und ich im roten Sonntagsgewand mit dem Münchner Riegelhäubchen haben ein hübsches Paar abgegeben, mein ich. Er ist einen Kopf größer als ich, hat blonde Schneckerllocken und hellblaue Augen. Seine Nase ist vielleicht ein bisserl zu groß, aber die Lippen ganz voll, und in den Wangen hat er zwei Grübchen. Ich warte immer darauf, dass unsere Spaziergänge doch noch wer bei der Zimmerwirtin verrät, aber München ist mit seinen hunderttausend Einwohnern so groß, dass man uns bisher wahrscheinlich einfach übersehen hat!

Heute hab ich ganz kindisch ein Gänseblümerl ausgerissen und mit den Blüten gefragt, ob er mich nun liebt oder nicht. Was meinst du, was herausgekommen ist? Ein »Ja«. Er als Mannsbild drängt natürlich auf mehr, das seh ich seinen Augen an, auch wenn er bisher noch keine solchen Versuche gemacht hat. Und hoffentlich wartet er auch noch damit, denn ich wüsst überhaupt nicht, ob ich mich darauf einlassen sollte oder nicht … Ach Annamirl, du redest dich so leicht, dass man vor der Ehe nicht sündigen soll. Aber woher kommen dann die ganzen Bangaden? Und außerdem glaub ich seit heute, dass du selbst das einfach bloß so sagst, nicht wegen einer Moral, sondern weil man uns Weiberleut mit der Keuschheit viel ersparen kann, wenn wir nicht »sündigen« und »fallen«. Hat es dich denn nicht auch zum Sepp gedrängt, zur Vereinigung mit ihm? Ist es denn nicht ganz unnatürlich, dem nicht nachzugeben? So wie wir essen und trinken und uns im Winter warm kleiden müssen, um zu überleben, so müssen wir uns doch auch körperlich lieben, um Kinder zu kriegen und damit unser Überleben in einem weiteren Sinne zu sichern. Was mischt sich eigentlich ein Herrgott oder ein weltliches Gesetz in diese Natur der Dinge ein?

Liebes Annamirl, schüttel nicht den Kopf über mich – ich bin unsterblich verliebt.

Deine Res

La Presse (undatiertes Fundstück/ übersetzt aus dem Französischen)

Im Prozess um das Räuberpaar des Bayerischen Waldes wurden weiter verschiedene Zeugen zur Vergangenheit Heigls vernommen. Nachdem sich die Magd Anna Gruber ihm angeschlossen hatte, fand der Hüne eine Möglichkeit, sich eine neue Existenz aufzubauen. Zusammen mit seiner Geliebten erwarb er einen Wagen und Pferde und importierte Waren aus Böhmen und Ungarn. Geschickt verstand das Paar, saisonale Güter als fahrende Händler zu verkaufen. Nach gut einem Jahr erwartete Anna Gruber ein zweites Kind von Heigl, und ihr Geschäft brachte so viel Gewinn, dass die Anschaffung eines zweiten Wagens samt Pferden geplant war. Doch dann wurde dem Paar das Analphabetentum zum Verhängnis. Heigl hatte versäumt, einen Gewerbeantrag beim Straubinger Amt zu stellen. Dieser ist hierzulande jedoch Voraussetzung für einen legalen Handel mit Waren als fahrender Händler.

Der Gendarm, der Heigl auch schon nach den ersten Diebstählen festgenommen hatte, sah das Paar zufällig nach Straubing mit dem Wagen einfahren. Der Staatsdiener kontrollierte genauestens die Ladung und die Papiere der beiden und hatte nichts zu beanstanden. Er sah sich schon genötigt, das Paar ziehen zu lassen, da fiel ihm ein, dass ein neues Gesetz von jedem fahrenden Händler einen Gewerbeschein forderte.

Heigl ließ sich zunächst widerstandslos verhaften und verhielt sich im Gefängnis unauffällig. Beim ersten Termin vor dem Richter rief er jedoch plötzlich: »Lieber sterb ich, als mich von euch noch einmal einsperren zu lassen!«, zerriss seine Handfessel mit den bloßen Armen, sprang auf den Fenstersims des Verhandlungssaals und floh durch das Fenster. Mit einem gewagten Sprung auf ein Mühlrad, über das er sich in ein Waldstück flüchtete, entkam er den fast ein Dutzend Männern, die ihn zu stellen versuchten.
Gendarmen verfolgten ihn noch Tage darauf. Mehrmals hätten sie ihn beinahe gefasst. Einmal schlug der Hüne so geschickt Haken im Wald, dass die Staatsdiener ihn sofort wieder aus den Augen verloren. Ein anderes Mal verbarrikadierte er geschickt eine Tür von innen und entkam durch ein Kellerloch. Einen Tag später schlug Heigl drei Gendarmen zu Boden, entriss ihnen ihre Büchsen und verschwand damit in den Wald.

Die Menschen lachten die verfolgenden Gendarmen offen aus, und als der zuständige Amtsrichter später das Verhandlungsgebäude verließ, wurde er mehrmals mit der süffisanten Aussage konfrontiert: »Recht so, endlich zeigt euch ›G'studierten‹ einmal jemand, dass ihr nicht alles mit uns machen könnt.«

Seit seiner Flucht aus dem Gerichtssaal und dem Debakel der Verfolgung sprach man im ganzen Land über den »Hüterbub, der es den Oberen gezeigt hat« mit großem Respekt.

Aktennotiz des Königlichen Gerichtsbeobachters Xaver Meierhuber am 8. Juni 1854 zu Straubing

Verschiedene Zeugen haben jetzt berichtet, wie der Heigl mit der Anna Gruber als fahrender Händler ein lustiges Leben führte. Munter haben die zwei Waren von Böhmen und Ungarn nach Bayern und umgekehrt ein- und ausgeführt. Zwei Pferdewagen konnten sie schließlich fast ihr eigen nennen. Geradezu von einem florierenden Geschäft war die Rede. Sie handelten mit Tüchern, Glas und Gänsen. Und jetzt versteht es das Zeugenpack, den Heigl schon wieder als Opfer darzustellen! Es heißt, als Analphabet hätte er gar nicht wissen können, dass er für den Handel einen Gewerbeschein braucht. Als ob so ein gerissener Bursche wie der das nicht gewusst hätte! Vermutlich wollte er auch weitere Schandtaten decken und meldete sich deshalb nicht an.

Die Anna Gruber scheint ihm verfallen gewesen zu sein. Als die beiden ohne Gewerbeschein überführt wurden, war sie bereits zum zweiten Mal in guter Hoffnung von ihm. Das erste Kind hatte sie gleich nach der Geburt zu dem Bauern, bei dem ihre Eltern in Stellung waren, gegeben. Da zeigt sich auch, was die Gruber für eine Mutter ist! Wegen so einem Schurken erfüllte sie ihre erste und heiligste Mutterpflicht nicht! Aber das scheint darüber hinaus allgemein im Bewusstsein der unteren Stände nicht verankert zu sein.

Brief der Res an Annamirl Leitner aus München vom 14. Februar 1848

Liebes Annamirl,

in München ist es zu einem großen Aufstand gekommen, und die Lola Montez wurde aus der Stadt gejagt! Der König hatte die Universität geschlossen, und daraufhin haben sich die Studenten mit den Bürgern verbündet, und auch Minister haben sich gegen den König gestellt! Das Zeughaus haben sie geplündert. Und Hunderte haben vor dem Haus der Lola Montez protestiert, sie ist mit einer Kutsche abgefahren und heimlich doch wieder zurückgekommen. Nur eine einzige Burschenschaft hat zur Montez gehalten und sie nicht als Grundübel Bayerns ausgemacht – genau die von meinem Nepomuk! Und nun, mein liebes Annamirl, ist er weg, mit ihr und ein paar anderen Studenten, die dieser Person alle treu ergeben sind! Noch nicht einmal verabschiedet hat er sich von mir, nur durch Zufall hab ich es erfahren. Ich pflück noch jeden Tag ein Gänseblümchen und frag, ob er mich liebt. Dabei könnt ich mir die Augen aus dem Kopf weinen!

Obendrein verdien ich kein Geld mehr, weil der Herr Gabelsberger es momentan nicht riskieren möchte, mich zu beschäftigen. Das versteh ich schon, aber bald weiß ich nimmer, wie ich die Zimmermiete bezahlen soll. Und was dann? Zu den armen Vorstädtern möchte ich nicht hinaus, denen geht es doch meist noch dreckiger als dem Vieh. Aber in der Stadt kann ich dann auch nicht mehr bleiben. Und wieder heim? Wo gehör ich denn eigentlich hin? Mir kommt es vor, als wär für mich nirgends in der Welt ein richtiger Platz, im Wald nicht und nicht in der Stadt.

Annamirl! Jetzt wurd ich gerade beim Briefschreiben an dich unterbrochen. Der Bruder eines Schwiegersohns der Zimmerwirtin kam in ihrer Begleitung. Stell dir vor, der machte mir einen Antrag! Ich bin aus allen Wolken gefallen. Das ist ein anständiger Kerl, nicht reich, aber ein redlicher Sekretär. Ein paar Mal bin ich ihm schon im Haus begegnet. Das wär die Lösung all meiner Sorgen. Ich könnt eine richtige Bürgerin werden und den Nepomuk vergessen ... aber ach, er gefällt mir überhaupt nicht, dieser Kerl! Ich kann mich doch nicht bloß deshalb verheiraten, weil ich sonst nichts Besseres weiß! Und wie kommt der überhaupt auf mich? Jetzt hab ich mir Bedenkzeit ausgebeten – Annamirl, ich verkauf heut noch meine Münchner Haube, dann hab ich das Geld und kann heimkommen, ich muss mit dir reden! Bis bald!

Deine Res

Brief des Königlichen Gerichtsbeobachters Xaver Meierhuber am 8. Juni 1854 an König Maximilian II.

Eure Majestät, hochverehrter König!

Richter Johannes Paulsen hat zu einem äußert geschickten Schachzug gegriffen, man möchte fast sagen, die Dramaturgie neu bestimmt. Er schlägt nun Pack mit Pack und hat die Anna Maria Gruber auch verhaften lassen. Die ehemalige Spießgesellin des Heigl hat zwei Kinder mit ihm. Heigl hat sie angeblich sitzen lassen wegen der sechszehn Jahre jüngeren Res. Die Weiber sind ja allesamt stets eifersüchtig auf die Jüngeren. Und die Gruber denkt auch nicht so weit, dass sie doch nur in diese Lage gekommen ist, weil sie nicht anständig geheiratet, sich vielmehr auf diesen Halunken eingelassen hat! Aber das kann uns in diesem Fall nur von Nutzen sein – sagt doch nun hoffentlich endlich einmal eine aus deren stinkender Mitte gegen die andere aus! Es heißt, die Gruber würd der Res am liebsten die Augen auskratzen, was in gewisser Weise nachvollziehbar ist, weil die Anna ein vollbusiges, dunkelhaariges Weib mit ausladenden Hüften und vollen Lippen ist. Da kann auch ein Mannsbild nachvollziehen, dass es äußerst ärgerlich ist, wenn man wegen einem so rothaarigen, knabenhaften Grischperl verlassen wird.

Ergebenst
Euer Diener Xaver Maierhuber

Aussage des Michael Heigl vor dem Straubinger Gericht am 8. Juni 1854

Jetzt habt's also die Anna auch noch eingekerkert, damit ich red. Aber ich sag gar nix, jetzt nicht einmal mehr, wenn man die Res und mich zusammen lässt. Ich red bloß, wenn die Res und die Anna wieder frei gelassen werden, alle zwei.

Tagebucheintrag der Therese Pritzl am 8. Juni 1854

An allem zweifle ich heute wieder. Habe ich zu viel auf eine Karte gesetzt? Wollte ich alles, all das, was mir gar nicht zustehen kann und darf? Ich hab von der Münchner Zeit geträumt. Wie war ich in den Nepomuk verliebt! Hab ich wirklich geglaubt, er würde mich, die kleine Waldlerin, heiraten wollen? Was ist aus ihm geworden? Gewiss hat er eine feine Bürgerstochter mit viel Bildung geehelicht. Fassungslos war ich damals, wie er von einem Tag auf den anderen München und mich verlassen hat.

Ich hab's nicht glauben wollen. Jeden Tag bin ich zum Englischen Garten, zu unserem Platz beim Eisbach, und jeden Tag hab ich gehofft, sein Verschwinden wär nur den politischen Umständen zu schulden. Aber er kam nicht zurück, schrieb keinen Brief, ließ nichts ausrichten. An die drei Monate hab ich immer gemeint, es wär nur ein böser Traum. Kein Geld hatt ich mehr, keine Anstellung, und der Nepomuk war weg. Wer würd da nicht in eine Ehe mit einem redlichen Sekretär einwilligen! So bin ich dann mit ihm – unter den gestrengen Augen der Zimmerwirtin – am Sonntag durch den Englischen Garten spaziert. Aber was für langweilige Gespräche! Was für ein ängstliches Grüßen der anderen, immer darauf bedacht, was sie reden könnten. Und der Blick zu mir, zwar begehrend, aber so fad und leblos wie ein Kieselstein.

Schon bald hat es mir dann vor den Sonntagen gegraust, wenn ich ihn schon wieder ein paar Stunden zur Seite haben sollte. Jede flüchtige und versehentliche Berührung hat mich geekelt. So bin ich mit meiner Phantasie und mit ihm zusammen spazieren gegangen und hab mir vorgestellt, wie der Nepomuk zurückkäme und mich aus den Klauen dieses lebenden Toten befreien würd. Mit dem Pferd wär der Nepomuk gekommen, hätt mich im Galopp nur kurz innehaltend hochgezogen und mit sich gerissen! Ach, ich träumte mich kleinmädchenhaft in diese Phantasien hinein und hoffte, ich könnt mich an den Herrn Fadisierer gewöhnen, so wie das Annamirl immer sagte, die Lieb vergeht, die Wirtschaft bleibt. Vernünftig wollt ich sein, meiner seligen Mama Ehre machen und es doch noch zu etwas bringen, zu einer Münchner Bürgerin. Welch einem Bangaden aus dem Bayerischen Wald stünde schon so eine Möglichkeit offen? Und grad jetzt, im Aufschreiben, schaut mich die Amsel wieder so an, als würd sie mich verstehen.

Alle sind nicht müd geworden, mein unglaubliches Glück zu preisen. Der Herr Gabelsberger hat regelrecht zu der Ehe gedrängt, heut glaub ich zu wissen, warum: Er wollt mich nimmer anstellen und hatte ein schlechtes Gewissen, mir ein falsches Versprechen gemacht zu haben, das er nicht einhalten konnte. Die Barbara, meine einzige Münchner Freundin, hat gesagt, sie gäb für diese Gelegenheit mindestens ihren kleinen Finger und ich sollt mich bloß nicht so anstellen, die Lieb würd sich schon noch einstellen. Die Zimmerwirtin hat sich selbst dafür gelobt, was sie mir für eine Gelegenheit verschafft hätte. Und ich konnt nichts mehr bezahlen, alle meine Habseligkeiten hatt ich schon versetzt. Da hat die Zimmerwirtin mit dem Herrn Fadisierer einen Hochzeitstermin festgelegt und ist mit mir zum Schneider gegangen, dass ich ein ganz prächtiges Brautkleid bekomm. Gut hat sie es gemeint, das weiß ich doch, einem armen Mädel aus dem Wald wollt sie zu einer weit über ihren Stand hinausreichenden Partie verhelfen. Sie hat mich wahrscheinlich sogar richtig ins Herz geschlossen gehabt, wenn ich heut so darüber nachdenke. Damals freilich ist sie mir immer mehr zur verhassten Gouvernante geworden, zu dem »Gouvernantenpack« zählend, über das Nepomuk zuvor so mitreißend gelästert hatte.

Der König dankte im Gefolge der Affäre um die Montez ab, Reformen wurden eingeleitet, und sogar die vom Nepomuk so innig geforderte Pressefreiheit war plötzlich erreicht, der Frühling ging in den Sommer über, und am Markt gab es fast alles zu kaufen. Selbst die armen Vorstädter schienen nicht mehr so geknechtet und elendig ohne Aussicht. Wenn man einen König zum Abdanken bringen konnte, vielleicht wäre dann auch ihr Los zu verbessern? So eine Aufbruchsstimmung lag in der Stadt – und ich wurd von Tag zu Tag schwermütiger. Vor allem nachdem der Herr Fadisierer mir ganz stolz eine Wohnung zeigte, in die wir nach der Hochzeit ziehen würden. Da gab es sogar auf jeder Etage ein Klosett, und die zwei Zimmer mit der Kuchel waren geräumig und würden auch den ersten Kindern Platz bieten. In einem unbeaufsichtigten Moment wollt mich der Herr Fadisierer in dieser Wohnung, im angehenden Schlafzimmer, dann küssen. Ich wich zurück, und er deutete es als Zeichen meiner Scham und meines Anstands! Zuerst hat es mich ja fast amüsiert, dass so ein Mannsbild eigentlich immer wilder auf einen wird, je mehr man sich ihm entzieht. Aber da im künftigen Schlafzimmer wurde ich auch wütend – so ein Sekretär konnte sich wohl nicht vorstellen, dass es auch für unsereiner vielleicht so etwas wie die Liebe gibt und nicht bloß ein Aufstieg zu seiner Ehefrau zählt.

Was bildet der sich eigentlich ein, hab ich mir damals gedacht! Und zugleich hab ich mich ständig selbst ermahnt: Reiß dich zusammen, zerstör dein künftiges Glück nicht, füg dich doch ein! Gebetet hab ich schließlich sogar dafür, immer wieder, dass ich mich endlich innerlich nicht mehr so sträube. Aber immer mächtiger hat sich dieses Schreckensbild vor mein geistiges Auge geschoben: gefangen in dieser Wohnung vom Herrn Fadisierer zu sein und dort meine eheliche Pflicht erfüllen zu müssen. Aus den Sonntagen würde jeder Tag, von Montag bis Samstag und auch noch der Sonntag dazu werden!

Vielleicht hat der Pfarrer doch recht, dass ich mir schon immer zu viel herausnehmen wollte und mich einfach nicht einfügen habe können. Aber woher kommt das? Ist das ein Fluch, der auf mir lastet? Oder seh ich heute bloß alles so düster, weil ich mir und meinen Ansichten selbst nicht mehr glaube? Hat es doch nichts mit Freiheit und Politik zu tun, sondern bloß mit Hochmut, welchen Weg ich dann gegangen bin? Und nicht einmal wirklich aufrecht bin ich diesen Weg gegangen, sondern immer wieder strauchelnd, wankend, taumelnd – bestimmt nicht von einem kühlen Verstand, den es für eine wirkliche Rebellion braucht, sondern von einem pochenden Herzen.

Die französische Revolution fraß zeitweise ihre Kinder über den Terror auf. Glück und Tugend wollten sie erreichen – und die Jakobiner errichteten eine Schreckensherrschaft ohnegleichen. Meine »Revolution« war ein Zwergerlaufstand ohne Sinn und Verstand, nur vom Herzen geleitet, stets doch verhaftet in mir selbst und nicht wirklich die Zusammenhänge zur Gänze begreifend. Mit meinem schlechten Gewissen, das ich im Grunde genommen immer hatte, fingen sie mich. Nicht mit Fallen und Gewehren, denen konnte ich geschickt ausweichen. Sie haben langsam aber sicher den wirklichen Kampfschauplatz in unser Inneres verlagert. Eines Tages wird man noch behaupten, bloß weil ich mein Leben nicht auffädeln konnte wie auf eine Spinnspule, wär ich zu all diesen Ansichten gelangt. Man wird uns den Verstand abstreiten – und den eben verspotte ich selbst, wenn ich überlege, ob sie womöglich nicht doch recht haben!

Herrgott, mein Heigl, ich müsste dich sehen und berühren, dich und die Kinder! All diese zutiefst zweiflerischen Gedanken wären im Nu verflogen. Mein Kopf hört sonst nicht mehr auf, sich wie ein Rad zu drehen, zu drehen und zu spinnen, leider keinen Faden, nein, sondern nur ganz unnützes und unfruchtbares Zeug.

Brief des Nepomuk an Res aus Leipzig vom 31. März 1848

Meine liebe Res,

nachdem du all meine Briefe ungeöffnet zurückschicken hast lassen, hab ich den Kommilitonen Moritz gebeten, dich in meinem Auftrag aufzusuchen. Er hat dich nicht gesehen und bei deiner Zimmerwirtin vorgesprochen. Die erzählte, du seist glücklich verlobt und wolltest mit mir nichts mehr zu schaffen haben.

Wie gern würde ich dich wieder lachen sehen! Weißt du noch, wie wir vor der Haustüre in der Kaufingerstraße kein Wort mehr formulieren konnten, weil es uns vor Lachen so schüttelte?

Kannst du mir nicht verzeihen, dass ich mich in den Wirren um Lola Montez nicht mehr verabschieden konnte? Ja, ich weiß, ich habe in diesem Augenblick nur an unser Vaterland gedacht und dich und unsere Liebe zurückgestellt. Können wir denn persönliche Rücksichten nehmen, wenn es um so eine große Sache zu kämpfen gilt?

Momentan müsste ich mich ohnehin nicht mehr zwischen der Liebe und der Revolution entscheiden, denn mein Vater hat mich gezwungen, der Burschenschaft abzuschwören, und ich studiere jetzt in Leipzig.

Wie würd ich mich über ein paar Zeilen von dir freuen! Oder stellt dir die Zimmerwirtin – der ich zutiefst misstraue – die Post nicht zu?

Liebe Res, sieh all die Fortschritte, die »wir« – wenn ich mich noch dazurechnen darf – gerade machen! Die Zensur wird in immer mehr Ländern abgeschafft, und Moritz hat geschrieben, in München wurde sogar ein Turnverein mit revolutionärem Gedankengut genehmigt.

Vielleicht haben wir unseren Anteil an der Veränderung schon geleistet, und jetzt zwingt man uns, an uns selbst und unser persönliches Fortkommen zu denken? Dementsprechend studiere ich jetzt fleißig, damit ich mir die Zukunft nicht verbaue, und gebe meinem Alten einfach mal recht.

In Liebe,
dein Nepomuk

Tagebucheintrag der Therese Pritzl am 9. Juni 1854

Du lieber Himmel, jetzt haben sie die Anna verhaftet und lassen sie aussagen! Das ist reine Schikane der Anna! Und den Heigl wollen sie damit weichkochen, denn auch wenn er sie nicht liebt, so will er doch die Mutter seiner Kinder schützen.

Außerdem wissen sie vermutlich, dass die Anna lügt wie gedruckt, wenn es um ihren eigenen Vorteil geht. Sie wird wieder behaupten, der Heigl hätt sie skrupellos wegen mir sitzenlassen, und ich Hexe hätt ihn verführt. Die Leute wird das wieder polarisieren und gegeneinander aufhetzen. Die einen werden für sie, die anderen für mich Partei ergreifen. Anstatt dass alle zusammen gegen die Ungerechtigkeit Stellung beziehen und sie bekämpfen.

Und ich? Ich leiste mir den Luxus, aber freilich nur ganz heimlich, in diesem Fall nicht an das Große und Ganze zu denken, sondern die dumme Kuh Anna einfach zu hassen. Die weiß ja gar nicht mehr, wie es war, und belügt sich selbst, oder ist sie immer noch so eifersüchtig auf uns und will uns daraus absichtlich einen Strick drehen? Die Anna wollte doch dieses Leben mit dem Heigl nicht mehr führen und lieber bei ihren Kindern sein! Erst als sie von mir erfahren hat, wollt sie wieder zu ihm zurück!

Aussage der Anna Gruber vor dem Straubinger Gericht am 9. Juni 1854

Was wollt ihr denn von mir? Hab ich nicht genug gebüßt? Warum habt ihr mich wieder inhaftiert? Seit Jahren hab ich mit dem Heigl nichts mehr zu schaffen, sondern bloß zwei Kinder von ihm aufzuziehen! Und warum muss ich das noch einmal erzählen? Das habe ich doch schon längst alles dem untersuchenden Kommissar gesagt!

Ja, ich bin damals mit ihm gegangen, vom Ramsrieder-Hof weg. Und ja, es war eine übermütige Zeit, weil der Heigl zu leben verstanden und mich diese Art magisch angezogen hat. Die Geschäfte sind gut gelaufen, wir wollten schon einen zweiten Wagen kaufen, bis die Sache mit dem Gewerbeschein passierte. Ich war zum zweiten Mal guter Hoffnung und hab dann später auch noch einen gesunden Buben entbunden, daheim bei meinen Leuten.

Zu dem Zeitpunkt war der Heigl schon wieder im Kerker, ehe man ihn vor Gericht gestellt hat und er geflohen ist. Ja, und kurz nach dem Sprung über das Mühlrad ist er auch zu uns heimgekommen und wollt mich wieder holen. Da hat es damals aber noch nicht geheißen, ich wär eine schlechte Mutter, weil so viele haben doch in der Not die Kinder abgegeben. Und die Leute haben sich doch gefreut für uns, dass der Heigl es den Oberen gezeigt hat und aus dem Gerichtssaal getürmt ist.

Ich hab immer mehr gespürt, dass ich doch in erster Linie nicht dem Heigl, sondern den Kindern verantwortlich bin. Was soll denn so einer wie der Heigl mit einer Familie anfangen? Als ob man sich vorstellen könnt, dass er ein kleines Landstück – wenn er überhaupt die Möglichkeit dazu hätte – mit Gemüse bepflanzt, also Gurken einmacht für den Winter, um die Kinder zu ernähren, als ob das was für einen Heigl wär. Deshalb bin ich nicht mit ihm nach Böhmen, wo er sich fast ein Jahr lang versteckt hat, bis es ihn wieder heim getrieben hat. Und plötzlich sind dann die Gendarmen vor der Tür gestanden und haben die Kinder mitgenommen und nicht einmal gesagt, wohin sie sie bringen. Ich würd sie erst wiederkriegen, wenn der Heigl sich stellt.

Ich hab's nicht glauben mögen, was für eine Sauerei sie da machen, und bin zum Heigl gelaufen. Der hat getobt ohne große Worte und die nächstbesten Hackstöcke durch die Gegend geworfen. Wie ein angreifender Hirsch hat er dazu geschrien, da sind alle in Deckung gegangen, und ich hab mir gedacht, hoffentlich wird er jetzt nicht komplett narrisch.

Wie er sich wieder beruhigt hat, hab ich gesagt, er soll sich stellen, sonst tun sie den Kindern noch was an. Da hat er mich bloß angeschaut und gesagt: »Das glaubst ja selber nicht, dass die nachgeben, wenn man ihnen einen Schritt entgegenkommt! Da ziehen sie die Daumenschrauben nur noch fester an.«

Wer den Heigl kennt, weiß, dass es überhaupt keinen Sinn hat, da Widerrede zu leisten. Wenn er schon mal so was sagt, dann meint er es auch so, und es ist ein völliger Schmarrn, ihn da von einer Meinung abbringen zu wollen. Was hätt ich denn tun sollen, mir ist es doch um die Kinder gegangen?

Aber freilich ist ja dann auch die rothaarige Hex dahergekommen und hat ihm vollends den Verstand geraubt. Mich hat er von einem Tag auf den anderen wegen der sitzengelassen, bloß der Ramsrieder Alois war so gut und hat mich dann wieder bei sich aufgenommen, später mitsamt meinen Kindern.

Aber ich hab das doch schon alles erzählt. Könnt ihr nicht in eure Akten schauen? Da steht doch alles drin. Könnt ihr mich nicht einfach heraushalten, ich bin doch bloß ein altes Kapitel im Leben des Heigl und habe mit all dem, was noch passiert ist, gar nichts zu tun.

Aussage der Annamirl Leitner vor dem Straubinger Gericht am 9. Juni 1854

Im Sommer 1848 muss das gewesen sein. Da ist die Res aus München mit der Postkutsche gekommen, in einem sauberen Gewand. Fesch hat sie ausgesehen mit ihren siebzehn Jahren, fesch in einem weiten roten Rock und einem Laiberl aus weißer Spitze, fesch, aber unglücklich. Mir hat sie davor ja schon geschrieben, dass eine gute Partie in München für sie ansteht, es war so zwei Wochen vor dem Hochzeitstermin, wo sie uns besucht hat.

Die Leut haben es ihr geneidet, dass sie es so weit gebracht hat. Bis dahin ist noch keiner von uns zu einer Bürgerin aufgestiegen. Aber der alte Ramsrieder hat ihr das Unglück angesehen, wie sie ganz leblos vor dem Kachelofen gehockt ist und zum Fenster hinausgestarrt hat, so als müsst sie demnächst zu ihrer Hinrichtung gehen. Der Bauer hat ihr deshalb angeboten, dass sie ja wieder heimkommen könnt, Briefe gäb es immer noch zu schreiben. Die Ramsriederin, die abseits im Herrgottswinkel gehockt ist, hat dem Bauern giftige Blicke zugeworfen, ist aufgestanden und hat wortlos die Stube verlassen. Dabei hat sie aber bestimmt gehört, wie die Res abgelehnt hat. »Wär ja schön blöd von mir, so eine Partie auszuschlagen!«, hat die Res selbst dazu noch gesagt. Anderes Gesindel hat sowieso nicht verstanden, was für ein G'schieß die Res macht, weil so

empfindsame Seelen ja Zweifel und Gefühlszustände haben, die andere gar nicht kennen.
Und draußen auf dem Feld haben sie geschimpft über die »Städterin« und was die sich herausnimmt und wie sie sich als was Besseres vorkommt. Wobei die Res selber gesagt hat: »Ich weiß schon, meine Hirnrissigkeiten würdet ihr euch wünschen.«

Zwei oder drei Tage war die Res bei uns zu Besuch. Ich bin jeden Abend mit ihr ganz lang auf der Bank beim Hühnerstall gehockt, und wir haben im Mondschein geratscht. Vernünftig soll sie sein, hab ich ihr geraten, auch wenn ihr das in ihrem Alter vielleicht noch schwer vorkommt. »Freilich«, hat die Res immer wieder gesagt. Und dann hat sie doch so Ideen gehabt, ob sie nicht auf Berlin hinauf oder nach Wien gehen soll, um noch einmal so eine Anstellung wie in der Münchner Kanzlei zu kriegen. Aber das waren mehr Spinnereien, das hat die Res auch selbst so gesehen, weil so eine Gelegenheit wie jetzt würd sie doch im Leben kein zweites Mal kriegen.
Vom Studenten Nepomuk hat sie auch noch einmal ausführlich erzählt, obwohl sie mir ja schon viel davon geschrieben hat, der hat ihr schon ganz schöne aufständische Flausen in den Kopf gesetzt. Von dem war sie bitter enttäuscht. Wenigstens hat sie selbst eingesehen, dass er es nicht wert war, ihm nachzuweinen, aber ich glaub, einen großen Liebeskummer hat sie deshalb immer noch gehabt. Mei, und was hätt ich so einem jungen Ding auch sagen sollen? Dass die Lieb sowieso nicht entscheiden sollt, wen man heiratet, dass noch alle davon schlecht beraten waren? Dass es bloß ganz selten so ist wie beim Sepp und bei mir, dass die Liab und die Vernunft zusammenfallen.

Der Bauer hat ihr zum Abschied eine Kette geschenkt, ich glaub, das war ein Erbstück von der Mutter des Ramsrieder, und das hat die Bäuerin natürlich wieder gegen die Res aufgebracht. Der Bauer hat das als Mitgift gemeint, aber viel wert war die Kette sowieso nicht, weil wir ja in den Hungerjahren alles verkauft hatten, auch die Bauern, alles, was irgendwie in Brot umzusetzen war. Und so ist die Res dann wieder in die Postkutsche gestiegen und hat mir noch lange gewunken. Ich hab gehofft, alles würd in Ordnung kommen, nach ein oder zwei Ehejahren wär ihr jugendliches Aufbegehren vergangen – aber andererseits hab ich doch die Res von klein auf gekannt und geahnt, dass es bei ihr nicht so kommen würd wie bei allen anderen.

Aussage des Ramsrieder Alois vor dem Straubinger Gericht am 12. Juni 1854

Aufgetreten ist sie wie eine Madame, die Res, wie sie kurz vor ihrer angeblichen Hochzeit bei uns aufgetaucht ist, bloß um uns zu zeigen, wie weit sie es gebracht hat. Mit einem Sonnenschirm ist sie hereinspaziert! Mit einem Sonnenschirm! Als ob einer von uns einen Sonnenschirm hernehmen könnt, oder haben Sie schon einmal jemanden beim Erdäpfelklauben oder Heuen oder Ernten mit Sonnenschirm gesehen? Und kaum war sie da, hat es auch schon wieder Unfrieden gegeben, zwischen der Mutter und dem Vater, zwischen dem Gesinde und wahrscheinlich allen Leuten im Dorf. Einer, der sich gegen die Ordnung auflehnt, stiftet immer Zwietracht! Ich sag ja nicht, dass es damals und auch heute nicht noch immer was für uns Waldler zu verbessern geben würd, aber das muss der König für uns machen und der Herrgott gutheißen, das kann und darf sich kein Mensch herausnehmen. Und was die Res für sich beansprucht hat, das hat man ja an dem Sonnenschirm gesehen.

Gierige Leut wollen alles haben und machen vor nichts halt. Auch nicht vor Menschen. Und so hat ihr das wahrscheinlich auch einfach nicht gepasst, dass der Heigl und die Anna zusammen waren, und sie hat dazwischen gefunkt, um den Heigl für sich zu bekommen. Warum sonst gibt denn so eine Person eine angeblich so gute

Partie in München einfach auf? Oder hat es diesen feinen Herrn Bürger am End in München gar nicht gegeben, und die Res hat das nur erstunken und erlogen? Hat sie es einfach nicht ausgehalten, dass die Anna schon immer um so viel schöner und rassiger war als sie?

Freilich war das damals nicht rechtens von der Anna, dass sie mit dem Heigl herumgezogen ist. Aber die Anna hat ja nie was Ungesetzliches gemacht, weder gewildert noch gestohlen, das war ja immer nur der Heigl. Und außerdem war die Anna da gerade auf dem Weg der Besserung und hat eingesehen, was sie sich eingehandelt hat mit dem Heigl, je öfter ich mit ihr geredet hab. Zwei Kinder hat sie mit dem Heigl gehabt. Bis der Heigl es zu bunt getrieben hat, da haben sie die Kinder abgeholt und in ein Findelhaus gesteckt, damit der Heigl endlich nachgibt und einlenkt.

Der Toni ist einmal in so einem Findelhaus gewesen und hat davon erzählt. Da laufen die Kinder mit Flöhen und Läusen herum, nicht einmal richtige Betten haben die, und ich glaub nicht, dass es da überhaupt Windeln gibt. Brot und Wasser haben die meistens bloß zu essen bekommen, und so wachsen die auch nicht richtig heran. Die meisten schauen wie kleine Gespenster aus, die Augen eingefallen und ganz blöd vor sich hin glotzend. Vielleicht hundert Kinder schlafen in einem Saal, und nur wenn ein gütiger Mensch Erbarmen hat, dann kriegen sie an Weihnachten Holzschuhe geschenkt. Den Toni haben sie mal so gereut, dass er extra zehn Paar Schuhe für sie angefertigt hat zu Weihnachten. Und darüber haben sich die Kinder wohl gerauft, und deshalb hat ihnen die Heimleitung die Schuhe wieder weggenommen und zum Toni zurückgeschickt.

Aber der Toni ist dann später noch einmal hingefahren und hat die Schuhe wieder hingebracht, manche haben vor lauter Freude darüber geweint. Denn auch wenn es »Heim« heißt, die Kinder müssen da ja auch im Winter arbeiten, und wem schon mal ein Zeh erfroren ist, so wie mir, der weiß, was so Schuhe im Winter heißen.

Auf jeden Fall hat die Anna natürlich auch gewusst, was das für ihre Kinder heißt, wenn sie in so einem Heim sind, der Toni hat immer diese Geschichten erzählt. Da muss einer Mutter ja das Herz brechen, wenn sie jung und gesund ist, und eigentlich auch jedem Vater, der Verantwortung in sich hat. Aber während die Anna das eingesehen hat, hat der Heigl bloß gesagt: »Du glaubst doch nicht, dass die dann nachgeben!« So kann man sich alles schönreden, wenn man sich für sich selber alles herausnimmt und nicht einmal an seine eigenen Kinder denkt.

Die Anna ist dann ja zu uns auf den Hof zurückgekommen und, ich geb es offen zu, ich wollt sie immer noch als mein Weib. Ich hätt mich auch für die Kinder eingesetzt und sie aus dem Heim geholt, das hab ich der Anna versprochen. Und ich hätt sie, auch wenn es nicht meine leiblichen Kinder gewesen wären, anständig behandelt. Gut zum Essen und zum Anziehen und Holzschuhe hätten sie auf jeden Fall von mir gekriegt.

Rede der Therese Pritzl am 12. Juni 1854 vor dem Straubinger Gericht

Mit der Verhaftung der Anna Gruber wollt ihr uns spalten, einen gegen den anderen aufhetzen. »Divide et impera – teile und herrsche!« heißt es doch, oder? Und jetzt lächelt, ihr Juristen und feinen Herren, nein, ich kann kein Latein, aber ich habe gelernt, von Menschen, die das Privileg hatten, all das zu studieren, was manche dann gegen uns wie scharfe Munition einsetzen.

Ihr legt es nicht nur darauf an, dass die Leute für oder wider die Anna oder mich Partei ergreifen. Nein, ihr wollt auch, dass die Anna und ich uns gegenseitig niedermachen. Aber das werde ich nicht tun, sosehr ihr euch bemüht! Ihr legt es auch darauf an, dass die Leute mich als selbstgerecht, eitel und gierig sehen. Vielleicht erreicht ihr das, das vermag ich nicht zu beurteilen. Aber ich wehre mich, in eure Fallen zu tappen, ich werde nicht der Jagdhund sein, den ihr füttert und peitscht, nur um andere blutig zu beißen.

Und selbst diejenigen, die sagen, das ist doch Heigls Sache, welche er sich aussucht, freuen sich in einem versteckten Winkel des Herzens darüber, dass es nicht durchgeht, dass er eine freie Liebe wählt. Denn wo kämen wir denn hin, ohne die heilige Ordnung des Ehestandes? Da könnte ja dann ein jeder mit jedem wie Tiere, sagt ihr die Worte der Pfaffen innerlich nach. Aber warum kann ein englischer König sich scheiden lassen, so oft es ihm gefällt? Ist deshalb England zusammengebrochen? Oh nein, das Land gibt es immer noch – sie haben sich aber dieses kirchlichen Gesetzes entledigt. Bemüht eure Vorstellungskraft, ihr Waldler und feinen Herren! Kein Gesetz ist für ewig in Stein gemeißelt, sondern bloß auf Papier geschrieben, das man zerreißen kann – wenn nur jeder ein Blatt in die Hand nimmt und das scheinbar so Unerhörte wagt.

Wurde nicht sogar das adelige Jagdprivileg nach 48 ein wenig gelockert? Warum sollte dann nicht auch eine verlogene Moral zu Fall gebracht werden können?

Tagebucheintrag der Therese Pritzl am 12. Juni 1854

Heute eine Rede vor Gericht gehalten, die mir so schwer wie noch keine gefallen ist – ich hasse die Anna, aber wenn sie das merken, dann haben sie gewonnen. Wenn die dumme Kuh das nur auch einsehen würde! Und wenn wir uns die Augen auskratzen möchten – bloß nicht vor Gericht!

Aussage der Anna Gruber vor dem Straubinger Gericht am 12. Juni 1854

Warum bin ich denn angeklagt? *Ich* wollt doch den Heigl dazu bringen, mit dem Ganzen aufzuhören! Aber da ist die rothaarige Hure dahergekommen. Und die hat ihn erst so richtig aufgehetzt. Wie soll ich sagen … der Heigl hat ja seinerzeit aus der Not heraus gewildert und gestohlen, auch wenn es nicht recht ist, ich weiß schon. Aber bei der Res war das … wie soll ich sagen … ein richtiger Vorsatz zur Rebellion, so wie sie grad auch gesprochen hat. Der Adel und sogar der König gehören abgeschafft, hat sie mehrmals gesagt, das hab ich selbst gehört.

Und jetzt nehmt ihr mir wieder die Kinder weg und bringt sie wieder ins Findelhaus? Weil ihr das mit jedem Zuchthäusler so macht, auch wenn man noch gar nicht verurteilt ist! Ich bin freilich nicht gebildet, aber auch nicht so blöd, das zu glauben. Und das alles wegen der Hex! Was kann ich denn dafür, dass der Heigl sich mit ihr zusammengetan hat? Und hab ich nicht die ganzen letzten Jahre anständig und weit entfernt von seinem Händel gelebt?

La Presse (undatiertes Fundstück / übersetzt aus dem Französischen)

Neben der ehemaligen Geliebten des Räubers Heigl, Anna Gruber, wurden jetzt noch weitere Weiberleut zur Sache vernommen. Der Räuber scheint eine große erotische Anziehung auf Frauen zu haben. So meinte eine Zeugin: »Der Heigl hätte eine jede haben können.« Ausführlich berichtete die Magd, wie sie den Angeklagten bei ihrer Erntearbeit auf dem Feld traf. Der Räuber tauchte plötzlich am Rain auf, grüßte freundlich und unterhielt sich mit den Knechten und Mägden über das Wetter, das anstehende Dorffest und den größten Bauern der Gegend. »Fesch, mit blitzenden Augen«, beschrieb ihn die Magd. Beim Abschied zwinkerte er ihr zu und gab ihr ein Zeichen, das sie zu deuten wusste. Am Abend wäre er in einem Schuppen zu finden, und die Anna Gruber, seine damalige Gefährtin, würde währenddessen woanders weilen. Freiwillig und bereitwillig begab sich die Magd am Abend zum Schuppen und vollzog dort den Beischlaf mit ihm. Dabei machte ihr der Rebell keinerlei Hoffnung auf ein Wiedersehen oder gar eine Verlobung. Die Magd schien das nicht zu stören, im Gegenteil, sie zeigte Verständnis für ihn: »Der hat doch weiterziehen müssen, so ein Mannsbild kann man doch nicht halten.«

Mägde, Bäuerinnen und sogar feine Damen schienen seine Bärenkräfte und sein Mut, gegen die Obrigkeit zu agieren, magisch angezogen zu haben.

Tagebucheintrag der Therese Pritzl am 13. Juni 1854

Heigl, mein Liebster, welche Strategie verfolgen sie damit, deine ganzen ehemaligen Geliebten zu vernehmen? Wollen sie mich eifersüchtig rasend gegen dich aufhetzen? Oder ist es schlichtweg ihr Neid auf deine so unbändige Männlichkeit? Dieses Grischperl an Richter, dieser fette königliche Beobachter, diese wehleidigen Beamten – das muss sie ja höllisch fuchsen, dass die Weiberwelt dich so verehrt!

Alle unsere jungen Burschen haben über die Not hinaus gewildert, weil sie damit bei den Weibern Eindruck schinden können. Ich geb es zu, wer nachts mit einer Jacke kommt, an dem das Blut des Viehs noch hängt, der hat für unsereiner größten Reiz! Und du bist nicht bloß ein junger Bursche, der die Mutprobe besteht – nein, du hast einen Beruf daraus gemacht. Ich hab auch immer gewusst, schon bei unserer ersten Begegnung, dass du eine jede haben könntest – und ich gestehe dir jetzt: Das hat mir Angst gemacht, und deshalb wollt ich dich erst gar nicht als Mann!

Da draußen halte ich Reden und forderte sogar eine freie Liebe – aber drinnen in mir hat es ganz anders ausgeschaut. Ängstlich und zögerlich hab ich mich meist kaum getraut, für *mich* ein Recht einzuklagen. Manchmal kommt's mir vor, als wär ich immer noch die kleine

Res – ungewollt anders denkend, zaghaft begreifend und mutig wider Willen.
Erst durch dich hat sich eine andere Kraft in mir einen Weg gebahnt – das zeigt sich schon im ersten Eintrag hier in diesem Tagebuch.

Erster Tagebucheintrag der Therese Pritzl am 7. August 1848

Mein liebes Tagebuch!

Du wurdest mir vom Herrn Gabelsberger geschenkt zum Abschied von der Kanzlei. Eigentlich wollte ich meinen ersten Eintrag hier in genau einer Woche machen, dann nämlich glaubte ich mich zu verheiraten. In der Hochzeitsnacht, so hatte ich es mir vorgestellt, würde ich mich spät noch einmal heimlich aus dem Bett schleichen, in der Küche eine Kerze anzünden und dir von meinem neuen Leben als Münchner Bürgersfrau berichten. Doch seit heute ist alles, alles anders! Ich bin auf meinem Weg umgekehrt, im wahrsten Sinne des Wortes. Von einer Minute auf die andere wusste ich, was ich tun *musste*! Und so schreibe ich dir jetzt zum ersten Mal in einer kleinen Holzfällerhütte im Mondschein, der durch die Fensteröffnung fällt, und werde dir berichten, wie es dazu kam.

Genau eine Woche vor meinem Hochzeitstermin wollte ich mit der Postkutsche vom Ramsrieder zurück nach München reisen. Kurz nach Kötzting lahmten aber zwei Pferde, und der Kutscher vertröstete mich auf die nächste Fahrt. Die wäre aber frühestens in zwei Tagen gewesen, und ich dachte, nein, so lang kann ich nicht warten, sonst wird mir nur noch schwerer ums Herz in meiner Heimat, sonst kann ich gar nicht mehr nach München reisen. »Dann geh ich lieber zu Fuß«, hab ich gesagt, obwohl die Leute darüber den Kopf geschüttelt haben, wegen meinem schönen Gewand. Und der Kutscher hat mich eindringlich gewarnt, im Wald sei der Räuber Heigl unterwegs. So ein schönes junges Ding wie ich wäre mit der Aussteuer in der Tasche ein gefundenes Fressen für so einen Halunken. Auch andere Leute wollten mich aufhalten, weil das momentan einfach zu gefährlich sei wegen dem Heigl im Wald. Aber ich hab mir gedacht, lieber fürcht ich mich, als hier diese Schwermut auszuhalten! Und so hab ich mich gleich am Vormittag auf den Weg gemacht.

Ich bin schnell gegangen, die Tasche war nicht schwer, und das Gewand, so hab ich mir gedacht, kann man ja wieder waschen. Aber mit jedem Schritt ist mir der Wald, der ganze Bayerische Wald, wie eine Mutter vorgekommen, geborgen, beschützend, mich haltend. Schritt für Schritt hab ich die Bäume neben mir wie große Brüder gespürt. Und in München sollte ich jetzt bald als Ehefrau in eine kleine Wohnung eingesperrt sein? Weit und breit keine unserer Eichen, Fichten, Lärchen, weit und breit kein Unterholz, kein Moos, kein Farn. Kein Adler, der sich frei in die Lüfte erhebt, nicht das sanfte Prasseln der Regentropfen auf die Blätter der Bäume, kein Geruch nach wilden Rosen, Brombeeren oder Flieder. Freilich wär ein Leben in der Stadt viel weniger hart, freilich würd ich da jetzt vornehm blass mit sauberen Händen über gepflasterte Straßen gehen und nicht über den lehmigen, matschigen Waldweg. Freilich müsst ich dort nicht hungern oder bloß dreckige Kleidung haben. Und freilich hätt ich doch das große Los gezogen, wie alle sagten.

Eine Stunde war ich wohl so unterwegs, als plötzlich ein Mann vor mir auftauchte. Keinen Schritt hatte ich vorher von ihm gehört und ihn auch nicht aus dem Unterholz kommen gesehen. Mit seinem Lederhut kam er mir doppelt so groß vor wie ich, und meinen Schreck hat er mir angesehen. Der erste Satz, den er zu mir mit einem ganz milden Blick gesagt hat, war: »Fürcht dich nicht! Ich tu dir nix!« Ich war sofort beruhigt und hab gespürt: Bei dem passiert mir nichts.

»Wo musst denn hin?«, hat der Hüne weiter gefragt.

»Nach München«, hab ich geantwortet, »dort wartet mein Bräutigam auf mich.«

Ich hab ihm erzählt, dass ich bloß zum Abschied hier war, bald eine Bürgersfrau werden sollt und mich die Leute schon vor dem Räuber Heigl gewarnt hätten.

»Ich begleit dich ein Stück, dann musst dich vor dem Räuber nicht mehr fürchten!«, hat das Mannsbild angeboten und marschierte einfach in meine Richtung los. Ich folgte ihm verwundert, und so gingen wir nebeneinander her, zunächst ganz wortlos. Erst nach einer Weile hat er nach meinem Namen gefragt und wollt mehr von meiner baldigen Hochzeit erfahren. Ich hab ihn wissen lassen, dass ich eigentlich ganz unglücklich darüber bin, hab von den Münchner Aufständen berichtet und auch von den Gedanken, die ich mir so mache, erzählt. Er hat interessiert zugehört, manchmal genickt oder den Kopf geschüttelt, alles im allem schien ich ihn zu amüsieren.

Als der Weg aus dem Wald herausführte und Keltendorf in Sicht war, blieb er stehen.

»Wünsch dir alles Gute, Res. Ich bin der Heigl, und ich lass mir das nicht gefallen, was du dir gefallen lässt«, sagte er und gab mir die Hand.

Wenn ich weniger robust wär, dann wär ich in Ohnmacht gefallen! Wie einen Geist muss ich ihn aber trotzdem angestarrt haben, denn er erwiderte: »Geht's?« Ich nickte, und er kehrte um. Da ging er mit einem Bündel auf dem Rücken, in einem langen Mantel und mit einem

Lederhut auf dem Kopf in Richtung Wald zurück, so als wär er einer von den großen Bäumen.
»Wart!«, hab ich gerufen. Er blieb stehen und drehte sich zu mir um.
»Nimmst mich mit?«, hab ich ihn gefragt.
Ich schwöre dir, mein liebes Tagebuch, das hab ich nicht überlegt, das hat eine Stimme aus mir heraus gefragt, eine Stimme, die ich noch nie gehört hab, die vielleicht als Kind schon einmal zaghaft rief, aber jetzt nicht mehr ein Teil von mir zu sein schien.
»Willst jetzt lieber eine Räuberbraut werden statt eine Münchner Bürgerin?«, fragte er schnippisch, und ich nickte. Da hat er laut gelacht, so laut, dass man meinte, die Gräser würden sich sicher wie bei einem starken Windzug verbiegen.
»Wenns'd jetzt nicht nach München gehst, dann kommst nimmer dorthin«, hat er schließlich ernst gesagt, sich umgedreht und ging wieder weiter.
Und da bin ich ihm einfach nachgegangen. Zuerst wortlos, bald neben ihm plaudernd, und ich hab ihm erzählt von der Zeit beim Ramsrieder-Bauern, vom Annamirl, vom Lehrer. Er hat genickt oder den Kopf geschüttelt. Er hat ja all die Leute auch gekannt, bloß eben aus einer anderen Zeit.

An einer lichten Stelle auf dem Waldweg ist er stehen geblieben und hat in eine Richtung durch das dichte Unterholz gedeutet.
»Da müss ma jetzt hin, überleg es dir noch mal!«
Ich nickte bloß und folgte ihm durch das Gestrüpp. Er führte mich zu einer alten Holzarbeiterhütte, die von außen aussah, als wär sie seit Jahren verkommen. Doch als er den Verschlag öffnete, sah ich darin Felle, geräucherten Schinken, Weinflaschen, drei Gewehre und zwei Lager.

»Und der andere?«, hab ich mit Blick auf das Lager gefragt.
»*Die* andere kommt eh nimmer!«, hat er bloß gesagt.
Er ging Wasser holen, richtete alles für eine Brotzeit auf dem Tisch an und schaute mir fest in die Augen. Mein Herz klopfte mir bis zum Hals, aber ich hielt dem Blick stand.
»Morgen zeig ich dir das Schießen«, sagte er und legte sich auf sein Lager. Ich bin noch mal nach draußen, hab auf den Mond gewartet und dem Rauschen der Blätter zugehört.
Jetzt schläft er, ich habe eine Kerze angezündet und schreibe auf dem Tisch nun zum ersten Mal hier herein. Nein, ich bin nicht verrückt geworden. Kapiert hab ich noch nicht, was ich getan habe. Aber ich habe verstanden, dass es der einzig richtige Weg für mich war.

Aktennotiz des Königlichen Gerichtsbeobachters Xaver Meierhuber am 14. Juni 1854 zu Straubing

Es hat einen Tag Prozesspause gegeben. Der Heigl hat im Gefängnis getobt und mit seinen Ketten alles kurz und klein geschlagen. »Haltet die Weiber raus!«, hat er gebrüllt. Aber unser Gericht hat sich von dieser Existenz nicht einschüchtern lassen, wo kämen wir da auch hin. Die Leute allerdings hat das beeindruckt und vor dem Gericht kam es wieder zu Tumulten. »Lasst die Anna frei!«, hat das niedere Gesinde geschrien. Und die Res hat wieder eine ihrer aufwieglerischen Reden gehalten.

Aussage der Annamirl Leitner vor dem Straubinger Gericht am 15. Juni 1854

Ein Durcheinander war das um 1848 herum, ein Kommen und Gehen von Dienstboten! Man hätt fast glauben mögen, die politischen Aufstände anderswo wären ansteckend und hätten auch zu uns eine gewisse Unruhe gebracht. Mehrere Knechte und Mägde haben mitten unterm Jahr im August die Stellung verlassen, obwohl sie damit nicht ausbezahlt worden sind. Und da hat es sich gut getroffen, dass die Anna Gruber wieder bei uns aufgetaucht ist.

Der Bauer hat die Anna wieder eingestellt, wohl weil keiner geglaubt hat, dass der Alois nach wie vor so auf sie spinnt. Sie hat ja damals schon zwei Kinder vom Heigl gehabt, aber der Alois hat ihr wieder den Hof gemacht, und die Anna umgekehrt dem Alois schöne Augen. Die alten Ramsrieder waren jetzt natürlich noch mehr als früher gegen eine Verbindung, und mehrmals hat es einen Riesenkrach deshalb gegeben. Das war das erste und einzige Mal, wo ich den alten Ramsrieder, der sonst ja immer so ruhig gewesen ist, laut schimpfen und schreien hab hören.

Ich hab ja nicht an der Tür gehorcht und also auch nicht verstanden, was da genau geredet worden ist. Aber dass es um die Anna gegangen ist, war allen klar. Mit einem hochroten Kopf ist der Alois nach so einem Streit aus der Kammer herausgekommen, und gut, dass da keine Henne in der Nähe war, der hätt der Alois sonst die Gurgel umgedreht, wie er es schon öfter mal gemacht hat.

Kurz darauf war die Anna dann vom Hof verschwunden. »Die hab ich zum Teufel geschickt!«, hat die Ramsriederin zu mir gesagt. Jetzt im Nachhinein nehm ich an, dass die Anna wieder zum Heigl wollt, aber da war schon die Res bei ihm, denn es heißt ja, dass die Res auf dem Weg nach München bei ihm hängen geblieben ist. Was hätt die Anna machen sollen, außer wieder zu ihren Leuten heimzugehen? Die Kinder haben sie ihr ja weggenommen gehabt und damals auch nicht wieder herausgerückt, auch nachdem die Anna bei ihren Leuten war und längst nicht mehr beim Heigl. Die Verbitterung versteh ich schon, da will man wieder einen anständigen Weg einschlagen, aber die Oberen lassen das nicht zu und geben die Kinder nicht heraus. Beim Bauern wird sie hinausgeworfen, weil es heißt, sie wär eine »abgelegte Räuberbraut« und der Sohn hätt was Besseres verdient. Und zum Heigl kann sie auch nicht zurück, denn ihr Bett ist von einer anderen belegt.

Der Alois hat sich daraufhin nach einer anderen umgeschaut und bald darauf die Lohbauer-Tochter geheiratet. Aber gewurmt hat ihn das alles immer noch, und wie! Wenn die Rede auf den Heigl, die Anna oder die Res gekommen ist, hat er so dermaßen finster dreingeschaut, so als würd der Pfarrer ihm grad die Hölle verkünden.

Der alte Ramsrieder hat gesagt: »Gut, dass am Hof jetzt eine Ruhe ist.« Und die hat es tatsächlich eine Weile gegeben, ich hab in der Zeit auch von der Res keinen Brief mehr gekriegt. Aber gehört hab ich – wie alle Waldler – bald immer mehr von ihr, von ihr und dem Heigl.

Aussage des Lehrers A. Stifter vor dem Straubinger Gericht am 15. Juni 1854

Unsere wildromantische Landschaft zieht große Geister an! So ist es auch zu erklären, dass ein so belesenes Weib wie die Res ein Leben in der Natur dem städtischen Dasein vorzog. Vielleicht mag auch die Liebe eine nicht unerhebliche Rolle bei dieser Entscheidung gespielt haben – aber eine geistig verfeinerte Seele wie Res würde sich nicht alleine von einer Romantik leiten lassen, wenn alles nicht in einen größeren Natur-Zusammenhang gebettet wäre. Noch dazu, wo es sich beim Heigl um einen Analphabeten handelt.

Mir selbst wurde das Glück einer liebenden Frau an meiner Seite leider nicht zuteil. Dies mag auch an dem mageren Gehalt eines Dorfschullehrers liegen, der trotz der von Bauern spendierten Schlachtschüsseln kaum das Nötigste verdient. Mehr noch aber müssen sich Mann und Weib finden wie Lichter, die im nächtlichen Firmament zu einer Sternschnuppe verschmelzen . Schauen Sie sich nur Schwan, Delphin und Adler heute in der Nacht an! Wie haben sich die Sterne zu Bildern geordnet, in welcher Schönheit und Einheit. Und doch vermag erst die Liebe, mehr als ein ergreifendes Abbild zu gestalten. Wenn sich zur Liebe auch noch eine schöngeistige Betrachtung gesellt, wird aus der Natur Kunst und die Kunst wieder so natürlich, wie wir es alle im Paradies waren.

Wenn im Frühling die Knospen sich den Zweigen und dem Boden entringen, wenn im Sommer Wiesen und Wälder im saftigen Grün unsere sanften Hügel und größeren Berge besiedeln, wenn im Herbst Menschen ernten und Laubbäume sich ihres Ballasts entledigen, wenn im Winter schließlich das große Weiß des Schnees unseren Augen eine großzügige Ruhe gönnt – so leben wir mit und in der schöpferischen Natur, die uns auch bisweilen die Liebe zuteilwerden lässt. Und umgekehrt erschließt diese Schönheit uns auch einen größeren geistigen Horizont.

Dabei vermag die Natur uns auch rauh entgegenzutreten – wenn wir durch schweren Schnee stapfen oder mehr noch, wenn Unwetter unsere Ernten zerstören. Oder wenn sie uns die Vervollkommnung des Daseins, die Liebe, verweigert. Welch einsame Nächte verbrachte ich schon mit Blick ins Firmament, die Frage stellend, warum große Geister besonders dazu verurteilt sind. Vielleicht ist es doch ganz einfach – weil kein Gegenüber uns versteht, so wie man mir auch im Gerichtssaal hier vermutlich nicht folgen kann und gar nicht begreift, welch einen Aufschluss diese Betrachtungen über das Wesen des Räuberpaares geben können.

Aussage des Ramsrieder Alois vor dem Straubinger Gericht am 15. Juni 1854

Danke, dass das Hohe Gericht den Lehrer gebremst hat. Das ist ja nicht auszuhalten, was der alles erzählt, der spinnt doch ein bisserl! Der weiß doch gar nicht, was die Natur ist! Harte Arbeit, sag ich da bloß. Oder meint der, die ganzen Bäume kommen von allein im Winter den Berg heruntergerutscht? Der sollte mal einen Tag mit den Holzfällern arbeiten!

Im Frühjahr und Sommer gehen sie den Berg hinauf, bauen sich einfache Hütten und schlagen das Holz. Weiß denn so ein Lehrer, was das für Kraft kostet, einen Baum so lange zu schlagen, bis er kippen kann? Unter welcher Anspannung die Männer die letzten Schläge mit der Axt führen? Bei aller Erfahrung lauert immer die Gefahr, dass der Baum doch nicht in die vorherbestimmte Richtung kippt. Wie viele Männer hat der Wald dann doch erschlagen? Weiß so ein Lehrer, wie kräfteaufreibend es ist, die Säge gleichmäßig zu ziehen und die Stämme abzuholzen? Ohne Weiber und ohne warme Mahlzeit arbeiten die Holzfäller die warmen Monate, und im Winter geht's wieder den Berg hinauf, mit den Schlitten, auf die das Holz dann zur Abfahrt geladen wird. Zweimal am Tag fahren sie ab damit – und da gibt es noch mehr Unfälle und Tote, und wie anstrengend gerade auch so eine Abfahrt ist, ja mein Gott, da hat der Lehrer wirklich keine Vorstellung davon, was soll man da noch sagen? Auch weil er neulich noch gesagt hat, die bücken sich ja nicht einmal, die Holzfäller! Ja freilich bücken die sich nicht, sonst wär das Kreuz doch nach drei Jahren schon ruiniert. Dafür haben sie ihre Werkzeuge wie die Sapien, das nur so ein – Entschuldigung – so ein Depp wie der Lehrer mit einer Axt verwechselt. Aber die Natur wär ja so wildromantisch, der kommt mir vor, als würd er bei einem Damenkaffeekränzchen sitzen, der Lehrer, was für ein Schmarrn geht eigentlich in so einem Hirn vor?

Tagebucheintrag der Therese Pritzl am 10. August 1848

Die dritte Nacht bin ich nun schon hier beim Heigl. Gestern und vorgestern hat er mir gezeigt, wie man die Büchse anlegt, und ich habe selbst schon einmal geschossen. Aber das ging grandios daneben, weil mich das Gewehr immer nach hinten schlug, wenn ich abgedrückt habe! Der Heigl hat nur milde gelächelt und hernach, ohne groß Worte zu machen, einen Sechsender mit einem gezielten Schuss erledigt. Zugleich zeigte er mir, wie ich lautlos durch den Wald gehe, selbst mit Gepäck auf dem Rücken. Es ist gar nicht so schwer, man muss sich nur auf den Wind und die Stimmen der Tiere einlassen, sich mit ihnen gemeinsam bewegen.
Den Hirsch brachten wir zu einem Bauern am Abend, der gab Heigl dafür Brot und Wein. Ich wartete in gebührendem Abstand vom Hof, und fröhlich kam Heigl zurück, küsste mich übermütig kurz auf die Wangen. Ich wich zurück, ich Esel, ich weiß gar nicht, warum, dabei würd ich ihn durchaus begehren, obwohl ich ihn doch erst seit drei Tagen kenne!

Heigl redet nicht viel, aber meine lauten Überlegungen scheinen ihn auch nicht zu stören, bisweilen schaut er auf und blickt mich fragend an. »Könnt schon was dran sein«, meint er dann. Und er hat auch gemerkt, dass ich durchaus schweigen kann, wenn wir zu tun haben.

Was haben wir eigentlich zu tun? Absolviere ich jetzt eine »Lehre der praktischen Rebellion«? Wohin führt mich das alles noch? »Kannst jederzeit gehen!«, hat Heigl gesagt, und es stimmt – noch könnte ich alles als romantischen Ausflug zu einem Räuber verstehen. Sogar nach München würd ich noch rechtzeitig zur Hochzeit kommen. Ich denke aber gar nicht daran! Ich bin satt, es ist warm, es ist geheimnisvoll anders – ich spüre eine unbändige Freiheit! Mit dem Heigl ist alles möglich, mit ihm komm ich überall hin – und sei es am Ende doch in den Kerker?
Bin ich verrückt, oder hab ich das einzig Wahre gewagt?

Heigl lächelt mich gerade an, er putzt die Büchse, es dämmert schon. Mein Schreiben scheint ihn ebenso wie meine Reden zu amüsieren. »Du bist mir so eine!«, sagte er gestern kopfschüttelnd und lächelnd. Ich verstand es als zärtliches Kompliment.

Aussage des Pfarrers Kaltbichler am 16. Juni 1854

Die Unzucht ist nämlich das größte Übel von allen, sie macht blind, denn der Unzüchtige erkennt nicht mehr, was richtig und falsch ist. Und damit zerstört die Unzucht auch die Klugheit! Das hat der heilige Thomas gesagt, und der ist wohl über jeden Zweifel erhaben. Jetzt kann man einwenden, übertriebene Züchtigkeit sei mindestens ebenso schlimm. Aber die gibt es doch kaum! Unzucht hingegen verbreitet sich immer mehr, nicht zuletzt, weil sich vielleicht auch noch viele am Heigl ein Beispiel nehmen.
»Du sollst nicht begehren deines Nächsten Weib«, heißt es. Und was macht der Heigl? Der nimmt sich einfach jedes Frauenzimmer, das er haben will! Ich sag nicht, mit Gewalt, nein, die Weiber, die von Natur aus noch sündiger sind, schließen sich ihm einfach an! Pfui Teufel, sag ich da bloß. Schon allein deshalb gehören die verurteilt, alle drei, der Heigl, die Gruber und die Res, sonst nimmt noch eine ganze Volksseele daran Schaden!

Ich bin zwar nicht der heilige Thomas, aber ich füge noch an: Aus der Unzucht erwächst auch der Hochmut, ja, ich behaupte, auch die Rebellion! Denn wer Unzucht treibt, gibt sich der Wollust hin. Und bald sucht er überall nur noch Lust und Vermögen. Aber, wie heißt es in der Bergpredigt: »Selig, ihr Armen, denn euch gehört das Reich Gottes!«

Genau das kann man an den drei Angeklagten auch beobachten. Zuerst kommt die Unzucht, dann wird gegen alle anderen Gebote verstoßen, und noch nicht einmal mehr die Sakramente wie die heilige Beichte werden geachtet. Und in der aus der Wollust entstandenen Gier wird gestohlen, Gott und seine Stellvertreter auf Erden werden verachtet, und schließlich hält man sich an gar keine Gesetze mehr. Das ist schiere Sünde, der Satan pur.

Aussage der Annamirl Leitner vor dem Straubinger Gericht am 16. Juni 1854

Auch wenn der Heigl vorher schon mit der Anna Gruber ein vogelfreies Leben geführt hat, so haben das damals doch nur die Leute im Bayerischen Wald gewusst. Erst nachdem die Res sich ihm angeschlossen hat, hat man auch weit über unsere Dörfer hinaus von ihm geredet, und auch von der Res. Wir haben gehört, dass er da und dort einem armen Häusler ein Stück Wild vor die Tür gelegt hat oder dass er noch einmal in die Jagdhütte des Fürsten eingebrochen ist. Wieder andere Vergehen hat man ihm nur angedichtet, so wie den Diebstahl beim Höfner. Zu dem Zeitpunkt war der Heigl nämlich ganz woanders, da hat er einen verwundeten Holzfäller ins Tal gebracht.

Aussage des Lehrers A. Stifter vor dem Straubinger Gericht am 16. Juni 1854

Kurz nachdem ich anno 1848 gehört hatte, dass der Heigl nun eine neue Gefährtin hat, und zwar die Res, kam dieser Münchner Kommissar und mietete sich in unserem Wirtshaus ein. Er gab an, ein Beamter zu sein, der die Struktur hier untersuchen wolle, um wirtschaftliche Reformen für unseren Bayerischen Wald vorzuschlagen. Diese Behauptung war so offensichtlich gelogen und so lächerlich, dass noch nicht einmal die debile Tochter des Wirts sie glaubte. Als ob die Münchner ernsthaft Strukturreformen für uns hier erwägen würden! Allen war sofort klar, dass es sich dabei um einen speziellen Gendarmen handelte, der auf den Heigl angesetzt worden war, denn zu jener Zeit begann unser romantisches Räuberpaar, sich einen großen Namen zu machen.

Tagebucheintrag der Therese Pritzl am 19. August 1848

Heute wäre meine Hochzeit gewesen! Und wie anders, ganz anders ist doch mein Tag verlaufen!
Ich stand mit dem Heigl in aller Herrgottsfrüh auf. Nacheinander gingen wir zum Leuterbach, um uns zu waschen und Wasser zu holen, ich schürte einen kleinen Ofen an, kochte uns eine warme Brotsuppe, und wir frühstückten sie zusammen vor der Hütte. Danach übte der Heigl mit mir schießen. Wie ich die Büchse richtig anlege, wie ich richtig ziele, wie ich mich ganz ruhig verhalte, wann genau ich abdrücken muss, zeigte er mir. Und heute hätte ich meinen ersten Hirschen erlegen können! Der Heigl hat mich aber nicht abdrücken lassen, sondern selbst den Finger angelegt. »Jetzt kannst es, aber du schießt bloß, wenn es sein muss«, hat er gesagt. Er will nicht, dass ich mich schuldig mache. Und so hat er selbst durchgezogen und danach das Tier mit Stricken verschnürt, so dass man es leichter tragen kann. Damit sind wir zum Kollerbauern, ich hab wie immer weit vor dem Hof abgewartet. Der Heigl kam mit einer Hälfte des Hirsches zurück, und die legten wir vor die Tür eines Häuslers.

Auf dem Weg zurück kam uns ein Händler entgegen, Heigl kaufte Brot, zwei Messer und einen Lederbeutel, den er mir dann später schenkte. Dass ich ein paar Tücher wegen der Monatsblutung bräucht, hab ich mich nicht zu sagen getraut, da hat der Heigl gefragt, ob noch was wär. Ich hab auf die Tücher gedeutet, und Heigl hat gleich alle gekauft, die der Händler dabeihatte. Dabei hab ich gesehen, dass der kleine Beutel, den der Heigl immer bei sich trägt, mit jeder Menge Goldmünzen gefüllt ist. Deshalb legt er das Säckchen beim Schlafen auch unter sein Kopfteil auf der Fellliege. Ich glaube, im Grunde genommen misstraut er auch mir. Dabei habe ich bis heute gar nicht gewusst, dass er so viel Geld hat.

Mittags waren wir wieder in der Hütte, und ich hab ihm wieder von meinen Gedanken erzählt, wie schön eine Welt sein könnte, wenn alle Menschen gleich wären. »Gar nicht dumm«, hat der Heigl heute gesagt, aber mehr freilich auch nicht, dann hat er sich hingelegt, er hält gerne einen Mittagsschlaf.
»Mach dich fesch!«, forderte er mich später auf. »Heut feiern wir noch!«
»Wo denn, mit wem denn?«, hab ich gefragt.
»Im Wirtshaus, wir geben für alle einen aus. Und Musikanten kommen auch.«
Ich hab nicht schlecht gestaunt, dass der Heigl in ein Wirtshaus zum Feiern geht. Und noch mehr hab ich gestaunt, als er sich an meinen Hochzeitstermin erinnert hat.
»Heut feiern wir deine Freiheit«, hat er gesagt, und da hab ich schmunzeln müssen. Denn das Wort »Freiheit« hat er doch von mir, weil ich es andauernd verwende. Ein Heigl hätte doch vormals nie von einer »Freiheit« gesprochen!

Ich hab mein Münchner Gewand geholt (hab ich schon geschrieben, dass der Heigl mir neulich einen anderen Rock und ein anderes Hemd mitgebracht hat?), das ich im Bach gewaschen und in eine Truhe in der Hütte gelegt hatte. Und der Heigl hat einen feschen Janker angezogen – ich weiß gar nicht, wo er den aufbewahrt.

So sind wir nach dem Gebetläuten in Wörgersdorf angekommen. Die Leute haben geschaut, was da für ein fesches Paar daherkommt. Und wie feine Bürger sind wir ins Wirtshaus hinein. Der Heigl hat gleich laut zu allen Gästen dort gesagt: »Trinkt's, was ihr wollt, das geht auf mich, wir haben heut was zum Feiern!« Und schon sind auch die Musikanten gekommen, die der Heigl bestellt hatte, vermutlich über den Bauern, bei dem wir am Dienstag gewesen sind.
Ein Geiger, ein Mundharmonikaspieler und ein Bläser spielten Zwiefache, der Wirt sperrte einen Nebenraum auf, das ganze Gasthaus füllte sich, auch zahlreiche Weiber strömten herein. Eine Maß nach der anderen wurde bestellt, es wurde getanzt, gelacht, geraucht, geschnupft, gesungen! Mittendrin: der Heigl und ich! Einmal hat er mich an den Hüften gepackt und hochgeworfen, dass ich fast mit dem Kopf an die Saaldecke gestoßen wär, ui, und die Leut haben dazu geklatscht, da hat mich der Heigl gleich noch mal durch die Luft gewirbelt und wieder aufgefangen, ich hab mich wie ein Vogerl gefühlt, wie eine, die Flügel gekriegt hat.
Mitten in der schönsten Gaudi hat er mir dann zugeflüstert, dass wir jetzt über den Hintereingang abhauen müssten, und er hat dem Wirt heimlich einen Batzen Geld in die Hand gedrückt.
Warum er sich nicht verabschiedet, hab ich ihn gefragt, er hat bloß gemeint, das sei so seine Art, plötzlich auftauchen und plötzlich wieder verschwinden.

Es ist dann so gekommen, wie ich es mir beim Tanzen schon vorgestellt habe. Noch vor der Hütte, in einer

Lichtung, im Mondschein, auf weichem Moos sind wir hingesunken und haben uns geliebt, geliebt, geliebt! Zuerst ganz langsam und zart, schließlich wild und ungestüm. Ich weiß gar nicht, wie ich das nennen soll, oder doch: Aus dieser Lust entstand ein schieres Glück, das mich nun bewohnt.
Erst in der Morgendämmerung sind wir zur Hütte zurück, der Heigl schläft nun und schnarcht. Ich könnt vor Glück alles, aber bloß nicht schlafen! So sitz ich jetzt vor der Hütte und schreibe. Aber gleich geh ich hinein und lege mich zu meinem Glück dazu.

Aussage der Anna Gruber vor dem Straubinger Gericht am 16. Juni 1854

Zu mir hat der Heigl immer gesagt: Wir nehmen uns bloß, was wir brauchen, und auch das stehlen wir nicht. Und so haben wir das immer gemacht. Jedenfalls hab *ich* nie etwas zu Unrecht genommen! Erst als die feine Madame da gekommen ist, hat er kein Halten mehr gekannt! Die hat ihn richtig aufgehetzt und aus ihm einen schlechten Menschen gemacht. Besser wollte sie halt sein als wie die anderen, die Res.

Aussage des Pfarrers Kaltbichler am 16. Juni 1854

In diesem Fall kann ich die Aussage der Anna Gruber nur bestätigen. Die Anna hat ja alles gebeichtet, und freilich wird sie ihre Strafe erwarten. Ihre Seele kann aber noch gerettet werden. Die Res hingegen ist dem Teufel verschrieben, weil sie ihre Taten noch nicht einmal bereut, sondern im Gegenteil geradezu ein Recht auf Sünde fordert. Das ist grad so, als wenn die Hure Maria Magdalena verlangen würde, dass man Huren mit dem gleichen Respekt wie anständige Weiber behandelt.

Rede der Therese Pritzl am 19. Juni 1854 vor dem Straubinger Gericht

»Selig sind die Armen!«, predigen sie uns immer. Froh sollen wir sein, wenn wir den Hunger aushalten, und nicht mal neidisch sollen wir sein auf die Oberen, die ihre Hunde mit Filet füttern, mit einem Fleisch, mit dem wir unsere Kinder großziehen könnten! »Selig sind die Armen im Geiste!«, predigen sie uns, damit wir uns ja keine eigenen Gedanken machen oder gar aufwieglerische Bücher lesen! Und dann lästern sie skrupellos über unsere Armut und mangelnde Bildung. Habt ihr gehört, wie der Pfarrer in Wirklichkeit spricht? »Pack« und »Gesinde« nennt er uns, wie die weltlichen Fürsten verachten sie uns und predigen uns all diese Tugenden nur, damit wir ihnen als brave Schafe dienen und gehorchen.

Wer das einmal verstanden hat, der kann nicht ruhen, als bis er dieser himmelschreienden Ungerechtigkeit etwas entgegensetzt. Merkt ihr es denn nicht, sie peitschen euch so lange aus, bis ihr keine Kraft mehr habt, euch zu wehren! Und am Ende denkt ihr alle: Ja, diese Strafe hab ich verdient! Sie predigen Wasser und trinken Wein. Sie erklären *eure* Freuden zur Sünde, und *ihre* Freuden zur Gottgefälligkeit. Nehmt euren Verstand einmal her, vergesst alles, was man euch ein Leben lang vorgesagt hat! Stellt euch vor, es gäbe ein oberstes Gesetz: »Alle Menschen sind von Geburt an gleich.« Träumt von den Palästen, zu denen man euch den Zugang verwehrt! Reißt eure geistigen Hütten ein – sie stehen nur auf dem Fundament des schlechten Gewissens. Mit nichts lässt es sich so gut regieren wie mit euren Schuldgefühlen. Schuldig seid ihr aber etwas anderes euch selbst, euren Kindern und unserem ganzen Land: aufzubegehren!

Es geht mir nicht darum, meinen Kopf zu retten und euch womöglich mit ins Elend zu reißen. Ich sage euch nur: Wir brauchen Mut und noch viel mehr Ausdauer. Der stete Tropfen höhlt den Stein. Begehrt immer und immer wieder gegen sie auf. Im Kleinen oder im Großen. Nehmt vor allem nicht fraglos hin, was man euch einzureden versucht!

La Presse (undatiertes Fundstück / übersetzt aus dem Französischen)

Was hätte aus der Räuberbraut für eine Jeanne d'Arc werden können, wär sie nicht so der Provinz verhaftet gewesen. Res bereitet ihre Reden immer besser vor, spricht laut und sucht im Publikum den Blick des Einzelnen. Fast immer nimmt sie Stellung zur politischen und sozialen Lage im Bayerischen Wald. Fast nie spricht sie über sich.

Hätte sie nur ein Publikum in München, Berlin oder gar Paris! Ein revolutionäres Geschehen könnte sie anstacheln. Hier aber, und wir zitieren ein landesübliches Sprichwort, wirft sie mit ihren Reden »Perlen vor die Säue«. Als wahre Rebellin hätte sie nicht bei Heigl in diesem Landstrich bleiben dürfen.

Aussage des Ramsrieder Alois vor dem Straubinger Gericht am 19. Juni 1854

Der Heigl redet wenigstens nicht so einen Schmarrn daher wie die Res. Aber der hat es verstanden, sich beliebt zu machen. Wie oft ist der in ein Wirtshaus, hat alle Leut eingeladen und Essen und Trinken spendiert. Vielleicht ist dem Richter das nicht bekannt, bei uns gilt jemand als feiner Charakter, wenn er großzügig einlädt. Je mehr Bier oder Wein fließt, desto mehr wächst das Ansehen der Person. Selbst in guten Erntejahren hätt da kein Bauer mithalten können, niemals! Weil wir mit redlicher Arbeit ja nie so reich werden können als wie ein Räuber.

Ein Dutzend Feste kann ich vom Fleck weg aufzählen, alle bei uns in der Nähe, die der Heigl von einem Tag auf den anderen hat feiern lassen. Wie ein Fürst ist er im feinen Gewand aufgetreten, und die Res wie seine Gemahlin. Aber da kam auch kein Neid oder eine Missgunst auf, im Gegenteil, alle freute es, dass einer aus dem einfachen Volk es geschafft hat, zu so einem Wohlstand zu kommen, und den anderen etwas davon abgegeben hat. Das war wahrscheinlich auch die Idee der Res, denn erst wie sie bei ihm war, hat das angefangen. »Der tut was für uns«, hat es dann schnell geheißen. Oder wenn die Not mal groß war, hat jemand gesagt: »Bete einfach, dass der Heigl heut noch kommt.«

Drum mein ich ja, dass die Res dahintersteckt, dass sie das genau kalkuliert hat. So hat der Heigl sich nämlich richtig beliebt bei den Leuten gemacht. Damit hat er auf Unterstützung zählen können. Wenn das nicht raffiniert war!

Tagebucheintrag der Therese Pritzl am 4. September 1848

Fast jeden Tag erlegt der Heigl Wild und bringt es zu Bauern, Häuslern oder Tagelöhnern. Und ich hab auch mein erstes Tier schießen dürfen! Der Heigl wollt mich zwar nicht abdrücken lassen, aber ich hab ihn überzeugt damit, dass er ja sagen kann, er sei's gewesen. Im Morgengrauen sind wir mit den Büchsen auf einen Baum geklettert und haben nicht lange gewartet, eh sich ein feiner Achtender zeigte, denn der Heigl meinte, ein Hase wär nicht der gebührende Einstand. Ich hab mich fest gegen den Stamm gedrückt, um den Rückschlag abzufedern – und mit dem ersten Schuss getroffen. Der Heigl hat breit gegrinst und anerkennend genickt.

Gestern waren wir in Pfeinten. Ein Kind hat gefragt, wer wir sind, und nachdem wir wahrheitsgemäß antworteten, rannte es los und rief Groß und Klein zusammen mit »der Heigl und die Res sind da!«. Das Wirtshaus füllte sich daraufhin ganz geschwind, und ein Bursche spielte mit der Mundharmonika auf. Alle aßen fette Würste, tranken Bier, rauchten, spielten und tanzten. Und wieder sind wir heimlich durch den Hinterausgang verschwunden, ehe sich die Leute versehen haben.

Man täuscht sich über den Heigl, wenn man glaubt, er würd gern allein im Wald hausen, bloß weil er so wenig redet. Wenn wir unter den Leuten sind, blitzen seine

Augen fröhlich auf, und beim Singen wird seine Stimme ganz mild. Er lacht laut und ausgelassen mit den Knechten, Bauern und Tagelöhnern und freut sich wie ein Schneekönig, wenn er auf jemanden trifft, den er von früher her kennt. Würd ein Fremder dazukommen, den Heigl könnt er nach dem Gesicht nicht von allen anderen hier unterscheiden, er gehört ganz zweifellos zu den Waldlern, man möcht glauben, kein Baum hat hier tiefere Wurzeln geschlagen.

Bloß das fesche Gewand, mit dem wir gegen die Kleiderordnung verstoßen, unterscheidet ihn äußerlich von den anderen. Das gefällt den Leuten ebenso wie die Geberlaune des Heigl. Erst hab ich ja gemeint, er würd so oft feiern, um die Leute für sich zu gewinnen. Aber nein, der Heigl taktiert nicht, er macht das aus einer inneren Freude heraus. Das spüren die Leute und danken's ihm.

Ich frag mich bloß, wie lange das gutgeht. Eines Tages wird sich ein Verräter unter den Gästen finden und die Gendarmen auf uns hetzen. Denn dass der Heigl im Wald sein Unwesen treibt, das mag für die Obrigkeit vielleicht noch angehen, aber dass er sein Räubertum so öffentlich zur Schau stellt, dürfen sie so nicht durchgehen lassen.

Vielleicht geht dem Heigl Ähnliches durch den Kopf, denn er hat gemeint, wir müssten bald umziehen. Dabei hab ich mich so an diese Hütte gewöhnt, hier kommt's mir vor, als hätt ich mein erstes Daheim. Oder liegt's am Heigl, denn jeden Tag werden wir zur Einheit von Mann und Frau.

Aussage des Regierungskommissars Christoph vor dem Straubinger Gericht am 19. Juni 1854

Im Herbst 1848 wurde ich zum Minister Denhagen gerufen. Im Bayerischen Wald, so wurde mir erklärt, treibe ein Vogelfreier sein Unwesen, wildere, raube, benehme sich wie ein Fürst und würde von der Bevölkerung in seinem Treiben unterstützt. Dies könne der König, und auch der Landtag, keinesfalls mehr weiter zulassen. Ein Regierungskommissar vor mir sei schon an der Aufgabe gescheitert, den Halunken dingfest zu machen. Man berichtete mir von der schändlichen Vergangenheit des Gesuchten und dem Fehler meines Vorgängers, inkognito ermitteln zu wollen.

Für eine Ergreifung des Heigl – und seiner Kumpanen, denn zunächst glaubten wir an ein paar Gefolgsleute – wurde mir eine schnelle Beförderung in Aussicht gestellt, zudem eine beträchtliche Sonderzahlung. Der Minister wies aber auch darauf hin, dass dies keine leichte Aufgabe sei und der Menschenschlag im Bayerischen Wald zur übelsten Sorte des Landes gehöre.

Mit der Sonderzahlung würde ich meine Verlobte heiraten und mir ein kleines Haus kaufen können, rechnete ich mir aus. Noch mehr drängte es mich jedoch zu dieser Aufgabe, weil ich in Liebe und Treue zu unserem König weiteren Ungehorsam ausräumen wollte. Ich sagte – trotz vorgeschlagener Bedenkzeit – sofort zu, wenn man mir zwei Mann mitgeben würde. Wie groß und langfristig diese Aufgabe sein würde, ahnte ich zu diesem Zeitpunkt freilich nicht.

Aussage der Annamirl Leitner vor dem Straubinger Gericht am 20. Juni 1854

Ich weiß nicht mehr, was vorher war, ob zuerst dieser Kommissar gekommen ist oder ob da die Res und der Heigl davor schon den Pfarrer Kaltbichler ausgeraubt haben.
Das war für die zwei doch ein Kinderspiel mit dem Kaltbichler, weil doch ein jeder von uns gewusst hat, dass der Kaltbichler immer am Fasttag so viel Bier trinkt, dass er abends wie ein Sack Erdäpfel ins Bett fällt und sowieso nichts mehr mitkriegt. Außerdem hat auch jeder gewusst, dass der Pfarrer sein Gold und Geld in einer Truhe in der Sakristei versteckt hat. Vielleicht hat er gemeint, da würd der Herrgott besser aufpassen oder in die Kirche würde sich kein Räuber trauen. Bis zu einem gewissen Grad ist der Pfarrer da auch selber schuld. Kein Reicher lässt doch in solchen Zeiten seine Habe immer am gleichen Platz herumstehen, ein jeder Ministrant hätt da hinlangen können!

Und so hat der Pfarrer plötzlich an einem Samstagvormittag die Kirchenglocken läuten lassen, wie bei einem Feueralarm. Wir sind alle zur Kirche gelaufen, und da hat der Pfarrer die aufgebrochene Truhe gezeigt. Mei, für einen Schlosser wie den Heigl ist doch wirklich nichts dabei, mit dem Stemmeisen so einen Riegel aufzubrechen. Mit einem hochroten Kopf, ganz aufgebracht und mit einer Stimme, als wie wenn er heiser wär, hat der Pfarrer immer geschrien: »Pack! Räuber! Gesinde!« Als er dann noch ein Papier gefunden hat, ist er völlig aus der Fassung geraten. Er hat uns den Zettel vor die Nase gehalten, einer hat uns vorgelesen, was draufgestanden hat, nämlich »Vergelt's Gott!« Wir haben alle lachen müssen, dass sich der Räuber auch noch bedankt, aber Hochwürden hat daraufhin nicht mehr an sich halten können, und da ist ihm schon mehr als wie ein Fluch rausgerutscht.

Durch das Papier war allen sofort klar, dass das der Heigl gewesen sein muss, denn ein gemeiner Räuber hinterlässt doch kein solches Dankeschön. Der Heigl selbst kann zwar auch nicht lesen und schreiben, aber er hat doch die Res an der Seite gehabt, für die war das so leicht wie einmal nach Luft schnappen, so einen Zettel zu schreiben.

Und da hat der Pfarrer sofort Briefe zum Fürsten und nach München hinauf geschickt und sich bitter beschwert, dass keiner mehr für eine weltliche Ordnung, geschweige denn für eine christliche Gesinnung sorgen kann.

Ich weiß nicht, ob das der Anlass war, den Kommissar zu uns zu schicken, oder bloß der Tropfen, der das Fass zum Überlaufen gebracht hat. Auf jeden Fall kam dann der Herr Regierungskommissar Christoph. Dass das ein ganz scharfer Hund ist und nicht so ein Depp wie sein Vorgänger, das haben wir sofort gemerkt.

Brief des Regierungskommissars Christoph an Minister Denhagen vom 8. November 1848

Sehr verehrter Herr Minister Denhagen!

Mit meinen beiden Mannen habe ich Quartier bezogen in Hohenwart und meine Arbeit aufgenommen. Angesichts der Einheimischen hier – worauf ich gleich noch zu sprechen komme – mutet die Ermittlungsarbeit meines Vorgängers höchst lächerlich an! Jeder Fremde, den es selbst in wohlwollender Absicht in diesen Landstrich verschlägt, wird abgelehnt und niemals in die Gemeinschaft der Waldler aufgenommen, wie sich am Beispiel eines ansässigen Lehrers zeigt.

Das Landvolk hier steht auf einer der niedrigsten Kulturstufen. Die Verstocktheit und Schlechtigkeit der Bevölkerung hat schon so starke Wurzeln geschlagen, dass selbst Kinder, wenn sie Verstand erlangen, zur Schlechtigkeit angehalten werden. Die Moral ist ganz danieder, nur die Furcht hat noch Gewalt über sie. Schon im Äußeren zeigt sich ihre moralische Niedrigkeit durch eine grenzenlose Unordnung und Unreinlichkeit, dann auch in einer schlechten Bewirtschaftung selbst bei großem Besitztum. Hinzu kommt noch eine sehr große Feigheit und Leichtgläubigkeit, namentlich wenn es sich um Schlechtes handelt. Bei solchen Verhältnissen ist es wohl leicht erklärlich, dass Heigl, der sich so ziemlich im gleichen Alter mit der Mehrzahl der gegenwärtigen Gutsmaier befindet, bei dem völligen Mangel an gesetzlichem Sinn teils aus wirklicher Zuneigung, teils aus Furcht Unterstützung findet, und auch deshalb, weil die Leute einen Begriff von »schlecht« nicht haben und weil selbst die Bauern nicht im mindesten Abstand nehmen, mit Zuchthäuslern freundlich zu verkehren, was gewiss anderwärts nicht vorkommt.

Ebendiese Schlechtigkeit und moralische Verkümmerung werden wir jedoch für eine Verfolgung herzunehmen verstehen.

Hochachtungsvoll

Ihr Regierungskommissar Christoph

Tagebucheintrag der Therese Pritzl am 27. April 1849

Eine blöde Ziege hat die ganzen Seiten, die ich im Winter hier herein geschrieben habe, rausgerissen und gefressen! Am liebsten hätt ich dem Mistvieh eigenhändig den Hals umgedreht. Dabei hat mich vor Monaten schon ein Schulbub, der mich schreiben gesehen hat, vor dem Vieh gewarnt und erzählt, dass sie immer wieder Papier frisst. Aber ich hab's ihm nicht geglaubt. Und so geraten Monate meines Lebens in Vergessenheit – oder werde ich mich trotzdem immer an sie erinnern? Liebes Tagebuch, eine Kurzfassung schreibe ich dir jetzt deshalb noch einmal auf.

Heigl und ich verließen im Herbst 1848 unsere kleine Holzfällerhütte und suchten uns noch ein paar andere ausgediente Unterkünfte, bis es zu kalt wurde und der Schnee kam. Ein paar Haushaltsgegenstände wie Messer und Schüsseln versteckten wir unter einer Schneewehe an einem Felsen, den Rest packten wir zu zwei Bündeln, mit dem wir Richtung Böhmen aufbrachen. Heigl ging einfach voran und verriet zunächst nicht unser Ziel. Erst an der Grenze meinte er, wir sollten das Schicksal nicht herausfordern, also die Bereitschaft »unserer« Leute nicht überstrapazieren, wenn wir im Winter ein Quartier suchen, denn ein neuer Regierungskommissar war aus München geschickt worden.

Einen Tagesmarsch jenseits der Grenze wurden wir – das heißt, der Heigl – fündig. Ein Bauer überließ uns sein leer stehendes Austragshäusl, freilich aber nur gegen gute Bezahlung. Der Heigl hat manchmal dort vorsichtig gewildert und Fleisch gebracht oder auch bisweilen verkauft.

Aber sonst haben wir gelebt wie ein Bürgerpaar am falschen Ort! Ich hab jeden Tag gekocht, der Heigl hat in der Stube geschnitzt, bisweilen sind wir zum Bauern rüber und haben beim Spinnen geholfen oder haben Karten gespielt. Ich hab einen Waschtag eingeführt und Brot gebacken, Heigl hat manchmal Baumstämme gestemmt, »damit ich die Kraft nicht verlier«. Und in der kleinen Kammer, in unserem Himmelbett, haben wir uns wieder und wieder geliebt. Oft hab ich auch auf ihn eingeredet, wie ich mir das vorstellen könnt, mit der kompletten Abschaffung der Stände und der Freiheit für alle.

Einmal hab ich dem Heigl gesagt, dass ich so gern wieder was lesen würd, wie damals, die ganzen Bücher vom Lehrer. Und zwei Wochen später ist der Postbote zum Bauern gekommen, mit einem Packerl für mich. Da drin waren fünf Bücher: Eichendorffs Gedichte, Goethes »Faust«, ein »Noth- und Hülfsbüchlein für Bauersleut«, »Anton Reiser« von Karl Philipp Moritz und natürlich die Bibel! Vor Freud bin ich aufgesprungen und hab den Heigl vor allen Leuten geküsst. So hab ich den ganzen Winter über wieder gelesen. Wie der Heigl es einfädelte, mir die Bücher zu besorgen, hat er bis heute nicht verraten. Ich nehme aber an, dass er über den Schulbuben dem Lehrer einen Brief und Geld zukommen hat lassen und dieser dann das Präsent schickte.

Mir ist's auch vorgekommen, als wär das dem Heigl ganz recht, wenn ich lese. Denn erstens hat er sich dann nicht so viele politische Reden von mir anhören müssen, und zweitens hat er sowieso oft seine Ruhe gesucht. So eine geputzte Kuchel, ein Himmelbett und ein Dasein wie alte Leute im Austragshäusl, das passt ganz und gar nicht zum Heigl. Auf und ab ist er deshalb manchmal gelaufen, hin und her, im kleinen Daheim, wie ein Bär in einem Käfig. Wenn man vielleicht einmal Häuser bauen würd, die größere Fenster haben, könnt ein Heigl ein Zuhause vielleicht eher ertragen, dann wär das alles nicht zu eng für ihn.

Wobei für mich der Winter wahrscheinlich auch nicht so gemütlich gewesen wär, wenn ich meine Bücher nicht gehabt hätt. Ohne eine Aufgabe, ohne Arbeit ist's einfach fad, deshalb ratschen die Bürgerfrauen so viel, weil sie sonst nichts zu tun haben.

Kaum ist's ein bisserl wärmer geworden und eine Primel durch den Schnee gebrochen, hat der Heigl mit leuchtenden Augen zu mir gesagt: »Pack mas!« Ich hab bloß genickt, um das Himmelbett war es mir leid, aber was ist schon so ein Bett gegen die Schwermut aus Sesshaftigkeit beim Geliebten! Morgen kehren wir in die Heimat zurück!

Tagebucheintrag der Therese Pritzl am 1. Mai 1849

Keine zehn Minuten nachdem wir unser Austragshäusl in Böhmen verlassen hatten und auf einer Anhöhe noch einmal zurückblickten, sahen wir zwei böhmische Gendarmen dorthin marschieren! Ich hab geglaubt, ich seh nicht richtig!

Vermutlich hab ich dem Heigl einen zu unsteten Charakter zugeschrieben, vielleicht wär er sehr wohl für ein kleines Häuschen, redliche Arbeit und eine Familie geeignet, ließen es nur die Umstände zu. Verzeih mir, liebes Tagebuch, diesen Ausdruck: Aber der Heigl ist wie ein Tier, das Witterung aufnimmt und über sichere Instinkte verfügt, die andere Menschen verloren haben. Deshalb besteht er auch in der freien Landschaft viel besser als in einem Ort, deshalb atmet er draußen ruhiger, deshalb wird er manchmal so unruhig, wenn er sich in vier Wänden befindet. Wie hat dieser Mann nur die Zuchthausjahre überstanden? Hat das seine Witterung noch zusätzlich geschärft?

Ich hab's gewagt, ihn darauf anzusprechen, und er hat geantwortet. »Lieber sterb ich, als mich noch einmal einsperren zu lassen.« Aus jedem anderen Mund hätt ich es als Pathos aufgenommen – aus seinem klang es wie eine ganz nüchterne Feststellung.

Verbindet uns das noch viel mehr als die Liebe, dieser unbändige Drang zur Freiheit? Auch ich hab doch die Enge nie ausgehalten, selbst wenn ich es mir immer gewünscht hatte und mich sogar auf den Weg in die bürgerliche Ehe gemacht habe. Aber eben genau da fing mich der Heigl ab. Oder war ich es selbst?

Meine Reden scheinen doch auf den Heigl gewirkt zu haben, gestern hat er gesagt: »Hast schon recht, den Pfaffen geht es nicht um den Herrgott, sondern bloß darum, dass wir uns alles gefallen lassen.« Solche Worte aus dem Mund vom Heigl, der allem Kirchenraub zum Trotz ein zutiefst frommer Mann ist und immer eine geweihte Hostie mit sich trägt! Stunden hab ich im Winter über das Thema referiert, manchmal nickte er dazu, meist hörte er nur reglos zu – und plötzlich gibt er eine Antwort, gestern. Und ich weiß, dass er sie nicht einfach so gegeben hat, sondern viel darüber sinnierte, ehe er den Mund aufgemacht hat.

Wir haben ein neues Quartier bezogen, einen Verschlag auf dem Kaitersberg, und ich wollt es eigentlich gemütlich herrichten mit Fellen, Kerzen und einer kleinen Feuerstelle. Aber seit einer Woche schon fühl ich mich ganz elend, kann kein Essen mehr behalten und bin zum Sterben müd. In der neuen Unterkunft ruh ich mich bloß noch aus. Der Heigl schaut mich komisch fragend an. Ich würd's ihm nicht verübeln, wenn er sich verabschieden würd. Eine kranke Räuberbraut macht sich nicht gut.

Brief des Regierungskommissars Christoph an Minister Denhagen vom 28. April 1849

Sehr verehrter Herr Minister Denhagen!

Selbstredend verstehe ich Ihr Drängen auf einen kurzen Rechenschaftsbericht jenseits der ausführlich amtlichen Schreiben, und ich werde ihn hiermit wahrheitsgetreu ablegen.

Den ganzen Winter 1848 und das ganze Frühjahr 1849 war keine wirkliche Spur des Heigl und der Res zu finden. Zwar verfolgten wir an die zwanzig Diebstähle und mehr als ein Dutzend Wildereien, doch letztlich führte keine Spur eindeutig zu den Gesuchten. Die moralisch verkommene Bevölkerung hier nutzte die Gelegenheiten vielmehr und behauptete bei jeder Schandtat pauschal, sie wäre Heigl oder der Res zuzuschreiben. Acht Wilderer konnten wir dennoch überführen, und jeder zweite Diebstahl wurde aufgeklärt. So wenig gesetzlichen Sinn und Anstand hat die stinkende Bevölkerung hier, dass manchmal nur sehr »direkte« und »deutliche« Verhörmethoden – der Herr Minister versteht bestimmt, was ich meine – zu Geständnissen führten.

Wenn Sie nun meinen Abzug wünschen, so kann ich Ihnen versichern, dass ich mir mehr denn je eine Rückkehr in unser in jeder Hinsicht so viel höher stehendes

München wünschte, nicht nur weil meine Verlobte mich sehnlichst erwartet. Aus Liebe und Treue zu meinem Vaterland und dem König bitte ich Sie dennoch darum, hier weiter für Recht und Ordnung sorgen zu dürfen. Die Räuber scheinen »wie vom Erdboden verschluckt« heißt es, und tatsächlich kann ich ausnahmsweise dem Volksmund recht geben. In aller Bescheidenheit ausgedrückt, hat vermutlich meine schiere Präsenz die Verbrecher in die Flucht geschlagen. Und so lange ich hier weile, werden sie sich nicht zurückwagen.

Deshalb bitte ich um noch ein paar weitere Monate Einsatz, bis zu dem Zeitpunkt, zu dem die Moral wenigstens eine kleine sittlich höhere Stufe errungen hat. Dann übergebe ich gerne einem Nachfolger die Geschäfte.

Hochachtungsvoll

Ihr Regierungskommissar Christoph

Tagebucheintrag der Therese Pritzl am 4. Mai 1849

Heigl hat etwas Göttliches gefunden – eine Höhle auf dem Kaitersberg, geschaffen wie für uns! Man muss sich nur ein wenig bücken, um hineinzukommen, und der Eingang ist von außen gar nicht sichtbar, wenn man noch einen kleinen Felsbrocken davorrollt! Innen ist's auch gar nicht so dunkel, weil zwei Lücken im Gestein klaffen, durch die wie durch ein Fenster Licht hereindringt. Weil der Berg von keinem Dorf aus sichtbar ist, können wir es auch wagen, Feuer zu machen, womit wir uns jeden Tag eine warme Mahlzeit zubereiten können! Und nur ein paar Schritte weiter entspringt eine Quelle. Heigl hat schon gescherzt, da könnte man eine Leitung für stets fließendes Wasser herein legen! Das wär ja wie in einem kleinen Palast!

Wenn ich nur wieder auf die Füße käme, ich muss mich immer noch ständig erbrechen und bin so müde. Heigl hat mir mein Felllager schön hergerichtet, beim Einschlafen stell ich mir immer vor, wie wir die Höhle noch weiter richtig fein einrichten! Wenn ich wieder gesund bin, werd ich das auch tun!

Aussage des Pfarrers Kaltbichler am 20. Juni 1854

Einen ganzen Winter lang war eine Ruhe von den blasphemischen Verbrechern, und ich hatte gehofft, der auf sie angesetzte Regierungskommissar hätt sie endgültig vertrieben. Aber dann sind sie plötzlich wiederaufgetaucht im Frühjahr 1849, und zwar mit noch mehr Dreistigkeit als je zuvor.

Nicht genug, dass der Heigl mich und auch andere Pfarrer ausgeraubt hatte. Mit einer satanischen Verstellungskunst haben er und die Res sich als Mönche verkleidet und bei Bauern, Pfarrern und angeblich sogar bei dem Sekretär des Grafen von Hirschberg Geld für Missionarsarbeit gesammelt! In Kutten, die sie zuvor aus einem Kloster gestohlen haben, sind sie aufgetreten und haben den Leuten ein »ewiges Seelenheil ohne weiteren Ablass« für eine milde Gabe versprochen! Sogar Segen sollen sie gespendet haben, kann das Hohe Gericht sich das vorstellen? Ich möchte nicht wissen, zu wie viel Geld sie dadurch gekommen sind! Und ich hab auch gehört, dass der Beutel vom Heigl so fett gefüllt war mit klingenden Münzen, dass er schwer daran zu tragen gehabt hat.

Und die Leut haben davon begeistert erzählt! Im Wirtshaus, auf der Straße, sogar in meiner Kirche. Zu was für einem gottlosen und verkommenen Volk sind wir ge-

worden! Ich hab daraufhin das Ablassgeld auf das Doppelte erhöht, obwohl man das Fünffache hätt nehmen müssen für diesen Beifall zu Liederlichkeit und Ungesetzlichkeit. Und deswegen sind die Leut dann gegen mich rebellisch geworden, und es hat geheißen, ich würd mich nur bereichern wollen. Direkt ins Gesicht haben mir die Leute das gesagt!
Teilweise hab ich gar nicht mehr gewusst, was ich auf solch satanisches Gerede noch erwidern soll, und bin in meine Kirche gerannt, um für all die armen Sünder zu beten. Schließlich hab ich mich mit dem Herrn Regierungskommissar Christoph besprochen, der in seiner Münchner Art zwar auch über mich die Nase rümpfte, aber er sagte zu, meine Ansichten weltlich zu unterstützen.

Was mich am meisten empörte und deshalb auch heute noch mein Blut in Wallung bringt, war die Art, wie die Rückkehr der Räuber die Leute veränderte. Grad so als wär ein Messias, ein Hoffnungsträger, wieder unter ihnen, haben sie leuchtende Augen gekriegt und so einen rebellischen Blick. Alle, Männer und Weiber, Junge und Alte, von ein paar ganz wenigen Ausnahmen abgesehen.

Tagebucheintrag der Therese Pritzl am 13. Juli 1849

Du lieber Himmel, wie konnt ich nur so naiv sein – ich bin guter Hoffnung! Jetzt ist mir nicht mehr schlecht, und ich bin auch nicht mehr so müd die ganze Zeit – dem Heigl hab ich es aber noch nicht gesagt. Der war froh, dass es mir wieder bessergeht. Heigl hat viel geschossen, ich hab die Höhle hergerichtet. Dabei sind wir vorsichtiger als vorher und geben genau acht, wann wir bei den Leuten auftauchen, denn dieser Regierungskommissar ist immer noch da. Trotzdem haben wir ein Schelmenstück vollbracht, über das im ganzen Land geredet wird und den Pfaffen bis hinauf zum Bischof die Zornesröte ins Gesicht treibt: Als Mönche verkleidet haben wir Geld eingesammelt und Leuten genau das gepredigt, was die Pfarrer auch tun. Ganz diebisch freuten wir uns über das Gelingen!

Aber für mich steht das jetzt trotzdem alles im Hintergrund. Meine bange Frage lautet: Was soll ich mit dem Kind bloß machen? Der Heigl wird's nicht wollen, davon bin ich überzeugt. Hat er doch mit der Anna und den Kindern schon genügend Scherereien gehabt!

Nachdem wir einen dicken Beutel Geld gesammelt hatten, haben wir im Mühlsteiner Wirtshaus gefeiert – und plötzlich stand die Anna vor mir. Ich hab sie ja noch nie zuvor gesehen gehabt, aber ich hab sofort gewusst, dass sie es ist. Der Heigl hat sie ganz besonders fest ins Visier genommen, eh er mit ihr nach draußen gegangen ist. Mich hat sie angeschaut … wenn Gift aus Augen sprühen könnt, dann wär ich jetzt tot, von der Anna umgebracht.

Die Anna kam nicht mehr ins Wirtshaus zurück, nur der Heigl allein. Er hat mich gepackt und mit mir getanzt, später gesagt, die Anna wird sich nicht trauen, gegen uns was auszurichten. Ich hab's verstanden, wie er es meinte, weil ein jeder im Wald ihr das als verschmähte Liebe auslegen würd, und deshalb darf man keinen hinhängen. Aber in diesem Wirtshaus haben wir auch erfahren, dass der Regierungskommissar mit seinen zwei Mannen aus München vor nichts zurückschreckt. Einen Buben, kaum vierzehn Jahre, hat er so lange geprügelt, bis dieser gestanden hat, eine Hasenfalle gelegt zu haben, obwohl der Bub damit überhaupt nichts zu tun hatte und noch nicht einmal jemanden deckte. Der Kommissar will angeblich auch so lang im Wald bleiben, als bis er den Heigl und mich gefasst hat. »Dich kriegt er nie!«, haben alle im Wirtshaus dem Heigl zugerufen und ihm zugeprostet. »Wir halten alle zu dir!« Der Heigl hat gegrinst – glaubt er denn wirklich, wir können dem so leicht entkommen? Wenn nur ein einziger Verräter unter den Leuten ist? Das muss gar kein schlechter Mensch sein, aber dem Kommissar traue ich alles zu, der muss doch bloß die Kinder von einem unserer Leute verprügeln – wer würde da nicht reden? Deshalb werden wir nun nie mehr angekündigt irgendwo auftauchen und Spuren sofort verwischen.

Ich denk ja mittlerweile nicht mehr nur an den Heigl und mich, sondern auch an unser Kind.

Ich muss mit dem Heigl über meine gute Hoffnung reden – und trau mich nicht. Wir brauchen doch einen Plan, wie es weitergeht. Auf jeden Fall, so viel ist klar, von dem Kind darf kein Mensch erfahren, sonst schikanieren es die Oberen noch viel schlimmer als die Kinder von der Anna. Und dass es nicht mit uns herumziehen oder in der Höhle bleiben kann, versteht sich sowieso von selbst.

Brief des Königlichen Gerichtsbeobachters Xaver Meierhuber vom 21. Juni 1854 an König Maximilian II.

Eure Majestät!

Betreffend die Causa Heigl und Res begnüge ich mich heute nicht mit den Aktennotizen, die Euch regelmäßig zukommen, weil ich nicht weiß, wie oft sie Euch wirklich zugestellt werden. Einen direkten Brief in dieser Angelegenheit halte ich für angebracht und notwendig.

In den schwarzen Seelen der Leute hat es sich nach den Ereignissen mit dem Verbrecherpaar regelrecht eingenistet, dass man sich sein Recht selbst herausnehmen darf! Ich ersuche Eure Majestät dringend darum, schon jetzt im Vorfeld nach einem weisen Urteil suchen zu lassen. Einerseits muss ein deutliches Exempel unserer staatlichen Ordnung statuiert werden, um das Land wieder zu befrieden und Nachahmer abzuschrecken. Andererseits darf die Strafe nicht zu barbarisch wirken, sonst besteht wiederum die Gefahr, dass man die Gesetzlosen zu modernen Märtyrern stilisiert!

Selbstverständlich werde ich dazu – aus der örtlichen Nähe heraus – noch geeignete Überlegungen anstellen. Meiner Meinung nach sollte die Priorität vor allem darin liegen, das sehr aufgebrachte Volk zu beruhigen. In diesem Sinne sollte ein Urteil vor allem daraufhin ausgerichtet sein und sich weniger auf tatsächliche Taten beziehen, also die Köpfe automatisch rollen zu lassen. Den Spielraum eines Richters können Eure Majestät ja entsprechend beeinflussen, dennoch würde ich – und deshalb dieser Brief – mit der Einflussnahme nicht bis zur Urteilsverkündung warten, sondern jetzt schon den Prozess in eine entsprechende Richtung steuern. Das betrifft die Auswahl der Zeugen, die Redezeit für nicht direkt mit den Taten in Zusammenhang stehenden Aussagen vor Gericht sowie die weitere Behandlung der früheren Geliebten des Heigl, der Anna Gruber.

Wie soll weiter eine Regentschaft reibungslos funktionieren, wenn so ein ungebildeter Zuchthäusler wie der Heigl uns in Frage stellt und die Menge dazu applaudiert? Schwerste Verbrechen gegen die staatliche Ordnung wurden hier im Verhandlungssaal schon als Schelmenstücke betitelt und beklatscht! Das ist wie ein Krieg mit geschickten Schachzügen gegen unser Land, getrieben mit verbrecherischer Energie vom Heigl und feinster Rhetorik von der Res! Genau gegen diese Taktiken sollten wir uns wappnen und stets einen weiteren Zug im Voraus planen.

In diesem Sinne bitte ich Eure Majestät, sich der Causa persönlich anzunehmen und auch meine Notizen zur Kenntnis zu nehmen. Ich will nicht den Teufel an die Wand malen, aber wenn wir nicht klug agieren, könnte aus dem Bayerischen Wald heraus ein aufständlerischer Funke schlagen wie anno 1848. Damit wären alle Zugeständnisse an diese Liberalen, die wir mühsam wieder rückgängig machten, plötzlich wieder auf dem Verhandlungstisch. Wir dürfen nicht den gleichen Fehler noch einmal begehen und das Volk unterschätzen.

Verzeihen Eure Majestät bitte die dringliche Aufmerksamkeit, mit der ich mein Schreiben versehe. Die Pflicht und Liebe zu Euch und zum Vaterland Bayern sprechen aus mir.

Ergebenst Euer Diener

Xaver Meierhuber

Aussage des Lehrers A. Stifter vor dem Straubinger Gericht am 23. Juni 1854

Warum hat man mich einfach zu einem Verhandlungstermin ohne Vorankündigung geholt? Das Hohe Gericht sollte doch mittlerweile wissen, dass ich meine Aussagen ganz besonders gründlich vorbereite.

Außerdem kann ich zum Frühjahr und Sommer 1849 beziehungsweise zur Frage, wann das Räuberpaar wieder zu uns in die Gegend zurückkehrte, nichts bezeugen, weil ich in diesem Zeitraum weder die Res noch den Heigl gesehen habe. Bloß Gerüchte kursierten über sie. Wenngleich mir auch der Sternenhimmel jenes Frühlings und Sommers noch in bester Erinnerung ist. Denn jeder Vollmond des besagten Zeitraums beleuchtete unsere Landschaft nächtens ganz besonders romantisch, wolkenverhangene Abende waren die Ausnahme. Die Gerüchte über den Heigl und die Res glichen mir Sternschnuppen am Firmament – ein jeder wünschte sich etwas von ihnen und hegte eine magische Hoffnung bei ihrem Anblick. Ach, so leuchtete uns die Klarheit des Sternenhimmels einen Weg zu unserer innersten Natur, erhaben über unsere kleingeistigen Fehden.

Rede der Therese Pritzl am 23. Juni 1854 vor dem Straubinger Gericht

Weltliche und kirchliche Herren predigen uns seit Jahrzehnten und Jahrhunderten, unser Dorf, unser Land, die Welt würde in Chaos versinken, wenn wir ihre Ordnung missachteten oder gar bloß in Frage stellten. »Wo kämen wir hin, wenn …«, heißt es immer. Wo kämen wir hin, wenn man die Ständeordnung auflösen würde? Wo kämen wir hin, wenn die Frau nicht mehr dem Manne untertan wäre? Wo kämen wir hin, wenn jeder sich so seine Gedanken machen würde? Unsere Sicherheit und unser Wohlstand wären damit gefährdet. Welcher Wohlstand denn? Wer hat denn einen Wohlstand? Die Oberen, aber nicht die Unteren. Und die Sicherheit? Ist denn ein Unterer sicher vor Übergriffen der Fürsten? Habt ihr nicht Kriege geführt, die jeder Sicherheit spotten? Und wo kämen wir hin, wenn wir nicht mehr von Königen oder Gott unsere Moral ableiten, sondern ganz allein aus uns selbst? Kämen wir wirklich zu Mord, Raub und Kannibalismus, wie ihr behauptet?

Wo kommen wir denn jetzt hin mit euch? Dass einer Mutter wie der Anna die Kinder weggenommen werden, um sie zu beugen? Dass man halbe Kinder so lange prügelt, bis sie etwas gestanden haben, was sie nicht begangen haben? Dass der Großteil der Bevölkerung nach wie vor hungert, während einige wenige in Saus und Braus leben?

Eure Argumente sind so widerlich wie menschenverachtend. Ihr setzt eine Ordnung gleich mit eurer Willkür, die nur scheinbar Sicherheit verspricht. Ihr macht den Menschen Angst vor Feinden, vor dem Teufel, vor Rebellen wie uns – um sie scheinbar vor all dem mit eurem Despotismus zu schützen.

Ich spucke auf dem Boden hier vor euch aus – denn auch wenn ihr den Zusammenhang nicht zur Gänze begreift, ihr macht euch zu feigen Erfüllungsgehilfen von Tyrannen, nur um eure armseligen Scherflein zu retten, in der hiesigen und jenseitigen Welt. Keinen Deut besser als die Jakobiner, über die ihr so lästert, seid ihr – unter dem Deckmäntelchen der Tugend verbreitet ihr eine Schreckensherrschaft, die nur deshalb nicht gleich als solche ins Auge sticht, weil ihr sie scheibchenweise eingeführt und uns Schritt für Schritt ein Recht nach dem anderen wieder abgenommen habt. Die Tyrannen, die über Nacht den Menschen ihr Getreide stehlen, werden schneller als ihnen lieb ist, gestürzt. Die anderen aber, die klugen Despoten, erklären erst die Scheune zu einem unerlaubten Bau, fordern ein paar Jahre später mehr Scheffel Getreide ein, weil die Leute nicht sachgemäß mit ihm umgehen könnten, und schließlich, noch ein paar Jahre später, reden sie den Leuten ein, sie seien von Grund auf schlecht, weil sie nicht einmal die Getreidewirtschaft beherrschen würden. Wo kämen unser Land und wir alle noch hin, wenn man auf solche Leute angewiesen wäre? Demütig – und vor allem im Bewusstsein der Schuld und Sündhaftigkeit – nimmt man das hin und noch viel mehr.

Ihr habt so lange auf uns eingeprügelt, bis wir blind geworden sind. Blind dafür zu sehen, dass es euch, den weltlichen und kirchlichen Herrschern, doch bloß darum geht, eure eigenen Privilegien zu sichern. Uns predigt ihr Gehorsam und Demut, ihr selbst herrscht willkürlich und überheblich, haltet euch nicht an Rechte, die eigentlich für alle Menschen gelten müssten. Und da wundert ihr euch, dass man den Heigl verehrt? Ja, die Leute haben ihn zum fünfzehnten Nothelfer gemacht, in tiefster Verzweiflung wie zu einem Heiligen gefleht: »Komm, Heigl, und hilf uns!« Warum wohl? Weil sein Mut und sein Dasein den Menschen gezeigt haben, dass nicht ein jeder eure Verlogenheit hinnimmt. Dass man sich dagegen wehren kann, auch wenn der Preis hoch ist. Hat sich nicht ein jeder hier in tiefster Seele einmal gewünscht, er könnte wie der Heigl sein? Und weil es den allermeisten an so einer Größe fehlt, hat man ihn als Stellvertreter für das eigene Aufbegehren gesehen und deshalb unterstützt, so gut es ging.

Ich könnte weinen und schreien und toben über all die Ungerechtigkeiten, diese verlogene Moral und diese willkürlichen Gesetze.

Wo kämen wir ohne sie hin? Ich sage es euch: zu freien Menschen, die sehr wohl ihr Zusammenleben regeln können! Ein Leben in Freiheit, Gleichheit und Brüderlichkeit!

Ich frage euch noch einmal: Was wollt ihr von der Anna? Sie hat doch mit dem Heigl seit Jahren nichts mehr zu tun gehabt und mit mir schon gar nichts! Lasst die Anna frei!

Tagebucheintrag der Therese Pritzl am 17. Juli 1849

Immer noch nicht hab ich dem Heigl gestanden, dass ich guter Hoffnung bin. Wie mag es wohl aussehen, das Kind, das jetzt in meinem Bauch heranwächst?
Wir haben es uns in der Höhle gemütlich – ich wollt fast schreiben: häuslich – gemacht. Im hinteren Teil gibt es eine kleine Öffnung nach oben, darunter hat Heigl einen Herdplatz errichtet, den ich gut anschüren kann (wobei Rauchwolken bei einem bestimmten Wind natürlich die größte Gefahr sind, das wissen wir). Daneben stehen ein Tisch, zwei Stühle und sogar ein Regal mit Geschirr, Besteck, Kerzen, Schüsseln, Werkzeug, Nähzeug und Tüchern. Der Heigl hat mir ein Bügeleisen besorgt, das ich mit Kohle füllen kann, und mit den Tüchern haben wir für den Notfall auch Verbandszeug.
Vorne am Eingang gibt es seitlich eine kleine Nische, da haben wir unser Felllager aufgeschlagen, so dass wir jeden Besucher sofort hören würden. Die Nische ist wie ein kleines Himmelbett mit einem steinernen Dach. Nach wie vor schiebt der Heigl sein Geldsäckchen nachts unter das Kopfkissen. Und nach wie vor legen wir die Büchsen beim Schlafen direkt neben uns ab.
Aber wenn wir einen Stein vor den Eingang schieben, kommt ohnehin kein Mensch auf die Idee, da würden Menschen hausen. Wir achten auch sehr darauf, keinen Trampelpfad anzulegen, wir haben den Eingangsbercich mit Moos ausgelegt, das immer frisch und grün im Saft

steht, auch wenn man kurz davor darauf getreten ist. So natürlich, wie gewachsen, sieht alles aus, dass der Heigl gestern gescherzt hat, wie leicht es doch der liebe Gott mit seiner Schöpfung gehabt hätte.

Trotzdem träume ich oft von Amerika. Dort könnten wir nicht bloß eine Höhle haben, sondern ein Häuschen für uns! Vorsichtig hab ich das beim Heigl angesprochen, doch der hat erwidert: »Da versteh ich doch die Leut nicht!« Ich hab eingewendet, dass er eh nichts redet, da hat er finster geschaut und gesagt: »Das mein ich nicht.« Ich für meinen Teil hab mir überlegt, ob ich nicht den Lehrer fragen könnte, mir ein englisches Buch zu besorgen. Ich weiß ja nicht, wie schwer es ist, eine andere Sprache zu lernen, aber ich würde es gerne probieren. Ich stelle mir vor, in einem anderen Land ganz gut zurechtzukommen, wenn man sich mit den Menschen unterhalten und Anträge gut ausfüllen kann. Aber wie soll ich eigentlich so ein Buch lesen, wenn ich doch nichts verstehe? Nepomuk hat mir einmal erzählt, er habe »Shakespeare im Original« gelesen, und zwar mit einem Wörterbuch daneben. Kann der Lehrer mir auch so ein Wörterbuch besorgen? Oder ist das unbezahlbar?

So Zeug denk ich mir zusammen. Dabei kommt es mir vor, als hätt ich jetzt erst verstanden, was ich vor einem Jahr getan hab – dem Heigl zu folgen. Vielleicht liegt's auch daran, dass ich nächste Woche achtzehn Jahre alt werde und nicht mehr ganz so ein junges Ding bin.

Aussage des Regierungskommissars Christoph vor dem Straubinger Gericht am 23. Juni 1854

Nachdem der Heigl und die Res, entgegen meiner Annahme, doch wieder im Bayerischen Wald auftauchten, haben wir zunächst die Lage genau sondiert und eine Bestandsaufnahme gemacht. Ich habe Karten mitgebracht, verbessert und eingezeichnet, wo Heigl überall auffällig geworden war. Außerdem haben wir die Leute vorgeladen, einen nach den anderen. Es ging dabei nicht darum – wie das dumme Pack glaubte –, Details über Heigls Aufenthaltsort zu erfahren. Zu diesem Zeitpunkt hätt sich doch dazu ein jeder lieber die Zunge abgebissen, als etwas zu verraten. Nein, die langfristige Strategie wurde damit eingeläutet. Erstens erfuhr ich doch nebenbei von manchen Umständen und Gewohnheiten des Heigl. Und zweitens konnte ich mir von einem jeden Einzelnen ein Bild machen. Wenn man schließlich mit fast dreihundert Leuten redet, spürt man irgendwann, auch wenn die Leute nichts dazu sagen, wer dem Gesuchten nahesteht oder wer ihn gar hasst.
Die erste Bestandsaufnahme fiel verheerend aus. Der Rückhalt unter den Leuten schien hundertprozentig. Manche verehrten ihn gar wie den fünfzehnten Nothelfer, der sie von der Wildplage befreit hat.

Knapp ein Jahr nach meiner Ankunft im Bayerischen Wald begann ich, einen ersten langfristigen Plan zu entwerfen, denn die Sachlage erforderte schon meiner damaligen Meinung nach ein besonderes Vorgehen. Dieses Vorhaben wurde vom Minister schriftlich genehmigt, selbstverständlich bedürfen besondere Maßnahmen auch besonderer Absprachen. Zugleich hofften wir auch immer noch auf eine Portion Glück, denn wie oft schon hat der Zufall uns dann doch Verbrecher in die Hand gespielt, wenn nur vorher fleißig alles für seine Ergreifung ausgelegt war.

Ich begann damals, den Ramsrieder-Hof genauer zu beäugen, der, wie sich ja mittlerweile herausgestellt hat, auch in der Vergangenheit eine zentrale Rolle in Bezug auf die Verbrecher spielte. Es wurde mir bald zur fast lieben Gewohnheit, jeden Abend das Treiben dort von einem kleinen Hügel aus mit einem Fernglas zu beobachten.

Knapp ein Jahr nach meiner mühseligen Arbeit unter dem Volk hätten wir den Heigl und die Res um ein Haar erwischt. Meine Männer und ich kamen zu einem Hof in Horgerstein, um ihn in Augenschein zu nehmen. Die Bäuerin bemühte sich um vorgetäuschte Ruhe, aber die Mägde wirkten seltsam unruhig und abweisend, so dass ich sofort den Befehl zu einer genauen Durchsuchung gab. Leider konnten wir in keiner Kammer, keinem Stall und auch nicht auf dem weiteren Hofgelände etwas finden. Erst jetzt, nach der Verhaftung Heigls, habe ich erfahren, dass die Bauersleute das Paar damals in einer Truhe hinter dem Bett versteckten und darauf schnell einen Hausaltar räumten, dass es aussah, als sei die Truhe nicht benutzt. Was wäre uns und den Leuten doch alles erspart geblieben, wenn das Glück uns schon damals hold gewesen wäre.

Tagebucheintrag der Therese Pritzl am 21. Juli 1849

Dem neuen Kommissar, den sie aus München geschickt haben, sind wir grandios entkommen! Aber der Heigl wirkt seither bedrückt, fast zaghaft und mutlos. Gestern ist er den ganzen Tag auf seinem Felllager geblieben und hat nichts gegessen, nur Wein getrunken. Ich hab ein wenig Angst bekommen, was er wohl macht, wenn er richtig betrunken ist. Abends hat er blöd grinsend gelallt – so wie halt Betrunkene sind –, was ich für ein tolles Weib wär, und wollt mich zu sich aufs Lager ziehen. Ich hab ihm gesagt: »Erst erzählst mir, wie es inwendig bei dir ausschaut.« Denn wenn einer wie der Heigl Komplimente macht, dann bloß, um von was anderem abzulenken. Mit einer Antwort hab ich eigentlich nicht gerechnet, aber der Trunkenheit ist es wohl zu verdanken, dass er erwiderte: »Der neue Kommissar gibt nicht eher eine Ruhe, als bis er uns gefangen hat.«
»Woher willst das wissen?«, hab ich gefragt. »Du hast ihn ja noch nicht einmal gesehen.«
»Der Ton, in dem der geredet hat, die Stimme. Daher weiß ich das«, hat Heigl geantwortet.
Wir haben den Christoph ja kommandieren gehört, als wir uns in der Truhe bei Bauern versteckten. Auch ich war entsetzt über die scharfe Ausdrucksweise und die Stimmlage. Zugleich dachte ich mir, mei, das sind halt die Grünröcke. Aber der Heigl weiß da viel feiner zu unterscheiden und spürt instinktiv eine Gefahr viel mehr

als ich. Wie ein scheuer Hirsch wittert er den Charakter der Menschen, deren Gütigkeit oder auch deren verbissenen Jagdsinn. Er spricht bloß nie darüber, und so entsteht der Eindruck, er wär ein unsensibler Brackel.
Weil ich ihn nun schon so gut kenne, hat mich seine Einschätzung schockiert. Entsetzt hab ich daraufhin gefragt, warum wir dann nicht doch nach Amerika gehen. Aber Heigl hat sich verbeten, ein für alle Mal, darüber zu sprechen. Schließlich hat er behauptet, dass ihm schon etwas einfallen würde, um den Kommissar zu besiegen. Aber ich weiß nicht, wie soll ich es formulieren – ich trau dem Heigl zum ersten Mal nicht mehr vollkommen. Er lügt sich in die eigene Tasche, mein ich, irgendwo tief drinnen. Es stimmt etwas in ihm nicht überein. Hat er eine Angst, die er nicht zugeben kann? Traut er sich nicht, die Heimat zu verlassen?

Und ich dummes Ding hab es ihm immer noch nicht gesagt, dass ich schwanger von ihm bin. Dabei hab ich es jetzt schon gespürt, das Kind im Bauch. Ich muss zum Annamirl, mit ihr reden – aber eigentlich darf ich es niemandem sagen, noch nicht einmal ihr! Wie soll ich es denn aushalten, so guter Hoffnung zu sein, und nicht einmal der Vater des Kindes weiß es, und anderen darf ich es sowieso nicht gestehen?

Und was hab ich da ein paar Tage zuvor hier in das Tagebuch hinein geschrieben? Dass ich jetzt erst verstehe, auf was ich mich da eingelassen hab? Nein, ich hab gar nichts, aber auch gar nichts verstanden! In Wirklichkeit kommt's mir immer noch vor wie ein Traum oder ein Spiel. So als sei der Heigl in Wirklichkeit ein Unverwundbarer und uns könnt und dürft einfach nichts passieren. So als würd ich schlimmstenfalls zurück zum Münchner Fadisierer in Haft kommen, aber nicht in einen Kerker. So als würd ich nicht wirklich Mutter werden, sondern eine andere. Geht das in anderen Leben auch so? Dass man jeden Tag weiterstolpert oder ihn freudig durchfliegt, aber doch keinen eigentlichen Grund oder ein Ziel kennt?

Das Annamirl würd mir sagen, ich könnt es doch in die Hand nehmen, mein Leben. Aber mir kommt es grad andersrum vor – eine Kraft außerhalb meiner hat mich in der Hand. Ich fühl mich wie ein Vogerl in einem Wirbelsturm.

Aussage des Lehrers A. Stifter vor dem Straubinger Gericht am 26. Juni 1854

Völlig unerwartet und unvermittelt tauchten die Res und der Heigl eines Abends im Herbst 1849 bei mir auf. Ich saß in der Stube und bereitete den Unterricht für den nächsten Tag vor, als plötzlich die Tür aufging und das ungleiche Paar vor mir stand. Der kräftige, hünenhafte Naturbursche Heigl mit Lederhut – daneben der um zwei Köpfe kleinere, zierliche Schöngeist Res in einem feschen Gewand. Heigl hatte eine Büchse auf dem Rücken und trug einen schweren Beutel bei sich.
Ohne zunächst ein Wort zu verlieren, legte Heigl etliche Goldstücke auf den Tisch. Damit sollte ich Bücher für die Res besorgen, vor allem ein Deutsch-Englisch-Lexikon und Shakespeare im Original. Andere Titel benannte auch die Res nicht näher, sondern gab nur an, ich solle das *ganze* Geld für diesen Zweck verwenden.

Es kann kein Verbrechen sein, jemandem Bücher zu beschaffen! Im Gegenteil: Selbst aus einer niedrigen Seele kann durch Lektüre noch Erhabenes erwachsen. Weil ich ein paar Tage darauf ohnehin nach Regensburg reisen musste, wählte ich in der dortigen Buchhandlung Lektüre aus, die mir zur Res zu passen schien. Mehrere Romane, die 1849 noch nicht zensiert waren, kaufte ich dort, darunter Eduard Mörike, Ludwig Uhland und Jo-

hann Nepomuk Nestroy. Ich weiß nicht mehr, ob Heinrich Heine auch dazu zählte.
Schwieriger gestaltete sich freilich der Wunsch der Res nach einem Lexikon und Shakespeare im Original. Da der Regensburger Buchhändler aber weitläufige Verwandte in Hamburg hat, die wiederum mit Engländern verschwägert sind, konnte darüber geordert werden. Diese Bücher – ich legte die Versandkosten aus meiner eigenen Tasche aus – sollten dann direkt zu mir geschickt werden.

Bald darauf hat der Hüne die Bände bei mir abgeholt, dieses Mal kam er ohne Res, sprach kein Wort, legte mir aber noch ein Goldstück zur Belohnung für meine Mühen hin. Die Versandkosten waren damit gedeckt.

Tagebucheintrag der Therese Pritzl am 21. Juli 1849

Es ist so verdächtig still und bedrückend. Oder sollt ich es ein trauriges Räuberleben nennen? Heigl und ich schießen ab und an Wild, bringen es zu Bauern, Handwerkern oder manchmal auch nur Tagelöhnern und tauschen es meist gegen Waren, seltener für Geld ein. Heigl hat vier oder fünf Mal in der ferneren Umgebung bei schindenden Großbauern und Pfarrern eingebrochen, etwa ein Fünftel der Beute unter den Armen verteilt und den Großteil des restlichen Geldes der Anna Gruber gebracht, damit sie sich einen guten Advokaten leisten kann, um die Kinder aus dem Findelheim holen zu können.

Der Regierungskommissar Christoph soll rege ermitteln – aber wir sehen und hören nichts von ihm, auch darum empfinde ich eine Art seelische Lähmung. Ach ja, der Heigl hat mir Bücher für den Winter gekauft, sogar ein Englischlexikon hab ich bekommen! Aber bei dem finsteren Geschau vom Heigl mag ich gar nicht anfangen, sie zu studieren, da fehlt die Freude daran. Außerdem hab ich mich auch immer noch nicht getraut, ihm von meiner guten Hoffnung zu erzählen. Tag um Tag vergeht, ich nehm es mir jedes Mal vor, und dann bin ich doch zu feige. Oder ahnt er es längst? Mein Bauch wölbt sich schon leicht.

La Presse vom 1. Juli 1854 (übersetzt aus dem Französischen)

Im Prozess um das bayerische Räuberpaar zeigten die vergangenen Verhandlungstage wieder ein Versagen der Behörden, welches das Publikum mit Applaus quittierte. Regierungskommissar Christoph, der nicht müde wird, seinen späteren Erfolg in dieser Sache herauszustellen, erlag einigen Irrtümern, die bei größerer Klugheit zu einer viel früheren Verhaftung der Angeklagten geführt hätte.

Das Paar verstand es im Spätherbst 1849 geschickt, das Gerücht zu verbreiten, sie würden nach Amerika auswandern. Tatsächlich ließen sie sich dann auch nirgendwo mehr blicken oder verbargen einzelnes öffentliches Auftreten. Mehrere Diebstähle führten sie weit entfernt durch, so dass diese auch keine nähere Lokalisierung mehr zuließen.

Anna Gruber schaltete – mit einer beträchtlichen Summe Geld ausgestattet – einen Advokaten ein, um ihre Kinder aus dem Findelhaus herauszuholen. Dies wurde als »Abschiedsgeschenk« des Heigl an seine frühere Geliebte gewertet.

Ab Herbst 1849 war das Räuberpaar »verschwunden«, im Winter 1849 kehrte Regierungskommissar Christoph nach München zurück. Wohin sich das Räuberpaar zu jener Zeit tatsächlich hinbegeben hatte, ist bis heute unbekannt. Zeugen und die Res schweigen sich darüber beharrlich aus. Heigl verweigerte von Anfang an jede Aussage und besteht auch jetzt noch darauf, dass er nur spreche, wenn sowohl Res wie auch Anna frei gelassen werden.

Aussage des Lehrers A. Stifter vor dem Straubinger Gericht am 26. Juni 1854

Ich bin noch einmal zurückgekehrt, um meine vorherige Aussage zu ergänzen, werde aber im vorherigen Bild bleiben.
Das Hohe Gericht darf sich die Geschichte des Räuberpaares nicht wie ein sich stetig verdichtendes Drama vorstellen. Einem kometenartigen Aufstieg folgt nicht die endgültige Tragödie, nein, sondern der Heigl und die Res leuchteten wie Fixsterne über unserem Firmament, verschwanden dann im Kosmos, kehrten als Sternschnuppen zurück, verloren sich wieder im Firmament – bis sie letztlich doch als Kometen zurückkehrten. Himmelsbilder, zu denen die Menschen aufblickten, »Naturereignisse«, die den Menschen ein Zeichen und Hoffnung gaben, Schöpfungen, wie sie der Herrgott nur alle paar Jahrhunderte erschafft.

Aussage der Anna Gruber vor dem Straubinger Gericht am 26. Juni 1854

Im November hat mich der Herr Regierungskommissar Christoph zu sich bestellt und verhört. Woher ich das Geld für so einen teuren Advokaten hätte und wie ich es zulassen könnte, dass der saubere Herr Anwalt sich in München über ihn beschwert. Ich hab ja schon damit gerechnet, dass der Herr Christoph mir Gewalt antut – denn für seine Verhörmethoden war er ja bekannt –, aber mir wäre das ehrlich gesagt auch wurscht gewesen, weil es mir um die Kinder gegangen ist. Also hab ich freiweg von der Leber gesagt, dass der Advokat sich in München beschwerte, weil es gar keinen Grund mehr gibt, die Kinder vom Heigl im Findelhaus zu behalten, weil der Heigl mit der Res doch längst über alle Berge, also in Amerika ist.

Nein, ich hab nicht gelogen, weil doch damals jeder gesagt hat, dass die jetzt übers Meer gefahren sind, der Heigl hat es doch selbst so erzählt.

Wenn ich mich für meine Aussage verbürgen könnt, hat der Herr Regierungskommissar gesagt, dann würd er ein gutes Wort für die Kinder einlegen, denn dann würd es tatsächlich keinen Grund mehr geben, sie im Findelhaus zu behalten.

Ich bin auf die Knie gefallen und hab ihm geschworen, dass ich nicht lüge, dass es wirklich so ist, dass ich das wortwörtlich von ganz vielen Leuten so weiß.
»Steh auf, du Hur!«, hat mich der Christoph geheißen und gegrinst. »Dann hab ich jetzt gewonnen!«

Freilich hat der Ramsrieder Alois mir noch helfen müssen, ist auch noch mal zum Christoph und hat sich schriftlich verpflichtet, die Kinder am Hof aufzunehmen. Am 14. November 1849 haben wir sie dann holen dürfen.

Tagebucheintrag der Therese Pritzl am 24. März 1850

Endlich kann ich dir wieder schreiben, mein liebes Tagebuch, den ganzen Winter musste ich ohne dich verbringen! Ich hatte dich in unserer Höhle vergessen, weil Heigl und ich vor einem halben Jahr so überstürzt aufgebrochen sind. Zuallererst muss ich dir anvertrauen, was mit größtem Abstand zu allem anderen an Wichtigstem passiert ist: ICH HABE NICHT NUR EIN KIND BEKOMMEN, SONDERN ZWEI! JACOB UND JOSEPHA HEISSEN DIE ZWILLINGE, DIE WUNDERBARSTEN WESEN AUF DIESER WELT.

Was soll sich denn so einem Ereignis noch anfügen? Dass der Winter noch kälter als der letzte war? Die Entbindung die Hölle? Die Umstände mehr als schwierig? Alles verblasst vor der Empfindung, zwei gesunde Kinder von meinem geliebten Heigl auf die Welt gebracht zu haben. »Auf die Welt gebracht«, sagt man so – ich weiß jetzt, was es heißt: Neue Menschen gibt es plötzlich als »Ergebnis« einer Liebe zwischen zwei Menschen. Ich staune immer noch fassungslos über den Lauf der Natur, den ich bei anderen beobachtete, für mich aber als eine fast irrsinnige Besonderheit begreife. Diese spinnerten Überlegungen kann ich wiederum nur dir, liebes Tagebuch, mitteilen – jeder Mensch bei Verstand würde mich doch für verrückt erklären lassen. Und so versuche ich nun auch, mich wieder zu fassen.

Als es im Herbst vergangenen Jahres immer kälter wurde, wurde auch unsere Höhle zunehmend ungemütlich, trotz der vielen Felle und der schönen Einrichtung. Seitdem der Heigl die Stimme des Kommissars gehört hatte, wurde er täglich schwermütiger, als wie wenn er aufgegeben hätte. An einem Sonntag, als der Wind gerade von Westen her wehte und wir vom Tal die Kirchenglocken läuten hörten, spürte ich im Bauch wieder eine Kindsbewegung. Da gab ich mir einen Ruck und gestand dem Heigl meine gute Hoffnung. Er drehte sich nach meiner Beichte unwirsch weg, aber seine Augen leuchteten plötzlich wieder freudig. Er schwieg zunächst (wie auch anders?), fragte dann, wann es so weit sei, und befahl nach meiner Auskunft fast beiläufig: »Dann müss ma hier weg, und zwar so schnell wie möglich.«
Sofort hat der Heigl verstanden – keiner darf mitbekommen, dass ich schwanger bin, wir also ein Kind haben werden und damit so erpressbar sein würden wie die Anna.

»Pack mas!«, sagte er kaum fünf Minuten nach meiner Eröffnung und begann sein Bündel mit den Fellen, dem Geld, der Büchse und dem teuren Gewand zu schnüren. Ich war so glücklich, dass er sich auch auf das Kind freute und mich als Schwangere nicht wegschicken wollte, war überrumpelt und überwältigt, dass er dadurch auch offensichtlich wieder Mut schöpfte. Vor Glück konnte ich gar nicht mehr klar denken und packte nur das ein, was mir gerade am nächsten schien, und dich, liebes Tagebuch, habe ich dabei vergessen. Dabei wärest du das Wichtigste gewesen, du bist auch jetzt wieder immer unter meinem Kopfkissen, so wie beim Heigl der Geldsack.

Bei pfeifenden Herbstwinden sind wir querfeldein nach Böhmen gegangen. Über alle möglichen Leute, die wir zufällig auf dem Weg getroffen haben, hat der Heigl das Gerücht verbreiten lassen, wir würden nach Amerika auswandern. Der Bauer unseres alten Austragshäusls hat bei unserer Ankunft den Kopf geschüttelt – die Gendarmen hätten ihn im Visier, von Bayern herüber hätte ein Regierungskommissar die hiesigen Beamten auf ihn aufmerksam gemacht, er könnt uns nicht mehr aufnehmen. Und so haben wir weitergesucht, sind über die gut fünf Monate in elf verschiedenen Dörfern untergekommen. An dreißig verschiedenen Stellen haben wir Quartier bezogen. Wir schliefen in kleinen Kammern auf Höfen, aber auch in Kellern, Ställen und Hütten. Heigl hat darauf bestanden, so oft wie möglich die Unterkunft zu wechseln, auch wenn keine direkte Gefahr drohte. Hat ein Bauer oder Knecht von sich aus uns »nur« in einem Dienstbotenzimmer oder Stall unterbringen wollen, wurde Heigl schnell wütend. Mir wär es egal gewesen, solang es warm war und wir zu essen hatten. Aber Heigl hat öfter geschimpft, dass er hier nicht umsonst anklopfe, sondern die Leute ihm etwas zu verdanken hätten, oft genug hätt er ihnen früher schon etwas gebracht, und der Anstand gebiete eine bessere Behandlung.

Ich glaub, im Heigl hat sich eine Art neuer Stolz oder Mut entwickelt. Er beansprucht für sich mittlerweile auch eine gebührende Wertschätzung – und hat vielleicht auch recht damit. Ich fordere zwar theoretisch immer sehr viel, sehr viel mehr, aber in tiefster Seele glaube ich dann doch immer, dass uns gar nicht mehr als ein Stall zusteht, und ich freu mich darüber, wenn man uns Stroh gibt, obwohl vielleicht Federn für uns angebracht wären.

An manchen Tagen ist Heigl in der Früh aufgebrochen, hat nicht gesagt, was er vorhat, und kam am Abend oder zwei, drei Tage später wieder mit Beute zurück. Dem Verbrauch an Munition nach hat er hauptsächlich gewildert und das Fleisch gegen Geld getauscht. Aber einmal brachte er auch Gold- und Silberschmuck mit. Später habe ich gehört, dass ein Bischof auf Reisen überfallen worden ist, und konnte mir einen Reim darauf machen.

An Martini aßen wir eine Gans in Wellersbach, den Heiligen Abend verbrachten wir in der guten Stube eines Bauern, Neujahr feierten wir mit Knechten und Mägden in Holzenberg, und als schließlich die Wehen einsetzten, am 5. Januar, hatten wir uns gerade in einem Kuhstall in Bassing eingerichtet.

So etwas, so eine Art von Schmerz, habe ich noch nie erlebt, es ist, als würd man mit einem Messer auf die Gedärme einstechen und zugleich heiße Kohlen aus dem Hintern ausscheiden. Ganz fest hatte ich mir vorgenommen, diesen Schmerz hier in diesem Tagebuch genau zu beschreiben. Und was soll ich sagen – jetzt sind sowohl der Schmerz wie auch die Worte dafür schon verblasst.

Die Bäuerin hat eine Hebamme geholt und mich in ihre Kammer gebracht. Blutend zwischen den Beinen, in Wehenpausen aufrecht gehend und immer wieder laut aufschreiend, Schleim und andere Exkremente absondernd, folgte ich ihr dankbar. Ihre böhmische Sprache hab ich nicht verstanden, auch nicht die der Hebamme, aber bei einer Entbindung braucht es gar keine Worte – die Blicke und die Aufforderungen zählen. Ich hab alles kapiert, was die Hebamme meinte. Ruhiger durchschnaufen sollte ich, und dass der Kindskopf schon herausschaut. Dass es jetzt noch einmal schlimm wird, aber alles gut aussieht. Dass der Herrgott mir beistehen wird und dass die meisten Weiber überlebten. Blöd geschaut hat die Hebamme dann aber doch plötzlich, und heute weiß ich, warum – denn nach der Entbindung vom Jacob hörten die Wehen nicht auf, sondern gingen weiter –, und kaum zehn Minuten später war Josepha geboren.

Mit einem Schlag hörte jeglicher Schmerz auf, und ich beobachtete – plötzlich wieder voll bei Sinnen –, wie die Hebamme die Kinder wusch und sie mir an die Brust legte. Über meinen und den Kopf der Kinder hat sie dabei zärtlich gestrichen und uns gelobt. Wohlgemerkt, ich hab kein Wort übersetzen können, aber ich hab es trotzdem verstanden.

Und da lagen der Jacob und die Josepha bei mir auf dem Bauch, an der Brust, die sie gar nicht suchten, nein, sie haben mich beide nur mit ihren tiefblauen Augen für eine Ewigkeit angesehen, so als wollten sie endlich wissen, wer sie denn da ausgetragen hat. Mit diesen Blicken vor meinem geistigen Auge möchte ich eines Tages sterben. Sosehr ich den Heigl liebe – aber das eine ist menschlich, ist eine Entscheidung vom Kopf und Herzen, das andere steht außerhalb unser selbst, ist vielleicht natürlich göttlich? Ich weiß einfach nicht, wie ich das nennen soll, die eigenen Kinder zum ersten Mal im Arm zu halten.

Aber damit, mein liebes Tagebuch, hat ein neues, tief verborgenes Elend angefangen. Der Heigl hat sich auch über die Zwillinge gefreut. Mit strahlenden Augen hat er sie an sich gedrückt und ist danach gleich zum nächsten Pfarrer gelaufen, um am gleichen Tag noch – so war ja mittlerweile Heilige Drei Könige, der 6. Januar – eine Taufe zu bestellen.

Ohne Probleme konnte ich dem Sakrament beiwohnen und hab gehört, wie schön der Pfarrer sie auf die Namen Jacob und Josepha getauft hat. Stolz hat der Heigl danach auch Hochwürden und das ganze Dorf zu einer Feier ins Wirtshaus eingeladen. Zu mir hat er gesagt, dass wir nun ja wieder zurück könnten, der Winter sei auch bald vorbei, und der Ramsrieder würd die Kinder doch sicher gut aufnehmen.

Die ganze Nacht hab ich meine Kleinen daraufhin im Arm gehalten und geweint. Ich hab doch von vornherein gewusst, dass wir einen Säugling nicht bei uns haben können. Und dass ich Kinder bei so einem Leben weggeben muss. Aber wenn ich den beiden in die Augen geschaut habe, ihre hilflosen Köpflein angehoben hab, dann hab ich das nicht mehr haben wollen, mich und dieses Leben. Ist denn irgendetwas auf der Welt es wert, seine Kinder herzugeben? Wo leben wir denn, wenn eine Mutter sie nicht bei sich behalten kann? Sei es als Räuber, Tagelöhner oder als Fabrikarbeiter in München? Zunehmend hab ich dem Heigl als Mannsbild misstraut – die wissen doch gar nicht, was da in unsereiner vorgeht! Und zugleich hab ich doch immer schon gewusst, dass ich mich mit dem Heigl nicht auf einen Familienvater aus dem Bilderbuch für junge Mädchen eingelassen hab. Wenn ich eine heile Familie hätt haben wollen, dann hätt ich doch den Fadisierer heiraten müssen.

Freilich hab ich mich ermahnt, diesen romantischen Gefühlen nicht nachzugeben. Freilich hab ich mir vorgesagt, dass ich nicht alles haben kann, dieses vornehmfreie Leben und die Kinder zugleich bei mir. Freilich war doch alles – ohne Worte – längst abgemacht. Aber in den Augen von Jacob und Josepha hab ich etwas ganz anderes gesehen und plötzlich bereut, mich auf dieses unstete Leben eingelassen zu haben. Das ist natürlich ein Schmarrn, denn ohne den Heigl gäbe es die Kinder nicht, und wie viele müssen ihre Säuglinge sowieso aus schierer Not weggeben, was stelle ich mich auch so an! Glaub ich immer noch, ich sei was Besseres?

Ich hab gelogen, dem Heigl gesagt, ich könnt noch nicht zurück nach Bayern, ich müsst noch ein wenig im Wochenbett liegen bleiben. Ich wollt den Jacob und die Josepha einfach noch so lang wie möglich bei mir haben und nicht weggeben! Obwohl ich hinzufügen muss, dass das Geschrei der eigenen Kinder einem gehörig auf die Nerven gehen kann, plötzlich, wenn man gerade eingeschlafen ist, reißen sie einen heraus und mahnen ihren Hunger an.

Zehn Wochen haben wir zusammen in Böhmen verbracht, der Heigl, die Kinder und ich. Es wurde immer wärmer, Schneeglöckchen und Schlüsselblumen brachen durch, und ich konnt eine Abreise nicht mehr länger hinauszögern mit meiner angeblichen Schwäche.

Da hab ich dem Heigl noch einmal vorgeschlagen, nach Amerika zu gehen – und da hat er zugeschlagen, nicht schlimm, aber doch deutlich hat er mich gewatscht. Er hätt mir doch gesagt, dass er nichts mehr davon hören will. Ich hab's verstanden, wie er es meinte – entweder ich lebe dieses Leben mit ihm, oder ich gehe. Ich geb es äußerst ungern zu – und auch nur hier, bei dir, mein liebes Tagebuch –, aber jetzt verstehe ich die Anna. Gegen alles zu rebellieren und eine Freiheit zu fordern, geht nicht mit Kindern zusammen, da kann man das Blatt drehen und wenden, wie man will.

Vor zwei Tagen haben wir nun die Kinder abends klammheimlich zum Ramsrieder gebracht. Nicht einmal das Annamirl darf ich einweihen, ganz besonders auf meine geliebten Wesen aufzupassen. Keiner darf wissen, wessen Kinder das sind, sonst drohen doch viel zu große Gefahren.

Weinen könnt ich ohne Ende – ich hab nicht geglaubt, welchen Preis ich für dieses Leben zahlen muss. Mit Verhaftung und Kerker hab ich immer wieder gerechnet, mit dem unbequemen Dasein kann ich leben. Aber dass ich meine Zwillinge hergeben hab müssen … ach, ich bin eine romantische Kuh, vielleicht haben die Leute doch recht, dass so etwas vom vielen Bücherlesen kommt. Andere nehmen das einfach so hin, so wie es ist – dass einem Kinder einfach nicht gehören und woanders in der Welt aufwachsen müssen. Und ich hätt mich ja auch anders entscheiden können, für die Kinder und gegen den Heigl.

Und ich zweifle einmal mehr – im Aufschreiben – an meinem Verstand. Wichtig ist aber, egal wie es kommt, dass wir es klug einfädelten und niemand von den Kindern erfährt.

Der Heigl jedenfalls blüht seit der Entbindung und erst recht jetzt in der Heimat wieder auf, als hätt man ein gefangenes Tier frei gelassen, er hüpft und schleicht und jubelt durch die Gegend. Warum will er nicht verstehen, um wie viel freier er in Amerika wär? Ich hab in Böhmen übrigens das Lexikon dabeigehabt und jeden Tag fleißig hineingesehen und englische Wörter gelernt.

Aussage des Ramsrieder Alois vor dem Straubinger Gericht am 26. Juni 1854

Eines Tages im Frühjahr 1850 hat jemand zwei Säuglinge nachts vor die Tür gelegt. So ungewöhnlich ist das nicht bei uns, es sind schon einige Bangaden, denen man ein passendes Taufgeld dazugelegt hat, von uns Bauern aufgezogen worden und einfach am Hof mitgelaufen. Aber an den Kindern war erstens die beigelegte Summe ungewöhnlich hoch, und zweitens lag ein Zettel mit dabei, auf dem stand: »Getauft auf Jacob und Josepha.« Mein erster Gedanke, als ich die Kinder gesehen hab, war: Die sind vom Heigl und von der Res. Aber die waren ja angeblich in Amerika, wie sollten da die Kinder zu uns kommen?

Später sind die Zwillinge verschwunden, und es hat geheißen, das wären Kinder des Fürsten mit einer Mätresse gewesen, die der Fürst jetzt doch noch standesgemäß aufziehen lässt. Aber ich glaub bis heute, dass sie vom Heigl und der Res waren, auch weil kurz nach der Aussetzung der Zwillinge die Res und der Heigl wieder bei uns in der Gegend aufgetaucht sind. Und komisch war auch, dass gerade ausgerechnet bei uns wieder so viel gewildertes Fleisch vor der Tür gelegen hat.

Zu der Zeit ist auch meine erste Frau gestorben, und ich hab der Anna Gruber wieder einen Antrag gemacht. Die war ja da schon mit den Kindern, die der Advokat freigekauft hat, bei uns am Hof. Dieses Mal hab ich zum Vater gesagt, dass ich mich nicht davon abbringen lass, und auch die Mutter hat schließlich eingewilligt, weil ich gar nicht mehr mit mir verhandeln hab lassen – die Anna oder keine, hab ich gesagt. Und um das gleich hinzuzufügen: Nein, ich hab nichts nach München hinauf gemeldet, ich hab den Regierungskommissar nicht wieder hergebeten! Dass der Heigl und die Res wieder da sind, das haben die in München von jemand anderem erfahren, von wem, weiß ich nicht. Das mit den Zwillingen war ja bloß ein Verdacht – und gesehen habe ich persönlich die Res und den Heigl auch lange nicht, bloß gehört hat man plötzlich von denen wieder, und zwar oft, immer mehr!

Tagebucheintrag der Therese Pritzl am 26. Juni 1854

Der Alois ist eine hinterhältige Drecksau! Warum bringt er jetzt die Zwillinge ins Spiel? Er weiß doch von der Anna, was der Brut eines Heigl droht! Bloß gut, dass ich mich damals hinter dem Rücken des Heigl doch noch dem Annamirl anvertraut habe, denn sie hat meine Zwillinge wirklich beschützt, nichts verraten und klug gehandelt! Und so hab ich sie auch heimlich viel öfter sehen können – ich *MUSSTE* sie doch in die Arme nehmen können! Oh, wie ich sie vermisse, meine Lieblinge … Tränen ersticken mir jetzt weitere Worte und das Schreiben.

Aktennotiz des Königlichen Gerichtsbeobachters Xaver Meierhuber am 26. Juni 1854 zu Straubing

Neue Details über den Winter 1849/1850 beziehungsweise das darauffolgende Frühjahr wurden nun bekannt. Zeugen vermuten, dass Zwillinge des Räuberpaars beim Ramsrieder-Bauern abgegeben wurden. Leider bietet das für Eure Majestät keine Möglichkeit, darüber auf den Prozessverlauf einzuwirken, da die Kinder später wieder verschwunden sind.

Positiv bleibt jedoch zu berichten, dass durch die Langwierigkeit des Prozesses das Interesse der Bevölkerung daran allmählich erlahmt. Bei weitem nicht mehr so viele Zuschauer wie noch zu Beginn versammeln sich mittlerweile im Gerichtssaal. Dennoch gebe ich Eurer Majestät zu bedenken, meine vorherigen Ratschläge zu beherzigen und auf eine geschickte Lösung im Urteil zu pochen. Weder darf das Rebellentum dadurch weiter aufkeimen und befördert werden, noch dürfen die Delinquenten zu streng abgestraft und dadurch zu Märtyrern stilisiert werden. Ich hoffe immer noch, Eure Majestät hat meinen letzten Brief gelesen und antwortet bloß aus triftigem Grund nicht, denn die Causa ist meines Erachtens dringlich und erfordert strategisch kluges Vorgehen.

Brief der Res an den Nepomuk vom 14. Mai 1850

Lieber Nepomuk,

dein Brief hat mich über meinen alten Lehrer erreicht! Und warum ich dir vorher nie geantwortet habe? Ganz einfach, ich habe keinen einzigen Brief von dir erhalten! Vielleicht hat meine alte Zimmerwirtin sie einfach unterschlagen, vielleicht kamen sie nur auch gar nirgends an, denn ich bin nirgendwo gemeldet, stell dir vor, ich lebe ganz frei, ständig unterwegs. Umso mehr hab ich mich gefreut, dass du noch an mich denkst – allerdings möcht ich gar nicht wissen, wie viele Personen dein Schreiben unberechtigterweise gelesen haben, es sieht ganz abgegriffen aus – aber immerhin fand es nun doch noch seinen Adressaten.

Erst nachdem ich deinen Brief gelesen hatte, hab ich mich wieder der turbulenten Tage in München erinnern und vom Zeitgeschehen außerhalb unseres Waldes etwas erfahren wollen. Der bereits erwähnte Lehrer sammelt Zeitungen aller Art, ich gehe oft in der Nacht zu ihm, leihe mir die Zeitungen aus, lese sie am nächsten Tag in unserem Versteck in einer Höhle, bringe sie wieder zurück und nehme ein neues Bündel mit, um wieder weiterzulesen. So hole ich gerade unsere »Revolution« nach, Tag für Tag und Stück für Stück. Und entsetzt stelle ich fest, welches Weltgeschehen ich im Kindbett verschlafen habe!

Es ist fürchterlich – alles, woran wir glaubten und wofür wir kämpften, wurde uns scheibchenweise wieder abgenommen. Die Zensur wurde wieder eingeführt, ein Blum hingerichtet, und die Bayern verstehen unter Demokratie wohl wieder Todsünde und lassen sich von den Pfaffen einschüchtern wie zuvor. Gibt es sonst wo auf der Welt auch noch so ein Untertanenvolk? Zugleich unterstützt man uns hier in der Provinz doch tatkräftig als Rebellen, die es den Oberen zeigen.

Ja, ich weiß schon, das ist keine Politik, das ist ein »Zwergerlaufstand«, wie man bei uns sagt. Und auch mir ist in den vergangenen zwei Jahren der Sinn für das Große und Ganze abhanden gekommen, hier unter dem einfachen Volk, das größtenteils nicht einmal lesen und schreiben kann, übrigens so wie mein Gefährte.

Meine revolutionären Gedanken hab ich ganz für mich allein weitergesponnen, und ich denke zum Beispiel viel darüber nach, warum Mann und Frau einen Trauschein und die Ehe brauchen sollen. Ist das wirklich eine göttliche Ordnung? Wo in der Bibel steht darüber etwas? Es heißt, was Gott verbunden hat, soll der Mensch nicht trennen. Aber nirgendwo steht, *wie* Gott verbindet. Könnte nicht auch die Liebe allein verbinden, ganz ohne Priester? Ja, und ich weiß, dass dies mit unserem Land und der Politik nichts zu tun hat – allein für uns Weiber ist die Frage vielleicht bedenkenswert.

Je mehr ich dir schreibe, lieber Nepomuk, desto mehr spüre ich, wie ich solch einen Gedankenaustausch vermisse. Es ist wunderbar hier unter meinen Leuten, deren Sprache ich spreche. Und es ist ein ganz besonderes Leben, das ich an der Seite meines Gefährten führe. Aber manchmal kann ich selbst im Wald nicht mehr richtig gut schnaufen, hab das Gefühl, es drückt mir die Luft ab. Seitdem ich deinen Brief gelesen habe, glaube ich zu wissen, woran es liegt: Auch mein Geist muss frische Luft atmen können, ich muss andere Zusammenhänge über Menschen wie dich erschließen können.

Versteh es nicht falsch: Ich bin schon am richtigen Ort mit dem richtigen Mann. Aber zusammen sind wir am falschen Flecken der Welt, auf einer seltsamen Insel, die mitten auf einem Berg liegt. Keiner hier in der Gegend fühlt »deutsch« und glaubt an eine Nation. Niemand hier hat eine Utopie oder sieht sich als Teil der Gesellschaft. Alle wollen gottgefällig gehorsam sein, und nur der Hunger bringt die Menschen gegen Pfaffen und Fürsten auf, aber immer so, als hätt man nur mit dem nächsten Dorf etwas zu tun, aber nichts mit der »Politik« oder dem König. Vielleicht gerade deshalb, weil die Leute sich alles gefallen lassen, verehren sie meinen Gefährten – und mit ihm auch mich manchmal. »Zeigt es denen!«, heißt es oft, wenn sie uns sehen.

Aus der kleinen unscheinbaren Res wurde eine kleine Revolutionärin – aber freilich nur ganz begrenzt hier, im Wald, belächle es ruhig, du hast ja recht damit!

Schreib mir bitte, wenn es in deinem Vermögen liegt, es wäre mir sehr wertvoll! Schreib an den Lehrer mit der Adresse auf diesem Umschlag und setze ein Ausrufezeichen hinter seinen Namen – er weiß dann, dass der Brief für mich bestimmt ist.

Deine Res

Brief des Nepomuk an die Res vom 27. Mai 1850

Liebe Res,

meine Hände zitterten leicht, als der Briefträger mir ein Schreiben in die Hand gab und ich deinen Namen darauf las. Damit meine Frau meine innere Erregung nicht spürt, begab ich mich damit direkt in mein Arbeitszimmer, schickte meinen Sekretär hinaus und benutzte zum ersten Mal das Hochzeitsgeschenk meiner Schwiegerleute, einen Brieföffner aus Jade.

Was liest du denn im Nachhinein alle Zeitungen? Meine liebe Res, unsere Revolution ist gescheitert, die Deutschen sind ein dummes Volk, das eine historische Chance verschlafen hat! Die Zeitungen sind längst wieder zensiert, du wirst daraus keine Wahrheit mehr erfahren. Und glaube mir, es lohnt sich gar nicht, unserer Jugend nachzutrauern. Was wollten wir denn schon verändern in der Welt? Haben wir beide nicht bereits genug für unsere Ideale bezahlt?

Ich bin froh, dass mich der Fanatismus der Revolutionäre wie Blum nicht so weit mitriss, dass er mich die Zukunft oder den Kopf kostete. Auf Druck meines Alten – dem ich im Nachhinein recht gebe – habe ich fertig studiert und nun ein gutes Ein- und Auskommen als Sekretär eines Ministers. Eine liebe Frau hab ich gefunden, und wir erwarten unser drittes Kind. Glaub bloß nicht, wir könnten die Zeitläufte aufhalten!

Dein naiver Glaube an »eine gute Sache« hat dich so attraktiv gemacht, das Glänzen in deinen Augen, wenn du von einer besseren Welt geträumt hast. Dieses Funkeln spür ich jetzt sogar durch diesen schnöden Brief noch hindurch. Aber, meine liebe Res, spätestens in ein oder zwei Jahren steht es dir nicht mehr an, wenn du als Weib alterst und du siehst, welchen klugen Weg andere einzuschlagen verstehen.

Selbstverständlich stehen mir keine Ratschläge für dich zu, schriftlich klingen sie ohnehin recht überheblich. Kannst du nicht einmal nach München reisen? Ich habe dort bald geschäftlich zu tun und könnte mir eine Zeit mit dir einrichten.

Schreib mir bitte bald wieder, wie würd ich mich freuen, in froher Erwartung,

dein Nepomuk

Tagebucheintrag der Therese Pritzl am 27. Juni 1854

Der Prozess schleppt sich immer mehr dahin, und immer weniger Zuschauer kommen, vermutlich steckt das Kalkül dahinter, die Leute und uns durch die schiere Zeit zu zermürben und uns so die kämpferische Kraft zu rauben. So gut kenn ich den Heigl, dass er durchhalten wird, an mir zweifle ich manchmal ein klein wenig, und die Anna ist eh verloren. Die würde alles dafür tun, um wieder zum Alois und ihren Kindern zurückzukommen, jede Falschaussage dafür leisten. Bloß gut, dass ihr die Vorstellungskraft für solche Lügen fehlt!

Die Amsel besucht mich seit ein paar Tagen wieder, pickt am Fenster herum und scheint gar neugierig auf meine Aufzeichnungen zu sehen, so als könnt sie lesen. Vielleicht bilde ich mir in dieser Kerkereinsamkeit auch zu viel ein, aber egal, alles ist gut dafür, um hier bei Sinnen zu bleiben, selbst ein kleiner Wahn.

Die Amsel hat mich auch an den Sommer 1850 erinnert, als ich mit dem Nepomuk so ausführlich Briefe geschrieben habe. Beeindrucken hab ich mich damals noch lassen vom studierten Herrn, und der Heigl hat grad wie die Amsel auf meine Schriften geschaut, zunächst neugierig, schließlich eifersüchtig. Fast jeden Abend hab ich auf dem kleinen Tisch in der Höhle eine Kerze angezündet, zur Feder gegriffen und fast wie in einem

Rausch all meine »spinnerten Ideen«, wie der Heigl sie nannte, zu Papier gebracht. Und zunehmend hat's den Heigl gestört, das Schreiben würd mich noch um meinen Verstand bringen, hat er mal gesagt, oder das Schreiben würd mich davon abhalten, ihm ein gutes Weib zu sein und zu ihm ins Lager zu schlüpfen.

Auch davon hab ich mich beeindrucken lassen, ich dummes Ding! Dem Nepomuk, so hab ich gedacht, könnt ich geistig nicht gerecht werden, und dem Heigl, so hab ich gemeint, könnt ich als Weib nicht gerecht werden. Heut weiß ich, dass ich beiden überlegen hätt sein können, und das haben sie beide nicht zulassen wollen. Der Nepomuk hat feig die Rebellion aufgegeben und sich in seine bürgerliche Idylle zurückgezogen, um nur ja nichts zu riskieren. Der Heigl wiederum hat nicht verstanden, dass es auch noch eine Welt außerhalb der unseres Waldes gab, einen größeren Zusammenhang, der mich beschäftigte und umtrieb.

Vielleicht wollt der Heigl auch einfach verhindern, dass ich dorthin aufbreche? Und keiner hat verstanden – freilich hab ich dem Nepomuk auch nie davon geschrieben, weil es mir zu gefährlich war, dass ein Brief abgefangen wird und die Wahrheit aufkommt –, dass ich mich umso mehr in diese ganze umstürzlerische Gedankenwelt stürzte, je mehr ich meinen kleinen Jacob und meine kleine Josepha vermisste.

»Das Verlangen nach den Kindern vergeht mit der Zeit«, hat das Annamirl gesagt, dem ich mich schließlich anvertraut habe. »Ich hüt die zwei wie meine Augäpfel!«, hat sie mir versichert. Ich hab sie dafür abgebusselt und bin wieder vom Hof in die Nacht, in die Höhle auf dem Kaitersberg hinauf verschwunden.

Aber wenn ich schon meine Kinder in Stich lasse – so hab ich mir gedacht –, warum hock ich dann mit dem Heigl so tatenlos herum? Grad so als wär ich eine private Geliebte, wie eine Mätresse? Hätten wir jetzt nicht erst recht eine Mission zu erfüllen?

Und wie der Heigl dann in einem Wutanfall die Briefe vom Nepomuk gepackt und verbrannt hat (nur einen hat er nicht erwischt), da hab ich mir gedacht, wenn ich schon keine geistige Rebellion mehr anstiften soll, dann eben eine reale. Ich hab zum Heigl gesagt: »Gut, dann machen wir jetzt unseren Aufstand, aber gescheit und groß!« Da hat der Heigl geschaut, »Schweig, Weib« geschimpft – und am nächsten Tag in der Früh doch neugierig gefragt, was ich damit meine.

Aussage des Regierungskommissars Christoph vor dem Straubinger Gericht am 27. Juni 1854

Im Sommer 1850 deutete sich an, dass der Heigl und die Res wieder ihr Unwesen im Bayerischen Wald trieben. Minister Denhagen zitierte mich zu sich und konfrontierte mich mit meinem eigenen Bericht, wonach die beiden nach Amerika ausgewandert seien. Wie immer, wenn der Minister aufgebracht war, blieb er seltsam ruhig auf seinem Stuhl sitzen, und die Augen verengten sich zu einem Schlitz, während er auf meine Antwort wartete. Aus verschiedenen Andeutungen konnte ich schließen, dass der Minister nicht von sich aus so aufgebracht war, sondern vom König persönlich unter Druck gesetzt worden war.

Ich konnte dem Minister glaubhaft versichern, dass kein Versäumnis meinerseits vorlag, und legte ihm meine ganze Vorarbeit und die schriftlichen Zeugenaussagen vor. Alles hatte ich in schwarzen Büchern festgehalten. Womit sich – nebenbei bemerkt – bestätigt, dass jedes systematische Herangehen an kriminelle Subjekte meist von mehr Erfolg gekrönt ist als ein moralisch motiviert empörtes Suchen. Bei aller Verkommenheit der niederen Individuen muss man immer einen kühlen Kopf bewahren und alles von innen und außen ein- und ausgrenzen. Nicht umsonst darf ich mit Stolz vermelden, dass ich nach der Verhaftung von Heigl und Res dazu aufgefordert wurde, eine Systematik in die Kriminologie einzuführen. Aber mir ist auch bewusst, dass dies jetzt zu weit führt und vom Thema ablenkt.

Spätestens mit meinem zweiten Einsatz im Bayerischen Wald stand jedenfalls zweifellos fest, dass meine Aufgabe längst nicht mehr darin bestand, kleine Kriminelle, Zuchthäusler und Vogelfreie in diesem verkommenen Landstrich dingfest zu machen, sondern dass ich mit einer Staatsangelegenheit ersten Ranges betraut worden war.

La Presse vom 14. Juli 1854 (übersetzt aus dem Französischen)

Wir hatten den Prozess um das Bayerische Räuberpaar ein paar Wochen nicht mehr begleitet, da sich das Verfahren fürchterlich verschleppte und die Kosten für die Korrespondenten explodierten. Nun sind wir aus humanitären Gründen zurückgekehrt. Man hatte uns informiert, dass sich die Haftbedingungen der Angeklagten sehr verschlechterten, nachdem wir abgereist waren. Heigl hatte man gleich in drei Fußketten gelegt und ihm kaum mehr Nahrung gegeben. Res hatte man geschlagen und ihr das Schreibzeug weggenommen. Anna wurde in einen entlegenen Trakt ohne Licht gesperrt.

Seit drei Tagen sind nun die ursprünglichen Haftbedingungen wiederhergestellt, und wir konnten uns mittlerweile auch von einem verbesserten Gesundheitszustand der Angeklagten überzeugen. Über den weiteren Prozessverlauf werden wir nun wieder regelmäßig berichten.

Tagebucheintrag der Therese Pritzl am 12. Juli 1854

Was bin ich für ein Schaf, wenn ich immer noch an einen Funken Gerechtigkeit geglaubt habe! Kaum war der Vertreter der französischen Presse weg, setzten sie uns alle möglichen Daumenschrauben der Kerkerverwahrung an, hungerten uns aus, weckten uns ständig mitten im Schlaf, gaben uns nicht einmal Eimer für die Notdurft und schlugen uns. Noch immer bin ich zu schwach, um mehr schreiben zu können. Aber der französische Pressevertreter hat mir heimlich einen Zettel zugesteckt, in dem er mir versichert, nicht mehr abzureisen. Er ist unsere Rettung – die vom Heigl, der Anna und mir.

Unser Bayern ist noch viel schlimmer und ungerechter, als ich glauben hab wollen – es gibt keine Demokratie, keine Gerechtigkeit, es ist ein brutaler Obrigkeitsstaat, der jede Humanität mit allen Mitteln im Keim ersticken will.

Noch nicht einmal dir, liebes Tagesbuch, konnte ich schreiben, ich versteckte dich unter einer losen Diele, voller Angst, man könnte dich lesen und meine Geheimnisse entdecken.

In all dieser Verzweiflung gibt es nur eine gute Nachricht: Ich habe meine Lektion endgültig gelernt und verstanden, dass wir in Wahrheit keine Hoffnung auf eine

Veränderung und ein besseres Land haben können. Vielleicht können eines Tages Bürger oder Studenten oder große Bauern etwas verändern. Aber wir vom vierten Stand werden für immer zur Abhängigkeit von all den Um- und Zuständen verurteilt sein. Jeder von uns, der sich auch nur einen Daumen breit auflehnt, wird mit so einer Wucht niedergestreckt, dass alle, die gerade neben ihm stehen, dabei auch umfallen.

Vielleicht kann ich wieder einen Funken Kampfgeist finden, wenn ich wieder Kraft geschöpft habe. Ich hab den Heigl und mich als zu besonders gesehen, ich hab an die Treue unserer Leute geglaubt, ich hab gemeint, die anderen könnt es treffen, aber doch nicht uns! Dabei weiß ich doch sonst meinen Verstand einigermaßen zu benutzen, aber vermutlich hat das alles nichts mit einem klaren Kopf zu tun, sondern mit einer dummdreisten Hoffnung auf eine bessere Welt.

Aktennotiz des Königlichen Gerichtsbeobachters Xaver Meierhuber am 13. Juli 1854 zu Straubing

Unsere Beamten lassen sich vom französischen Schmierfink und dessen »humanitärem« Gehabe erpressen. Der Prozess sollte nun – meiner bescheidenen Einschätzung nach – zügig weitergeführt und unter keinen Umständen mehr verzögert werden. Die Stimmung in der Bevölkerung könnte sonst – auch nach Bekanntwerden der französischen Einflussnahme – wieder kippen. Und zugleich zeugte die letzte Rede der Res vor Gericht von einer deutlichen Schwäche. Nicht nur, dass sie bloß ganz kurz Stellung nahm, nein, sie konnte auch die wenigen Zuhörer im Saal nicht mehr begeistern.

Gerüchten der Bevölkerung nach hat der Ramsrieder Alois an Eure Majestät persönlich schreiben lassen. Er soll ein sofortiges Gnadengesuch für die Anna eingereicht haben. Ich kann Eure Majestät nur dringend dazu raten. Wir würden dem Volk damit eine königliche Milde demonstrieren und könnten beim Heigl und der Res dann umso härter zuschlagen.

Aussage des Regierungskommissars Christoph vor dem Straubinger Gericht am 14. Juli 1854

Als ich im Sommer 1850 wieder in den Bayerischen Wald kam, kannte die Dreistigkeit der beiden Verbrecher keinerlei Grenzen mehr und hatte sich um ein Vielfaches der vorherigen Frechheiten gesteigert. Einmal kamen wir nach einem Hinweis zu einem Jäger, bei dem sich beide aufhielten. Die Jägersfrau verbat sich unseren Zutritt und verwies darauf, dass das Paar bereits in den Wald gleich hinter dem Haus geflohen sei. Wir durchkämmten das entsprechende Gebiet zu dritt, wurden nicht fündig, kehrten zum Jäger zurück und mussten mit Spott erfahren, dass man uns in den Wald geschickt hatte, während drinnen die Räuber mit dem Jäger fröhlich weitergezecht hatten. Mit einem Amtmann, dessen erste Aufgabe darin bestand, Wilderer zu stellen! Ich war offen gestanden fassungslos über das Ausmaß des sich mir bietenden moralischen Verfalls, obwohl ich doch von der hiesigen Bevölkerung einiges gewöhnt war.

Der Jäger bestritt in einem von mir eingeleiteten Verfahren seine Aussagen, für die sich leider keine Zeugen fanden. Und auch alle anderen hatten sich dermaßen gut zu einer Falschaussage abgesprochen, dass mir »Hirngespinste« unterstellt wurden beziehungsweise sogar eine

Verleumdungsklage im Raum stand. Diesen Gipfel der Frechheit werde ich mein Lebtag nicht vergessen. Sogar der Minister zweifelte daraufhin – wenn auch nur kurz – an meiner Integrität. Ich reiste sofort nach München, um mich mit ihm zu unterreden, konnte Denhagen von dem bösen Trauerspiel überzeugen, und so ging der Schuss schließlich für die ganzen verbrecherischen Waldler nach hinten los. Ich bekam weitere sieben Mann zur Seite gestellt, und Sonderrechte bei der Ermittlung – teilweise auch bei den Verhören – wurden mir eingeräumt. Damit war zunächst sichergestellt, dass wir von da an jedes Haus und jede Hütte auch ohne speziellen Beschluss peinlich durchsuchen durften.

Das ganze Pack behauptet jetzt, wir hätten willkürlich bei jedem Besuch zugeschlagen. Ja, aber wie wollen Sie denn so ein stinkendes Volk, das einen Hauseingang versperrt, davon überzeugen, den Weg frei zu geben. Vielleicht mit der höflichen Bitte: »Könnten Sie vielleicht zur Seite gehen?« Zudem ließ man meine Männer absichtlich in versteckte Mistgabeln treten, bewarf sie mit Exkrementen und präparierte Wege so, dass sie zur glitschigen Rutschbahn wurden und sich gleich mehrere meiner Beamten einen Arm oder Fuß brachen. In den Wirtshäusern kursierten dazu bald spöttische G'stanzeln über unsere treuen Staatsdiener. Man sang so etwas wie: »Schickt man einen Deppen aus München, bricht er sich den Haxen, warum nicht gleich das G'nack?« Zugleich begann man damals auch in den Wirtshäusern – bevorzugt in meinem Beisein –, Loblieder auf den Heigl und die Res zu singen. Deren schamlosen Inhalt möcht ich gar nicht wiedergeben. Aber das stachelte mich auch an, diese verabscheuungswürdigen Kreaturen zu fassen, koste es, was es wolle, und wäre es mein eigenes Leben.

Tagebucheintrag der Therese Pritzl am 1. August 1850

Seitdem der Heigl und ich uns so offen und selbstbewusst zeigen und uns einfach nicht mehr einschüchtern lassen, reißen wir die Leute wirklich mit. Ein altes Weib – sichtlich vom Hunger gezeichnet – hat neulich den Rocksaum vom Heigl berührt, sich bekreuzigt und zu Gott gebetet, dass der feine Herr ihr helfen möchte! Ich staunte mit offenem Mund – aber der Heigl reagierte souverän, strich dem Weib übers Haar und sagte milde: »Dir wird geholfen werden.« Das Weib stand auf, es trieb ihr Tränen in die Augen, ohne dass sie diese weinte, und selbst wenn wir in Wirklichkeit rein gar nichts verändern können – alleine diesem alten Weib so eine Hoffnung geben zu können, das ist der Verdienst vom Heigl.

Wir verbringen die Nächte auch nicht mehr stets in unserer Höhle, sondern bisweilen bei Bauern oder in Wirtshäusern in Federbetten. Heigls Instinkt nimmt stets Witterung auf, wenn Gefahr droht. Mitten in der Nacht riss er mich einmal aus dem warmen Bett und rief: »Los, aufbrechen, Res!« Wir zogen uns an, verließen das Wirtshaus durch die hintere Tür, und kurz darauf kamen die Münchner Häscher, wie wir später erfuhren, und fanden bloß noch die warmen Federn, aber uns nicht mehr vor.

Ich selbst war es, die dem Heigl vorgeschlagen hatte, in die Offensive zu gehen, er stimmte sofort ohne Bedenken (wie auch, der Heigl!) zu und nahm unser neues Auftreten sogleich in die Hand, indem er uns ein fürstliches Gewand besorgte.

Doch ich gestehe auch: Je länger ich mit ihm zusammen bin, desto weniger verstehe ich ihn wirklich. Ich kann oft voraussagen, wie er sich verhalten wird, und ich spüre mittlerweile auch schon seine Unruhe bei Gefahr – aber was ihn wirklich antreibt und wie er ganz im Kern denkt und fühlt, verschließt sich mir immer mehr. Kann es sein, dass er selbst es nicht weiß? Oder dass Mann und Frau sich nie wirklich verstehen?

Für mich als Weib gleicht der Heigl aber auch immer öfter einem wütenden Tyrannen, der auf meine Kinder ganz unbeschreiblich eifersüchtig ist. Es passt ihm ganz und gar nicht, dass ich mich immer wieder zum Ramsrieder-Hof schleiche, um meinen Jacob und meine Josepha zu sehen, ich geb es ja zu, weit über die gebotene Vorsicht in dieser Sache hinaus. Er schimpft über meine »Sentimentalität«, die mich treiben und uns alle miteinander gefährden würd.

Als ich die »Offensive« vorgeschlagen habe, hab ich nicht gewusst, dass der Münchner Regierungskommissar sogar mit Verstärkung wieder zurückkommt, sonst hätt ich es wohl nicht getan. Der Heigl aber hat offenbar nur auf diesen zündenden Funken gewartet – in so einer Größe hab ich ihn noch nie gesehen, als hätt er jetzt seine wirkliche Rolle überhaupt erst gefunden. Hat er recht, dass uns trotz all dem weniger Gefahr droht, als wenn wir uns weiter so arg verstecken würden? Weil wir so den Leuten eine Hoffnung auf eine Änderung geben, und die sei mehr wert als alles andere zusammen? Weil wir mit jeder Tat Rache nehmen für all die Demütigungen, die sich ein jeder Waldler schon gefallen hat lassen müssen?

Vielleicht … vermutlich. Aber gegen mich wendet sich dies nun, denn es heißt, dass der Regierungskommissar ganz besonders den Ramsrieder-Hof überwachen lässt, weil von Kindheit und Jugend an dort die Fäden zum Heigl und mir zusammenliefen. Und er hat ja nicht unrecht damit. Ich muss mich jeden Tag und jede Nacht in Beherrschung meiner Gefühle üben und darf meine Kinder nur zu taktisch klugen Zeiten besuchen. Also nachts um drei Uhr – und da schlafen sie, und ich kann sie nicht mal in den Arm nehmen, um sie zu herzen, ich würd sie wecken und sie würden schreien, wie es Säuglinge halt so tun. So stehe ich bisweilen vor ihrer Wiege in der Kammer des Annamirl und sehe sie an wie den größten Goldschatz des Papstes. Ich wünschte, ich könnte malen, um diesen Anblick und Augenblick festzuhalten.

Eine andere Möglichkeit wäre, mir diese Sentimentalität gänzlich abzugewöhnen. Vielleicht ist der Heigl auch gar nicht so eifersüchtig auf sie, wie ich glaube, sondern hat nur recht damit, dass sich unsereiner diese übertriebene Empfindsamkeit nicht leisten kann. Verweigert er sich deshalb gleich ganz einem Wiedersehen mit unseren geliebten Wesen, um bloß keine weiteren Gefühle aufkommen zu lassen? Es heißt, die Zeit heilt Wunden. Vermag die Zeit auch, wenn man sich einfach nicht sieht, so eine unbändige Liebe abzustellen? Aber was bliebe dann noch übrig von der Liebe? Eine schiere Gewohnheit? Oder steht – der Bibel und der ganzen Meinung von Schriftstellern zum Trotz – die Liebe trotzdem unter der Freiheit? Ich könnte mir vorstellen, meine Liebe ließe sich mit der Zeit aushungern – aber mein Freiheitsdrang niemals.

Aussage des Ramsrieder Alois vor dem Straubinger Gericht am 14. Juli 1854

Das muss im Herbst 1850 gewesen sein, als es auf den Winter zugegangen ist. Da waren ja schon mehr Gendarmen aus München da und haben sich überall auf die Lauer nach dem Heigl und der Res gelegt. Mal waren die Münchner im Wirtshaus, mal sind sie einfach auf die Höfe gekommen, mal haben sie sich entlang der Wege versteckt. Und der Regierungskommissar hat immer wieder die Leute zu sich kommen lassen und sie verhört, wie vor einem Jahr schon, nur wesentlich schärfer. Ich glaub, er hat über jeden von uns die alten Akten noch einmal akribisch weitergeführt. Aber keiner von uns, dafür leg ich meine Hand fast ins Feuer, hat wirklich verraten, was er weiß. Bloß aus Andeutungen hat er jedoch viel erschließen können. Und so ist er auf mich hellhörig geworden. Zu edlem Wein und fetten Zigarren hat er mich mehrmals eingeladen, im Wirtshaus extra für mich aufkochen lassen, so als ob ausgerechnet ich im Wirtshaus erzählen würd, was ich weiß. Aber der Herr Regierungskommissar hat genau gespürt, dass ich allen Grund gehabt hätt, die zwei hinzuhängen. Erstens weil die Anna ja die ehemalige Geliebte vom Heigl gewesen ist, und zweitens hat man ihm wohl auch gesteckt, dass ich die Res noch nie besonders gemocht hab.

So hat er es öfter im Guten probiert, aber nichts erfahren. Wie hätt ich ihm auch etwas preisgeben können, ich hab doch selbst nicht gewusst, wo die beiden hausen, wann sie auftauchen und was sie vorhaben!

Die Res ist nicht selten am Hof aufgetaucht, aber ich hab nie gewusst, wann sie genau kommt. Freilich hätt ich ein Zeichen ausmachen können, um dem Kommissar das zu melden. Aber das … wie soll ich sagen … hätt meine Ehre nicht zugelassen. Nicht bloß, weil da keiner mehr jemals wieder ein Wort mit mir geredet hätte, weil man ja Angst gehabt hätte, an den Pranger gestellt zu werden, wenn man den Heigl oder die Res verraten hätt. Nein, das war etwas … wie soll ich sagen … etwas Verbundenes unter uns Waldlern, unter Leuten, mit denen man aufgewachsen ist, auch wenn man sie nicht mag. So wie … jetzt weiß ich es … wie bei Krähen – eine Krähe hackt der anderen kein Auge aus.

Und weil im Guten nichts gegangen ist, hat der Regierungskommissar dann zu anderen Mitteln gegriffen, angefangen hat er bei uns auf dem Hof. Ich kann mich noch gut an das erste Mal erinnern – und das ist dann Dutzende Male weiter vorgekommen. Wir haben alle geschlafen, es war nach Mitternacht, da hörte ich plötzlich in der Schlafkammer ein Gepolter und Schreie von unten aus den Kammern der Mägde. Ich bin im Nachthemd hochgefahren, und grad wie ich nach unten gehen wollt, um nachzuschauen, da sind die Gendarmen plötzlich vor mir gestanden und haben gefragt: »Wo hast ihn versteckt?« Ich hab gefragt: »Wen?«, aber die Antwort war denen wurscht, die haben mich mit Knüppeln und ihren Büchsenenden zu Boden geprügelt und auch nicht aufgehört, auf mich einzuschlagen, wie ich schon blutend aus Nase und Ohren auf dem Boden gelegen bin. Die Anna hat gerufen: »Habt ihr denn gar kein Gewissen mehr im Leib?«, und wie der große Herrscher ist in diesem Moment der Herr Regierungskommissar zur Tür der Schlafkammer hereingeschritten. Vier Mann richteten stehend, während ich am Boden lag, die Büchse auf mich.

»Erst wenn ich ihn hab, habt ihr auch wieder eine Ruh!«, hat der Regierungskommissar leise gedroht, mit so einem Hinterhalt in der Stimme. Und dann ist er mit einem überheblichen Lächeln auf die Anna zugegangen, dass ich geglaubt hab, er will ihr vor meinen Augen was antun. »Schön bist«, hat er gesagt und ihr übers Kinn gestreichelt, »viel zu schön für die verkommenen Leut hier.« Er hat seinen Rock hochgezogen, zu mir geschaut, laut gelacht und den Rock dann doch wieder heruntergelassen. »Ich komm wieder!«, hat er gedroht. »Und das nächste Mal bin ich nimmer so gnädig.« Seinen Männern hat er ein Zeichen gegeben, die haben von mir abgelassen, und alle sind so schnell wieder gegangen, wie sie gekommen sind. Das heißt, so schnell sind sie gar nicht gekommen, wir haben das erst am nächsten Tag in der Früh gesehen: Bevor sie zu uns ins Haus gekommen sind, haben sie im Kuhstall und Hühnerstall Gift ausgelegt, so dass am nächsten Tag die Hälfte der Viecher qualvoll verendet ist.

Diese Methode hat der Herr Regierungskommissar nicht nur bei uns angewendet, wir waren bloß der Anfang. Von einem Hof zum anderen sind sie gezogen. Und bei den armen Hütten sind sie noch härter vorgegangen. Grad dort waren die Weiber wie Freiwild, und da blieb es oft nicht bloß bei Drohungen, es könnt was Schlimmeres passieren.

Ein paar Leut haben schon gesagt, jetzt sollt sich der Heigl stellen, damit das aufhört, aber die allermeisten haben von da an eine unbändige Wut auf die Oberen gekriegt und ganz auf stur geschaltet. »Jetzt erst recht!«, hat sogar die Anna gesagt, die ja wirklich allen Grund gehabt hätt, dem Heigl in den Rücken zu fallen.

Damit hat sich der Regierungskommissar gründlich verrechnet, und vielleicht grad weil er sich so vertan hat, ist er immer zorniger vorgegangen. Über uns Waldler kann man sagen, was man will, aber einschüchtern lassen wir uns nicht so schnell. Und wir sind stur. Ihr könnt uns schon schlagen und peitschen, aber irgendwann ist der Schmerz so groß, dass man ihn nicht mehr spürt und sich erst recht nicht mehr gefallen lässt. Da hat die Res recht, das hab ich jetzt mit ihren Worten gesagt.

Tagebucheintrag der Therese Pritzl am 14. Juli 1854

Nach der Aussage des Ramsrieder Alois heute habe ich einen wesentlichen Mechanismus der Oberen erst so richtig verstanden: Wenn sie mit Gesetzen, deren Einhaltung uns man immer predigt, nicht weiterkommen, ändern sie einfach die Paragraphen oder schaffen Ausnahmeregelungen. Zuerst beschwört man eine vermeintliche Gefahr für die Allgemeinheit, dann bläht man diese Gefahr so groß wie möglich auf, bis ein jeder an sie glaubt – und schließlich begründet man mit eben dieser Gefahr Sonderrechte, die den menschlichen Grundanstand außer Kraft setzen.

Tagebucheintrag der Therese Pritzl am 4. September 1850

Der Heigl hat sich nach einem Sprung über einen Bach – die Gendarmen lauerten am Wegrand – wahrscheinlich das Bein gebrochen. Er konnte nicht mehr auftreten und stöhnte bei jedem Schritt, obwohl ein Heigl doch keinen Schmerz zugibt. Ein Gebein an seinem linken Haxen steht auch seltsam raus, und ich hab es ihm in eine Schiene aus Holzlatten gelegt, unter vielen Protesten natürlich. Zum Doktor zu gehen, hab ich ihm erst gar nicht vorgeschlagen, es wäre aussichtslos gewesen. Stattdessen hab ich sein Lager in der Höhle mit noch mehr Fellen ausgestattet, meine Decken dazugelegt und vom Obermeier noch zwei dazugeholt.

Ich hab dem Heigl befohlen: »Kurier dich erst einmal aus«, und nach dem Schienen die Büchse über die Schulter gehängt. »Siehst, jetzt ist es gut, dass du mir das Schießen gezeigt hast.« Dann bin ich in den Wald und die Nacht raus. Und hab mich ein klein wenig gefürchtet. Nicht vor der Nacht und schon gar nicht vor unseren Häschern – aber bisher hab ich ja nicht wirklich das Gesetz übertreten gehabt, sondern war bloß eine »Gefährtin«. Jetzt würde ich selbst zur richtigen Wilderin werden, auch wenn wir ausgemacht hatten, dass alles stets auf seine Kappe gehen würd, weil es bei ihm eh schon wurscht war.

So bin ich im Morgengrauen in einer Eiche gehockt, hab auf ein Wild gewartet, abgedrückt, sofort getroffen und den Sechsender verschnürt, wie der Heigl es mir gezeigt hatte. Es war so einfach! Ich war doch vorher auch schon dabei gewesen und hatte immer gedacht, ich schaue doch bloß zu, aber er macht die wirkliche Arbeit, und ich würd es mir am End vielleicht gar nicht zutrauen.

Das Wild zum Bauern zu ziehen war hingegen eine viele schwerere Aufgabe, weil es so ein elendiges Gewicht hat. Manchmal hab ich gedacht, ich brech jetzt unter der Last zusammen. Ein Heigl, der mehr als zwei Köpfe größer ist als ich, tut sich da leichter. Aber ich hab es geschafft und nicht bloß gutes Geld daraus gemacht, sondern auch Brot, Kraut, Erdäpfel und die Decken dafür eingetauscht. Aber dem Heigl passt das alles ganz und gar nicht, statt dass er sich darüber freut, dass ich nun für uns sorge, schaut er mich nur schief an und gönnt es mir aus tiefsten Herzen nicht, dass ich das alles erledigen kann. Gerechterweise muss ich aber dazu sagen, dass ich es auch nicht aushalten würd, so untätig in der Höhle zu liegen und auf die Gunst eines anderen angewiesen zu sein.

Nebenbei kann er mir nun auch nicht mehr vorschreiben, wann und wie ich meine Kinder treffe – ich hab einen fein ausgeklügelten Plan mit dem Annamirl entworfen, keiner wird uns da draufkommen.

Seitdem ich mich traue, selbst zu schießen, und auch alle Wege gehe, die sonst nur Heigl beschritt, hab ich das Gefühl, die Welt steht mir offen und ich könnt überall hinfliegen, wenn es sein müsst. Warum bloß war ich vorher so feige und hab den letzten Schritt nicht gewagt? Dieser Sprung über eine Grenze ist doch so viel leichter, als jeden Tag eine Brücke über den Abgrund der Angst zu errichten und sich zaghaft darüberzuschleichen.

Jetzt bin ich zwar endgültig zur vogelfreien Gesetzesbrecherin geworden – auch wenn das niemand weiß –, aber ich hab so viel Vertrauen in meine eigene Kraft gefunden. Hab ich nicht mit der Schreiberei in der Kanzlei mein Geld verdienen können? Hätt ich nicht da und dort sogar mit Studenten auf eine Zukunft bauen können? Hat der Heigl mich nur deshalb nicht schießen lassen, damit ich auf ihn angewiesen bin?

Mir ist, als sei eine unsichtbare Art von Fesseln plötzlich weggesprengt. Ich zögere nicht mehr ängstlich, nein, voller Tatendrang steh ich in der Früh auf. Ich verbinde die Wunde Heigls neu, hole Wasser, koche uns eine Suppe, schieße, schleiche mich bisweilen des Abends zu den Bauern, schließe fast jede Nacht meine Kinder in die Arme und kehre spät zurück zur Fellstatt meines Liebsten. Ich laufe nicht mehr mit – ich laufe selbst.

Aussage des Regierungskommissars Christoph vor dem Straubinger Gericht am 15. Juli 1854

Es musste etwas Ungewöhnliches passiert sein, denn plötzlich tauchten die Verbrecher nicht mehr in den üblichen – scheinbar zufällig gewählten – Abständen in den Wirtshäusern auf und zeigten sich auch sonst kaum mehr öffentlich. Trotzdem oder vielleicht deshalb wurde umso mehr über sie gesprochen, und ihr Ruf verbreitete sich jetzt sogar über Bayern hinaus. Mir wurde ein Schreiben an den König zitiert, in dem er von Preußen gefragt wurde, ob er sein Land nicht mehr beherrsche und sich von Vogelfreien auf der Nase herumtanzen ließe. Der Druck aus München auf einen Erfolg erhöhte sich noch einmal deutlich.

Aussage des Ramsrieder Alois vor dem Straubinger Gericht am 17. Juli 1854

Am Anfang haben s' ja bloß eine kleine Belohnung auf den Heigl ausgesetzt, ich weiß nicht mehr genau, wie viel. Und bald darauf hat auch gleich einer gemeint, jetzt könnt er hintenrum so sein Geld machen. Das war der Gerichtsdiener Stangl. Nicht dass er den Heigl direkt hingehängt hätt, aber indirekt schon. Der ist zum Regierungskommissar und hat ihm gesteckt, dass der Bruder vom Heigl beim Loiber im Lohn ist und dass der sich immer wieder mit dem Heigl trifft.

Bis dahin hat der Heigl ja nie jemandem von uns was getan. Aber mit dem Verräter ist er nicht zimperlich umgesprungen. Wie der Heigl das erfahren hat, weiß bis heute kein Mensch. Aber ein jeder hat gesehen, was passieren kann, wenn man so ein Judas wird. Und wer es nicht gesehen hat, zu dem hat es sich rumgeratscht. Im Dorf hat es geheißen: »Das geschieht dem Stangl recht.« Dass diese Gewalt aber auch ein Unrecht war, das hat keiner mehr gesehen. Es war, wie soll ich sagen, eine immer aufgeheiztere Stimmung. Eigentlich hat man bloß noch für den Heigl und gegen die Obrigkeit sein dürfen. Nicht dass ich jetzt den Verrat gutheißen würd, aber dass man praktisch noch nicht mal mehr eine andere Meinung hat haben dürfen, das hat mir nicht gefallen, das geb ich ehrlich zu.

Tagebucheintrag der Therese Pritzl am 20. September 1850

Fast jede Woche – freilich in unregelmäßigen Abständen, damit es nicht auffällt – treff ich das Annamirl und mit ihr meine Zwillinge. Annamirl hat im ganzen Dorf verbreitet, was ihr angeblich eine Base geschrieben hat: Die Amerikaner würden so groß und gesund, weil man die Kinder nachts immer an die frische Luft bringt. Über die Finte des Annamirl muss ich immer noch kichern! Denn so bringt sie jetzt jede Nacht einmal die Kinder an die frische Luft – und wir können uns heimlich treffen. Meistens kommt das Annamirl zum Waldrand, manchmal schleich ich mich abends ins Gebüsch hinter dem Hof, wir haben uns aber auch schon am Weiher getroffen. Einmal hab ich die Kinder einfach einen ganzen Tag mit zu mir in die Höhle genommen – der Heigl war nicht da –, hab sie geherzt, ihnen vorgesungen, sie gewickelt und gefüttert – so wie eine ganz normale Mutter. Beide wachsen gut und kräftig heran. Die Josepha hat die Augen vom Heigl bekommen und ist so hübsch, wie nur ein Kind sein kann. Im Jacob seh ich jetzt schon einen scharfen Verstand ins Köpfchen eingeschrieben. Und bei allem Geplärre sind es doch so fröhliche Kinder – ach, und übrigens kaum mehr in Zaum zu halten, weil sie schon krabbeln und sich überall hinbewegen wollen.

Dem Heigl sag ich jetzt meist, dass ich alleine herumstreunen müsst, wenn ich zu den Kindern geh. Denn kaum hat der Heigl wieder laufen können und mitbekommen, dass ich so oft am Ramsrieder-Hof bin, hat er getobt, ob ich nicht noch blöder wär, so würd ich ja mit offenen Augen in die Falle laufen. Da versteht der Heigl auch keinen Widerspruch, nichts darf man darauf sagen, wenn er zornig wird! Sonst hätt ich ihm sagen können, was für eine schöne Finte sich das Annamirl ausgedacht hat. Wenn er es nicht verstehen mag, welche Sehnsucht ich nach meinen Kindern hab, dann erzähl ich es ihm halt einfach nicht mehr. Denn der Heigl selbst wiederum sagt mir auch nicht alles! Kürzlich hat der feine Herr Stangl – dem ich noch nie getraut hab – Heigls Bruder verraten und ihn damit ins Arbeitslager gebracht. Zwei Tage hat der Heigl ganz finster dreingeschaut und innerlich gekocht, ohne mir zu sagen, was los ist. Dann ist er plötzlich verschwunden und ist erst nach zwei Nächten wiedergekommen. Blut hat er an der Jacke gehabt, aber wieder nichts erzählt, sondern sich bloß zu mir gelegt und war ganz wild darauf, mit mir zu schlafen.

Erst vom Annamirl hab ich später erfahren, was er getan hat, nämlich den Stangl ganz fürchterlich verprügelt und ihm die Zähne ausgeschlagen. Ein Mensch wie der Heigl redet nicht darüber, wenn ihn wirklich innerlich etwas bewegt. Statt zu erzählen oder gar zu debattieren, geht er einfach los und *macht* etwas, um die Sache zu lösen. Ich glaub, daraus resultiert ein großer Teil seiner Ausstrahlung auf die Weiber und der Respekt der Mannsbilder. »Ein Mann der Taten, nicht der Worte« – wenn die Redensart auf jemanden zutrifft, dann auf den Heigl.

Die nächsten Tage werd ich meine Engel nicht sehen und auch dir nicht schreiben können, liebes Tagebuch, denn wir werden eine Weile herumziehen. Ein Ablassgeld ist ausgeschrieben, und als Missionare verkleidet können wir gut und gern unsere Kassen auffüllen. Die Maskerade macht – bei aller Gefährlichkeit – auch einen Heidenspaß. Der Heigl hat's vorgeschlagen. Denkt er daran, für den Winter Geld zusammenzukriegen, damit wir uns gut wo einquartieren können? Oder will er tatsächlich in der Höhle bleiben wie angekündigt? Sollen wir dann die ganze Zeit in Fellen herumhocken? Wenn wir bei Wind noch nicht mal schüren können, damit der Rauch uns nicht verrät? Ach, derzeit ist der Heigl besonders stur und redet schon gar nichts mehr.

Aussage des Pfarrers Kaltbichler am 17. Juli 1854

Ganz so auf niederster moralischer Stufe, wie der Herr Regierungskommissar Christoph behauptet, sind die Waldler dann doch nicht. Der tut ja grad so, als seien wir im hintersten Urwald und noch nicht einmal missioniert worden.

Der Regierungskommissar hat doch die Leute selbst erst recht wieder hinter den Heigl und die Res gebracht. Da hat er extra zwei Mann aus München kommen lassen, einer so groß wie der Heigl, der andere so klein wie die Res. Dem Großen hat er so einen Hut, wie der Heigl ihn immer trägt, verpasst, und dem Kleinen hat er eine Perücke mit roten Haaren aufsetzen lassen. Und die beiden Staatsdiener hat er schließlich mehrere Überfälle begehen lassen. Nicht bei uns in der näheren Umgebung, denn da kennt man die Res und den Heigl ja zu gut, aber hinter Regensburg und bei Passau. Die beiden Geheimbeamten haben Knechte, Mägde, Tagelöhner und zwei andere Vogelfreie überfallen und sie um ihr kleines Hab und Gut gebracht. Damit wollte Herr Christoph die Bevölkerung gegen den Heigl aufhetzen.

Das Gegenteil erreichte er damit. Die Leute haben gewusst, woher auch immer, dass der Heigl und die Res gerade als Missionare unterwegs waren, und auch mir kam das zu Ohren. Daher hab ich sofort an den Bischof geschrieben, um das neueste sündige Treiben der zwei anzuzeigen. Zur gleichen Zeit aber hätten sie nicht bei Regensburg und Passau diese Überfälle begehen können. Und dann hat sich auch noch einer der zwei durch die Sprache verraten, was muss dieser Mensch auch seinen Mund aufmachen! Das hört man doch bei uns sofort, wenn jemand nicht aus dem Wald ist, und dann kann das der Heigl nicht gewesen sein!

Die Leute waren fürchterlich aufgebracht, dass man dem Heigl so etwas in die Schuhe schieben wollte. Und die Menschen haben jetzt erst recht zu den Räubern gehalten und den Heigl noch mehr verklärt. »Armen Leuten würd der doch nie was tun!«, hat es geheißen, im Gegenteil, »unsereinem« würd der Heigl helfen. Und immer öfter hab ich damals wirklich einen erwischt, der gesagt hat: »Beim Heigl sag ich's, der wird uns schon helfen!« Der Regierungskommissar hat ihn mit dieser falschen Maßnahme fast in den Stand eines Heiligen befördert! Darüber hab ich nun wiederum gekocht vor Wut und jeden Tag gebetet, dass der Herrgott endlich eingreift und sie fangen lässt.

Aussage des Regierungskommissars Christoph vor dem Straubinger Gericht am 17. Juli 1854

Die Verkommenheit der Einwohner hier fand auch darin seinen Ausdruck, dass selbst der Klerus – wiewohl Hauptgeschädigter in der Sache – indirekt für die Verbrecher Partei ergriff und unsere Arbeit offen – in Predigten – in Misskredit zog. Pfarrer Kaltbichler platzte mit hochrotem Kopf mehrmals in mein Quartier herein und beschimpfte meine Leute als »Deppen«. Als ob ein Kirchenmann taktisches Vorgehen verstehen könnte!
Ein Schweigeabkommen brach der Pfarrer auch mehrmals, das mag an seiner Trunksucht liegen.
Mir blieb schließlich keine andere Wahl, als den Bischof um eine kurzfristige Versetzung des Geistlichen zu bitten, damit er nicht noch mehr Schaden anrichtet. Die Bevölkerung deutete dies dummerweise als Zugeständnis an Heigl und Res. Wir ließen jedoch verlautbaren, dass nun selbst der Herrgott sich nicht mehr in diesem Landstrich abmühen wolle.

Tagebucheintrag der Therese Pritzl am 17. Juli 1854

Die Amsel ist mir eine treue Freundin geworden, die mich jeden Tag besucht. Sie sitzt vor dem Gitterfenster, schaut neugierig zu mir herein und scheint mich eingesperrtes Wesen zu bedauern.

Der Heigl hat im Winter auf 1851 darauf bestanden, in der Höhle zu bleiben, »wir können auch anschüren«, hat er gesagt, der Rauch ziehe nur flach in eine Richtung, die von nirgendwoher einsehbar sei. Zu meinem Einwand, im Schnee könne man unsere Spuren erst recht gut verfolgen, hat er gelächelt und gesagt: »Wir reden jetzt mit den Menschen im Tal.« Was er damit gemeint hat – und lange vor meinem Einwand schon eingefädelt hatte –, zeigte er mir daraufhin:
Er hat den Wirt von Höfen eingeweiht, und unser Sprachrohr war der Bach. Immer, wenn wir etwas brauchten, hat Heigl den Bachlauf umgelenkt, ein Zeichen für den Wirt, dass er zu uns hochkommen soll. Freilich nie ganz hinauf bis zur Höhle, aber doch ein Stück in den Wald hinauf. Auf einer Lichtung zwischen Farn und Tannen haben wir ihn getroffen, und der Wirt hat uns gebracht, was wir brauchten, und von uns Wild bekommen, so viel er wollte. So blieben wir bisweilen einen ganzen Monat lang nur droben und waren für die Häscher unberechenbar. Bloß die Kinder hab ich kaum gesehen, aber ich wusst sie in guten Händen bei dem Annamirl.

In diesem Winter hab ich weiter fleißig Englisch gelernt und auch laut mit Heigl in dieser Sprache gesprochen. Das hat ihn amüsiert – und ich weiß bis heute nicht, ob ein Engländer oder Amerikaner wirklich so spricht.

Warum, so frag ich mich heute, sind wir sehenden Auges in unser Unglück, also den Kerker, weitergegangen? Denn auch der Heigl hat's gewusst, wir haben sogar einmal darüber gesprochen – und uns dann verkniffen, zu wetten, wann der Tag kommen wird. Oder hat der Heigl inwendig doch mehr gehofft als ich, es würd doch noch alles gutgehen?

Jeder Tag und jede Nacht war uns damals im Winter auf 1851 so besonders, wir haben uns oft morgens schon geliebt, und als es wieder wärmer wurde, sind wir wie Kinder lachend auf die Bäume geklettert und haben uns versteckt. Wir haben abends guten Wein getrunken und den besten Schinken vom Wirt genossen.

Das war doch nur so besonders, weil wir gewusst haben, dass es ein jähes Ende haben wird. Morgen schon kann es vorbei sein, hab ich jeden Tag gedacht. Und dadurch bekamen die Nacht ein Glitzern und der Tag ein Strahlen, welches wir sonst nie sehen. War das der tiefere Grund, warum ich auch nicht aufbrach? Ich hätt den Heigl ja verlassen können, die Kinder zu mir nehmen und mit ihnen nach Amerika übersetzen können. Es wär ein Leichtes gewesen, dem Heigl für den Grundstock dazu das Geld abzuknöpfen und noch woanders dafür »dazuzuverdienen«.

Oder regierte uns schlicht die Unvernunft? Aber nein, wie kann es unvernünftig sein, Tag um Tag und Nacht um Nacht so intensiv lebend zu verbringen? Wo andere eine lange Kette von Jahren aneinanderreihen und tagaus und tagein vielleicht ohne Denken und Empfinden weitermachen, haben wir an jedem Tag unser ganzes Leben verbracht. Nichts anderes glaub ich, kann der Wahrheit näher kommen. Die schönsten Feste feiern sich im Angesicht des Todes.

Aussage des Michael Heigl vor dem Straubinger Gericht am 18. Juli 1854

Ihr könnt mich alle … ja bin ich denn ein Ratschweib? Ich hab doch schon gesagt, dass ich nix aussag, bis ihr nicht die Anna und die Res frei lasst. Ihr braucht's mich überhaupt nicht mehr holen, als bis das nicht eingetreten ist. Bloß dann würd ich alles erzählen.

Aussage der Anna Gruber vor dem Straubinger Gericht am 18. Juli 1854

Ich hab euch doch schon alles gesagt, meine Verfehlungen eingestanden und auch die Res nicht geschont. Es wär ein völliger Schmarrn es jetzt noch einmal mit einer Aussage probieren zu wollen – deshalb schließ ich mich jetzt dem Heigl an. Ich sag gar nix mehr, bis ihr nicht meine Kinder aus dem Findelhaus heraus und mich frei lasst!

Aussage der Therese Pritzl vor dem Straubinger Gericht am 18. Juli 1854

Ihr lasst mich doch bloß meine Reden halten, weil ihr glaubt, eines Tages würde ich mich verplappern. Für was aber braucht ihr eigentlich unsere Geständnisse? Gibt es vielleicht doch noch eine Gesetzeslücke, irgendeine Schwachstelle in eurer feinen Juristerei, die es nicht erlaubt, uns einfach so abzustrafen? Oder braucht ihr vor der Welt und vor euch selbst noch eine Begründung? Nehmt doch meine Reden, dann habt ihr den Henkern Munition genug zu liefern. Ich wiegle auf, bin dem König nicht treu ergeben und stachle die Respektlosigkeit an. Oder soll ich euch noch mehr Gründe nennen?

La Presse
(undatiertes Fundstück / übersetzt aus dem Französischen)

Im Prozess um die bayerischen Räuber haben nun alle drei Angeklagten die Aussage verweigert. Sogar die Res, über deren ergreifende Reden wir ausführlich berichteten, will sich künftig nicht mehr äußern. Wir vermuteten, die drei hätten sich über Kassiber abgesprochen, dies scheint jedoch nicht möglich zu sein, da weder die Anna Gruber noch der Michael Heigl lesen können. Mit Ausnahme von Therese Pritzl scheint auch das ganze Straubinger Gefängnis nur mit Analphabeten belegt zu sein, so dass auch andere Transferwege ausscheiden.

Unter den – mittlerweile spärlichen – Zuschauern des Prozesses aus der einfachen Bevölkerung fanden die drei Aussageverweigerungen großen Anklang. Man stand spontan auf, applaudierte und verließ aus solidarischem Protest den Gerichtssaal. Die Menschen verstehen es als Zeichen dafür, dass man die Angeklagten auch in Haft nicht brechen kann. Das sprach sich schnell herum, und am nächsten Verhandlungstag war der Gerichtssaal wieder voll. Es scheint, als gälten Räuber immer noch als Hoffnungsträger, die sich vielleicht nur eine kurze Schwäche leisteten.

Während der vergangenen Verhandlungstage wurde ausführlich geschildert, wie sich die Ereignisse geradezu hochschaukelten. Die Behörden gingen immer inhumaner vor, griffen zu immer drastischeren Maßnahmen, von denen eine exemplarisch geschildert sei: Um die Leute von Waren aller Art – insbesondere auch Brot, das hierzulande über die fahrenden Händler verkauft wird – abzuschneiden, verbot man Hausiererei aller Art. Bewohner entlegener Gehöfte, denen kein Getreide zum Brotbacken zur Verfügung stand, litten deshalb Hunger. Begründet wurde die Maßnahme damit, Heigl keine Gelegenheit zu Überfällen auf Hausierer zu geben, in Wahrheit ging es jedoch darum, die Leute regelrecht auszuhungern, um sie gegen das Räuberpaar aufzubringen.

Aber auch diese Maßnahme griff nicht so, wie die Gendarmen sich das vorgestellt hatten. Schmuggler kamen aus Böhmen und brachten den Leuten illegal Brot und andere Waren. Der Schwarzhandel blühte, und jeder kleine Tagelöhner, der sich des Erwerbs von Schmuggelware schuldig machte, fühlte sich wegen seines ungesetzlichen Verhaltens – aus der Not heraus – den Räubern noch näher, und das Zusammengehörigkeitsgefühl unter der Bevölkerung wuchs dadurch. Ein Bauer berichtete, wie er nach dem Hausierer-Verbot eine Kammer räumen, fein putzen und mit frischer Wäsche herrichten ließ. Sollte ihm nämlich der Heigl und die Res eines Tages die unverhoffte Ehre eines Besuchs geben, sollte alles für die »Fürsten der Wälder« gebührend parat stehen.

Tagebucheintrag der Therese Pritzl am 21. Februar 1851

Mein liebes Tagebuch, du lieber Himmel, ich wollte dir von den Zwillingen und meiner Sehnsucht nach ihnen schreiben und dass ich an ihrem Geburtstag nicht bei ihnen sein konnte, aber jetzt hab ich gerade erfahren, was der Regierungskommissar Christoph alles mit den Leuten macht – er verhört sie mit Schlägen, hungert sie aus und droht noch viel Schlimmeres an! Die Leute halten zu uns – aber dürfen wir es wirklich so weit kommen lassen? Haben der Heigl und ich nicht jetzt eine Verantwortung für die Menschen?

Heigl ist seltsam gesprächig bei dem Thema und meint, über die anderen Menschen würden sie uns kleinkochen wollen, und wir dürften gerade deshalb nicht nachgeben. Er hat sogar gesagt, er hätte jetzt verstanden, was ich ständig mit meinen politischen Predigten gemeint hätte. Dass es nicht bloß um uns zwei und um die Waldler ginge, sondern darum, den Oberen etwas entgegenzusetzen. »Einer muss ja einmal anfangen und darf nicht aufhören, den Oberen in den Arsch zu treten. Sonst gibt's nie ein besseres Bayern.« Hat er wortwörtlich gesagt. Und ich seh's jetzt grad so wie er vielleicht vorher. Täuscht der Heigl sich nicht und übersieht die Not der kleinen Leute?
Die Skrupel lassen mich nicht mehr schlafen. Ich hab sie gegenüber den ganzen Menschen, unseren Kindern und

sogar ganz Bayern gegenüber, denn auch aus anderen Gegenden unseres Landes wird nun gemeldet, man nehme sich an uns ein Vorbild, und Rebellen würden wie Pilze aus dem Boden schießen. Haben der Heigl und ich etwas angezündet und können den Brand überhaupt nicht mehr beherrschen?

Aber nein, umgekehrt, würde es ein Flächenbrand, dann würd es vielleicht etwas umwälzen. Die größte Gefahr sind die kleinen Feuerchen hie und da – vor allem das kleine Feuerchen zwischen dem Heigl und mir.

Aussage des Lehrers A. Stifter vor dem Straubinger Gericht am 19. Juli 1854

Je länger sie im Wald lebten, je mehr sie sich mit der Natur vereinigten, desto harmonischer und im Einklang mit sich selbst zeigte sich unser Paar. Bisweilen kamen sie bei mir vorbei, damit die Res sich via Zeitungen über allgemeine Politik informieren konnte. Doch das tagespolitische Geschehen schien ihr bald immer weniger wichtig zu sein. Die unmittelbare Naturnähe verlieh beiden das Charisma erfüllter Gottesnähe. Denn unsere Schöpfung wirkt durch jedes Tier und jede Pflanze hindurch. Und je mehr zivilisatorische Degeneration wir ablegen, je mehr wir uns der wilden Schönheit unserer Berge und Täler hingeben und zurück zu unserer eigenen ursprünglichen Natur finden, desto mehr werden wir mit Gott eins. Darum seien einem jeden einsame Wanderungen durch Berg und Tal nur wärmstens anempfohlen. Aus der stillen Betrachtung unserer großartigen Landschaft erwächst ein Glanz der Seele, der sich nach außen trägt.

Tagebucheintrag der Therese Pritzl am 23. Februar 1851

Haben wir jetzt nicht geradezu eine Pflicht, das Land zu verlassen? Nein, sagt der Heigl, wir haben jetzt erst recht die Pflicht, nicht feige abzuhauen, sondern unseren Leuten zu zeigen, dass man sich gegen diese Willkür und Obrigkeit wehren kann. Aber der Heigl verlangt dabei eine Solidarität von allen, die doch nicht jeder erfüllen kann! Ein jeder fragt sich doch bang, was noch alles kommt, was denen noch alles einfällt, um die Leute zu schikanieren und vor allem zu demoralisieren. Reißen wir nicht einen ganzen Landstrich mit in den Untergang? Oder sind wir wahrhaft mutig, uns der Ungerechtigkeit mit unserem Leben entgegenzustellen? Oder müssten wir noch etwas ganz anderes tun, um eine wirkliche Revolution auf die Beine zu stellen? Könnten wir die Menschen dafür begeistern? Hätten wir überhaupt eine Möglichkeit? Nein, die Menschen bewundern uns und hungern für uns – aber ein Waldler ist kein Pariser, der bewaffnet gegen die Tyrannen vorgeht. Ein Waldler ist kein Revolutionär – und exakt daran werden wir scheitern.

Brief des Xaver Meierhuber am 21. Juli 1854 zu Straubing an KönigMaxmilian II.

Eure Majestät,

Ihr werdet triftige Gründe haben, mir nicht auf meine dringlichen Schreiben zu antworten, dennoch setze ich sie fort, um die Brisanz der Causa zu unterstreichen. Der heutige Verhandlungstag beförderte Folgendes zutage:

Mit ein Grund, warum sich der Heigl und die Res so lange nicht fassen ließen, war die an Heiligenverehrung grenzende Bewunderung der Waldler. Heute berichtete ein Zeuge, dass Kugeln aus der Büchse des Heigl wie Amulette gehandelt wurden. Manche trugen sie stets bei sich, andere legten sie in den Herrgottswinkel unter das Kruzefix oder das Bild der Muttergottes. Ein Knecht formulierte den Wunsch: »Ich möchte mit einer Kugel vom Heigl ins Grab gebracht werden.«

Die Res ist nicht mehr zu bremsen in ihrer Art, sie sagte: »Ich würde für mein Land sterben, wenn nur dem armen Volk geholfen wäre!«

Ergebenst Euer Diener

Xaver Meierhuber

Brief von König Maximilian II. an Therese Pritzl vom 23. Juli 1854

Verehrte Res,

bitte nehmen Sie es gebührend wahr, mein handschriftliches Schreiben, das nicht durch die Hände von Sekretären oder kleinkrämerischen Beamten ging, sondern eines, das Ihr König persönlich für Sie verfasste und per Boten schicken lässt! Ich bewundere Sie im Geheimen zutiefst und bin zu später Stunde mit meinen Gedanken bei Ihnen. Über den Prozess gegen Sie werde ich ständig auf dem Laufenden gehalten, doch was interessieren mich die Untertanen ohne Sinn und Verstand für Kunst und Philosophie? Was langweilt mich die Politik mit ihrem wiederkehrenden Geschwätz! Kein Mensch auf der Welt ist einsamer zu nennen als Ihr König.

Wie gerne würde ich Sie einmal sehen oder mich mit Ihnen unterhalten – allein die Diplomatie bindet mir die Hände. Ich kann Sie nicht im Kerker besuchen, ich muss doch auf unser wunderbares Bayern-Land sehen, dessen Geschicke nicht fehlgeleitet werden dürfen.

Ich habe ein Gedicht für Sie geschrieben und es Ihnen gewidmet. Nur eine feine und wahrhafte Seele wie Sie kann mich verstehen!

Dein König

Rede der Therese Pritzl am 25. Juli 1854 vor dem Straubinger Gericht

Ihr glaubt nur mit Prügeln regieren zu können, wie räudige Hunde gehörten die Menschen geschlagen, so lange gepeitscht, bis sie nicht einmal mehr die Kraft haben zu wimmern, sondern bloß noch gehorchen? Warum eigentlich? Glaubt ihr wirklich, der vierte Stand sei von Grund auf verroht? Oder wollt ihr uns das bloß einreden, um uns die Prügel ertragen zu lassen? Warum sollte Regieren so viel schwerer sein, wenn man den Unteren ein paar Rechte einräumt, die jetzt nur Privilegierte besitzen? Was könnten wir für ein schönes Land und friedvolles Zusammenleben haben, wenn ein jeder sich dächte: »Dazu will ich meinen Teil beitragen!« So, wie ihr uns behandelt, denkt sich das aber niemand, ein jeder wehrt sich nur gegen »die da oben«, weil sie nur Steuern eintreiben, uns als verkommen verdammen und nicht einmal zugestehen, was von alters her die Natur für uns bereitstellte.

Gebt den Menschen Brot und ein paar Grundrechte! Sie werden dankbar eure Untertanen sein und für euch kämpfen. Prügelt die Menschen wie Hunde und lasst sie hungern – sie werden euch im Innersten hassen und niemals bereit sein, für euch einzustehen!

Der König hat mir geschrieben, ob ihr es glaubt oder nicht. Er würd mich bewundern, aber er könne nicht öffentlich zu mir stehen. Er meint wohl, ich würde ihm antworten, um meinen Kopf zu retten. Er glaubt wohl, ich wäre käuflich. Er glaubt wohl, ich würde mich von der Ehre eines Briefs seiner Majestät auf den Kopf stellen lassen und im Handstand Beifall klatschen!

Schaut den Heigl und mich an. Wir hätten die Leute direkt zum König führen können. Wenn Zuchthäusler nach der Strafe nicht noch ein Leben lang Aussätzige blieben. Wenn man sich aus dem Wald nehmen dürfte, was der Hunger verlangt. Wenn man heiraten dürfte, ohne sich erst das Hochzeitsgeld verdienen zu müssen. Wenn man uns frei und anständig leben ließe – wir hätten ein fürstliches Feuer der Menschen für euch entflammt. Wie könnt ihr sagen, wir wären dumm und moralisch auf niedrigster Stufe, wenn ihr uns in der Schule nichts lernen lasst, außer Prügel auszuhalten?

Aber ihr vertraut den Menschen nicht, das ist das Grundübel.

Aussage des Ramsrieder Alois vor dem Straubinger Gericht am 25. Juli 1854

Das ganze Gerede von »Befreiung« und Reformen kann ich nicht mehr hören. Was haben uns die neuen Erlasse von 1848 und 1849 denn wirklich gebracht? Ja, unabhängige Bauern können wir jetzt sein, aber bloß theoretisch! Wir, also der Ramsrieder-Hof, haben das Land abkaufen können vom Leibherrn, und damit sollten wir jetzt also frei sein. Aber was das für uns wirklich heißt? Wir zahlen so viele Schulden ab, dass es uns schlechter geht als je zuvor. In Wirklichkeit sind wir damit noch viel mehr der Obrigkeit ausgeliefert als früher. Ich weiß nicht, ob meine Urenkel es jemals schaffen werden, unser Land schuldenfrei bewirtschaften zu können und freie Menschen zu sein.

Und da redet die Res von »Staatsbürgern« daher, die keine Untertanen mehr sein sollen, so ein Schmarren, als ob es in einem Dorf, Bezirk oder Land ohne eine Herrschaft eine wirkliche Ordnung geben würd. Das sieht man jetzt an den Weideflächen, für die sich keiner mehr zuständig fühlt und die verkommen. Früher, aus der Not heraus, war das anders. Da haben alle gegen den Hunger richtig zusammengehalten und sie miteinander bewirtschaftet. Und auch für die Res und den Heigl haben wir noch gehungert. Aber der ganze Schmarren von Demokratie und Freiheit – das ist doch bloß G'schaftelhuberei und die g'spinnerte Idee von

Leuten, die mit der Welt nicht zurechtkommen und sich einfach nicht einpassen mögen.

Der Lehrer ist auch so einer und hat sich auch fürchterlich darüber aufgeregt, dass die Pressefreiheit wieder abgeschafft worden ist. Aber ich frag mich überhaupt, für was das gut sein soll. Als ob man von einem Zeitungsartikel runterbeißen könnt, grad die Leut, die sowieso nicht lesen können. Was ich wissen will, erfahr ich auch so, bei uns ratscht sich alles herum. Und bei anderen Sachen ist doch sowieso besser, sie gar nicht zu wissen, beziehungsweise gehen sie mich nichts an. Was spielt das für mich für eine Rolle, wenn in Berlin der Blitz in einen Baum einschlägt? Da les ich doch bloß Zeug, das gar nichts mit mir und unserem Leben zu tun hat. Aber die Leut sind ja ganz narrisch darauf, solche Sachen zu erfahren, auch die, die nicht lesen und schreiben können. Unser Annamirl beispielsweise geht schon seit Jahren zum Lehrer und lässt sich von ihm vorlesen, was »in der Welt« passiert. Geschürt werden diese neumodischen Bräuche auch von den ganzen Amerika-Auswanderern, die immer wieder zu uns herüber schreiben und berichten, wie gut es ihnen gehen würd, und von der Freiheit dort schwärmen. Ich heg daran meine Zweifel. Wer kann schon außerhalb der Heimat so richtig glücklich werden? Aber gut, das seh ich vielleicht persönlich anders. Wenn die Leut schreiben, ihnen würd es gutgehen, bloß ohne Geld würden sie auch als Menschen zweiter Klasse behandelt, dann frag ich mich, worin da der Fortschritt liegt.

Von mir aus können ein paar G'studierte ihre g'spinnerten Ideen an den Universitäten weiter debattieren, das geht mich nichts an. Aber bei uns, hier im Wald, hat das einfach nichts verloren. Das hetzt die Leut doch bloß auf und macht sie ungut rebellisch. Und das werf ich der Res vor. Der Heigl hat ja nie so blöd dahergeredet, mei, der war einfach einer von uns, wenn auch ein Depp oder ein Sünder oder was weiß ich. Aber die Res, die ist … wie soll ich sagen … die hätt in München bleiben sollen, oder noch besser, auswandern nach Amerika. Die hat einfach noch nie zu uns gepasst und uns allen bloß Unglück gebracht.

Und wer jetzt meint, das sag ich nur wegen meiner Anna, der täuscht sich. Im Gegenteil, grad wegen meiner Anna hab ich so lange mit meiner wirklichen Meinung hinterm Berg gehalten. Weil jede Aussage von mir gegen die Res ja wieder auf sie zurückfällt und es dann heißt, das wär bloß aus meiner Eifersucht heraus. Aber mir ist das jetzt wurscht – ich sag jetzt einfach die Wahrheit.

Tagebucheintrag der Therese Pritzl am 21. Juli 1854

Ich weine und weine und weine – Heigl, wir haben unser Leben verpfuscht. Ich mach dir keinen Vorwurf, aber mir selbst. Warum bin ich nicht einfach gegangen? War ich bloß zu feige, mein Leben richtig in die Hand zu nehmen? Erwarten wir nicht stets das Glück unseres Lebens vom Partner und streiten uns deshalb, weil er es nicht erfüllen kann, ob nun Bürger oder Tagelöhner oder Fürst?

Ich bin dir einfach gefolgt, einfach immer weiter, dabei hätte es so schöne Abzweigungen für uns beide gegeben. Oder sind wir irgendwann einfach zu übermütig geworden? Meine Tränen gelten nicht mir – sondern den Kindern. Was soll aus ihnen werden?

Wer war unser Verräter? Ich hasse ihn abgrundtief, auch wenn ich doch weiß, dass nicht der eine von uns schuldig ist, sondern die Häscher allesamt, eine Ordnung, die Verräter hervorbringen *muss*.

Heute noch könnten wir wie Fürsten der Wälder leben und sehen, wie die Sonne jeden Tag aufgeht, wenn dieser Judas uns nicht verkauft hätte. Der Mond, der schöne, würde bei uns sein, und wir würden uns in seinem Licht baden und uns lieben wie ehedem. Und vor allem die Kinder: Sie wären jetzt so groß, dass wir sie zu uns nehmen könnten …

Aussage des Lehrers A. Stifter vor dem Straubinger Gericht am 24. Juli 1854

Unser Räuberpaar ist mir ein Vorbild für eine romantische Dichtung, an der ich zu arbeiten begonnen habe. In fernen Zeiten noch wird man ihren Mut bewundern, die Klugheit der Res bestaunen und die Kraft des Heigl besingen. Die Gerichte können urteilen, wie sie wollen – in unserem Herzen werden die Helden immer weiterleben! Wo gibt es das schon auf der Welt, dass ein ganzes Land treu zu seinen Rebellen hält? Dass die Regierung am Ende fünfhundert Mann aufbieten muss, um einen Mann und eine Frau zu fangen? Und wo gibt es erst recht einen König, der sie heimlich bewundert?

Aussage des Regierungskommissars Christoph vor dem Straubinger Gericht am 24. Juli 1854

Es dauerte Monate, bis man mir die Truppe bewilligte, die ich für die Gefangennahme als nötig erachtete. Fünfhundert Mann forderte ich an, lange schriftliche Debatten mit dem Minister folgten, ob und warum dies nötig sei und ob sich die Regierung damit nicht erst recht lächerlich mache. Tag um Tag schrieb ich nach München, um von dieser Maßnahme zu überzeugen.

Kinder sangen auf der Straße offen Spottlieder über uns, Prügel oder andere Strafen schienen diese animalischen Wesen gar nicht mehr zu spüren, noch weniger zu beeindrucken. Glauben Sie mir, nach all dem, was ich hier erlebte, würde ein Einsatz in Afrika oder im Urwald zu einem Kinderspiel für mich werden, zumal man bei den Ureinwohnern dort nicht auch noch Rücksicht nehmen muss.

Nach und nach wurden dann die Männer hierherbeordert, bis es im Herbst 1851 endlich so weit war und ich die gesamte Truppe begrüßen und einführen konnte. Denn erst wenn alle Mann zur Verfügung stünden, so hatte ich beschlossen, würde gezielt zugeschlagen werden. Kleinere Aktionen unterließ ich zwischenzeitlich, um die Truppe zu langweilen, so dass sie hernach geradezu nach einer Jagd lechzte.

Aussage der Annamirl Leitner vor dem Straubinger Gericht am 24. Juli 1854

Da ist man sich ja vorgekommen, wie wenn Krieg wär! In fast jedes Haus sind die Uniformierten einquartiert worden, immer in die besten Kammern. Und verköstigen haben wir die Herren auch noch müssen. Bei uns haben sie den alten Ramsrieder, der zu dem Zeitpunkt ja schon krank war, einfach aus seiner Kammer gestoßen. Und die vom Jungbauern haben sie auch mit vier Mann belegt. Das Gesinde hat dann oft in den Stall ausweichen müssen – bei uns auch –, damit die Bauern ein Bett gehabt haben.
Die meisten der Soldaten haben sich schon anständig benommen, aber freilich den jungen Weibern immer mal wieder an den Rock gegriffen. Und manche der Soldaten haben uns sogar ein wenig bei der Arbeit geholfen, weil es denen ja fad war. Bestimmt drei Monate waren die bei uns, ohne dass der Herr Christoph irgendeine Anweisung an sie herausgegeben hätt, außer halt einmal in der Woche zum Hauptquartier zu kommen.

Jeder vernünftige Mensch hat darüber doch bloß den Kopf schütteln können. Der Lehrer hat sogar nach München hinauf geschrieben, dass der Regierungskommissar jetzt spinnt und ob der Minister und die zuständigen Leute das wissen. Er hat aber keine Antwort bekommen.

Mich wundert nur, dass keiner von uns damals etwas verraten hat. Ich mein, ab und zu hat man ja den Heigl oder die Res doch irgendwo gesehen. Da hätt man nur zum nächsten Soldaten laufen müssen und ihm das stecken können. Die ganzen Fremden andauernd um sich haben zu müssen, das hat keinem von uns gefallen. Und junge Mannsbilder, die nichts zu tun haben, kommen schnell auf dumme Ideen. Raufereien hat es da fast jeden Tag gegeben. Entweder zwischen denen untereinander oder auch mit jungen Burschen von uns.

Schon beim Essen war es immer so eine Sache, weil man den Soldaten ja noch vor dem Bauern was geben hat sollen. Die haben sich dann auf die Plätze der Bauern gehockt, ich hab eine Milchsuppe oder was auch immer gebracht. Und dann sind die da ewig am Tisch gehockt, und wir haben gewartet, weil wir haben doch zum Arbeiten hinausmüssen. Manchmal haben unsere Leut dann im Stehen in der Kuchel gegessen, weil ihnen die Warterei zu blöd geworden ist. Und das hat natürlich böses Blut gegeben. Im Nachhinein wunder ich mich wirklich, dass keiner schneller zum Judas geworden ist. Denn das war für uns alle schlimmer als die brutalen Durchsuchungen vorher. Da haben s' zwar zugeschlagen, aber dann waren sie auch wieder weg und wir wieder unter uns.

Tagebucheintrag der Therese Pritzl am 9. Juli 1851

Heigl hat den Wirtssohn in unser Versteck eingeweiht, denn der kann lesen und schreiben und legt uns an einer bestimmten Stelle am Bachlauf Zettel hin, wenn Heigl zuvor das Gewässer mit deutlichen Zeichen umleitete. So müssen wir uns nicht immer extra treffen, was noch einmal gefährlicher geworden ist. Immer mehr Soldaten kommen, hat der Basti geschrieben, und wir haben zunächst noch darüber gelacht. Aber letzte Woche ist uns das Lachen vergangen – wir waren jede Nacht unten im Tal und sind Dorf um Dorf und Hof um Hof abgegangen – es ist entsetzlich! Fast in jedem Haus sind Männer einquartiert! Wie viele will denn der Christoph noch holen? Ist das Teil seiner Taktik? Weiß er, dass die Waldler nichts mehr als Fremde im Haus hassen?

Der Heigl redet nun gar nichts mehr und wirkt bedrückt – und ich bin zudem so traurig, weil ich es momentan wirklich nicht wagen kann, die Kinder zu sehen. Dem Basti möcht ich nicht verraten, dass das Annamirl sich um sie kümmert, in dieser Sache traue ich keinem Menschen. Denn natürlich sind die Soldaten auch beim Ramsrieder. Was ist, wenn in Anwesenheit der Soldaten der Alois wieder seinen Verdacht äußert, die Zwillinge könnten meine und Heigls Kinder sein? Was, wenn das zum Christoph vordringt? Wenn das Annamirl sie nur vom Hof und irgendwo anders hinbringen könnte, bis diese Bagage wieder weg ist … Aber wie soll ich ihr das sagen?

Was soll aus uns werden? Wie lange werden die Leute noch zu uns halten? Wir müssen weg! Alles andere wäre unvernünftig. Ich muss mit dem Heigl reden, auch wenn er nicht will und schon davon gesprochen hat, dass wir uns »ewig« in der Höhle verstecken können, ohne dass sie uns finden. Ich *muss* mit ihm reden, auch wenn er wieder so zornig wird und mich watscht … Warum um alles in der Welt ist er so stur? Es geht doch vor allem auch um seinen Kopf!

Noch nie hab ich mir so sehr gewünscht, ich hätt noch eine Mutter, könnt mit ihr reden und mich zu ihr flüchten! Aber was spinn ich dahin – ihr Haus hätten sie zuerst besetzt! Und hab ich nicht im Ramsrieder immer einen guten Vater gehabt, der zu mir gehalten hat, so gut es nur ging? Hat das Annamirl eigentlich dem Ramsrieder verraten, dass er der Großvater der Zwillinge ist? Warum hab ich nie danach gefragt?

Brief des Wirtssohns Basti an die Res (undatiert), ungeöffnet und nicht abgeschickt vorgefunden

Liebe Res,

ich weiß nicht, ob ich dir ein Geheimnis verraten soll, das ich mit dem Heigl habe. Es würd dich vielleicht beruhigen, aber ich würd den Heigl damit verraten. Heigl hat einen klaren und kühnen Plan gefasst, wie nur er es kann.

Nein, ich werd jetzt doch nicht weiter an dich schreiben, Res. Vielleicht ein anderes Mal.

Dein Basti

Aussage der Annamirl Leitner vor dem Straubinger Gericht am 25. Juli 1854

Bald nachdem die Soldaten bei uns Quartier genommen hatten, tauchte die Res einmal auf. Schon immer hat es bei uns am Hof ein Klopfzeichen gegeben, das ich jetzt aber nicht verrate, also eine bestimmte Folge von Schlägen an die Fensterläden, die Fremden wie Windstöße vorkamen. Und da hab ich gewusst, dass jemand von uns mich sprechen will. Es war kurz vor dem Zubettgehen, ich bin hinaus und hab dann im Hof ein Vogelzwitschern gehört, wie es um die Uhrzeit eigentlich gar nicht sein hat können. Dem bin ich nach und hab dann hinter dem Hühnerstall auf der Bank die Res gesehen.

Elendig hat sie ausgesehen, ganz blass und ängstlich. Aber vielleicht war es auch der grelle Mondschein, in dem sie plötzlich faltig gewirkt hat, obwohl so ein junges Ding doch noch gar keine solchen Stirnrunzeln haben kann. Wir haben über die Soldaten und dieses und jenes geredet, und plötzlich hat sie mich gefragt, ob sie nicht nach Amerika auswandern soll. Als ob ich beantworten hätt können, was ein Mensch aus seinem Leben macht. »Ohne Kinder kannst überall hingehen und dein Glück machen«, hab ich ihr gesagt.

Ein Soldat ist dann unvermittelt in die Nacht hinaus gekommen, um die Notdurft zu verrichten, aber zum Klohäusl ist er nicht gegangen, sondern hat direkt an der anderen Seite des Stalls einfach hingebieselt. Da waren wir natürlich ruhig und haben geschwiegen. Und wie der Soldat wieder ins Haus gegangen ist, da hat die Res trotzdem nichts mehr gesagt, außer »Vergelt's Gott«, ist aufgestanden und wieder in der Nacht verschwunden. Ich hab mir gedacht, jetzt wird sie immer mehr wie der Heigl, weil der ja auch nichts redet, als ob das abgefärbt hätt wie bei einem alten Ehepaar wie dem Sepp und mir. Ganz leis, ohne dass man einen Schritt gehört hätt, ist die Res gegangen, mir ist's vorgekommen, als wär sie eine Art Engel, der schweben kann.

Und so wie der Heigl die Res mit seiner Schweigsamkeit angesteckt hat, so hat die Res wohl mich mit ihren ständigen Fragen zum Grübeln angestiftet. Was unsereiner einfach fraglos hinnimmt und gar nicht darüber nachdenkt – grad das hat die Res doch immer in ihrem Kopf hin und her gewälzt. In der Nacht bin ich lang nicht eingeschlafen und hab mich gefragt, warum der Herrgott manchmal einfach Menschen erschafft, die sich so von Grund auf quer zu allen anderen stellen, ja stellen *müssen*, weil die gar nicht anders können!

Tagebucheintrag der Therese Pritzl am 25. Juli 1854

Das liebe, liebe Annamirl!!! Die grundehrliche Haut hat heute für die Zwillinge vor Gericht so gelogen, dass sich die Balken biegen!
Und ganz geschickt hat sie es gemacht, hat von meinem nächtlichen Besuch damals erzählt, aber mit einem ganz anderen Inhalt! Ich hätt sie damals gefragt, ob wir nach Amerika auswandern sollen, und sie hätt geantwortet, ohne Kinder könnt man überall hingehen! So hat sie dem Gericht als wichtigste Zeugin scheinbar indirekt verraten, dass die Vermutung, die Zwillinge seien von uns, gar nicht stimmt! Dabei haben wir doch genau in dieser Nacht auf der Bank hinter dem Hühnerstall zusammen ausgeheckt, wie wir Jacob und Josepha in Sicherheit bringen! Ach, mein liebes Annamirl, eine Mutter könnt kaum besser sein als du!

Und du, liebe Amsel, die du mich jetzt so eifersüchtig anschaust – ich kenn schon längst dein Geheimnis und weiß es zu schätzen: Du bist in Wirklichkeit meine Mama, die sich nur so zeigen kann! Als mein Schutzengel würdest du auffallen, aber so kannst du ganz unerkannt vom Himmel aus zu mir herfliegen und mich so sehr stärken in der elendigen Einsamkeit des Kerkers – oder phantasiere ich jetzt zu arg?

La Presse (undatiertes Fundstück/ übersetzt aus dem Französischen)

Wir können nicht exakt hochrechnen, was der Einsatz von fünfhundert Staatsdienern die bayerische Regierung de facto kostete. Aber zweifellos überstieg der Betrag um ein Weites den Schaden des jahrelangen Wilderns des Räuberpaares. Rechnet man dazu, was die unerlaubte Jagd für positive Auswirkungen auf die Ernten der Bauern hatte, deren Wildschäden dadurch wesentlich gemildert wurden, so zeigt sich die wahre Irrationalität in der Verfolgung der Angeklagten.

Damit wiederum liegt ganz offen, dass es weder um die Personen an sich noch um eine vernünftige Staatsgestaltung ging und geht – sondern einzig und allein darum, ein Exempel gegen Rebellion jeglicher Art zu statuieren. Wenn ein Staat auf Untertanen statt auf Citoyens setzt, drohen ihm ständig größte Gefahren. Autoritäre Herrschaft samt seiner dazugehörigen Ideologie ist stets labiler, als es den Anschein hat, und immer auch von innerer Zersetzung bedroht. Wir wundern uns, wie rückständig die deutschen Länder, die einen Kant, einen Goethe und zahlreiche Geister mehr hervorgebracht haben, doch sind. Sie scheinen den Werten der Aufklärung grundsätzlich zu misstrauen.

Wir schließen uns in dieser Betrachtung den Ausführungen der heutigen Rede der Res vor Gericht an, wir zitierten sie oben indirekt. Diese kleine rothaarige Person hat ein Feuer in ihren Augen und eine Macht in ihren Worten, die kaum wiederzugeben ist. Ergibt sich jedoch die Gelegenheit, sie am Rande des Prozesses direkt anzusprechen, gerät sie schnell ins Stottern, vielleicht als Folge der Haft, vielleicht aber auch ihrem im Grunde doch schüchternen Naturell entsprechend.

Tagebucheintrag der Therese Pritzl am 20. Juli 1851

Ich weiß nicht mehr ein noch aus. Hab mit dem Annamirl über die Zwillinge gesprochen, die werden in Sicherheit gebracht, aber was wird aus dem Heigl und mir?

Nach dem Gespräch mit dem Annamirl bin ich zur Höhle zurück und hab mich gefragt, wie oft ich diesen Weg wohl noch gehen werd können. Der Heigl hat schon geschlafen auf unserem Felllager. So groß und mächtig lag er da und nahm sich seinen Raum, dass ich gar nicht mehr gewusst habe, wo und ob denn da für mich überhaupt noch ein Platz wäre. Ich wollte erst dir, mein liebes Tagebuch, schreiben, hatte eine Kerze angezündet, aber dann keine Worte gefunden. In unserer Höhle hab ich mich umgesehen, im Kerzenschein. Die Küchennische von oben bis unten betrachtet, den »Jagdbezirk«, wie der Heigl sagt, mit den Büchsen in Augenschein genommen, und schließlich hefteten sich meine Augen nur noch auf ihn, den schlafenden Hünen.

Ich hab eine Flasche Wein geholt, ihr den Kopf abgeschlagen und sie in ein paar Zügen halb leer getrunken, immer noch am Tisch im Kerzenlicht sitzend. Dabei bin ich immer damischer geworden – vielleicht hab ich sogar den stieren Blick aller Betrunkenen gekriegt, ich weiß es nicht, wer kann das schon selbst beurteilen?

»Wo soll das alles mit uns noch hinführen?«, hab ich gegrübelt, die Weinflasche ganz ausgetrunken und den Heigl geweckt.
»Ich muss mit dir reden!«, hab ich gesagt, und er hat mich verdattert angeschaut.
»Weiß ich schon!«, hat er geantwortet.
Was er damit gemeint hat, weiß ich bis heute nicht, und grad als ich fragen wollt, hat er meinen Kopf in seine Hände genommen und mich geküsst, geküsst, geküsst – am ganzen Körper. Ganz langsam hat er mich ausgezogen, ganz zärtlich hat er alles, aber auch alles an mir gestreichelt. Und wir haben uns geliebt, wie es nur griechischen Göttern zusteht, so lange, bis die Sonne aufging.

Und jetzt sitze ich hier mit fürchterlichen Kopfschmerzen an unserem Tisch, schreibe dir, liebes Tagebuch, der Heigl ist gerade eingeschlafen, und ich hab keine Antwort auf keine einzige meiner Fragen – bloß einen Körper, der weiß, zu wem er gehört. Und zu dem lege ich mich jetzt.

Nachtrag: Liebes Tagebuch, der Heigl schläft wie ein Stein. Aber ich finde keine Ruhe, hab unser Lager wieder verlassen und sitze wieder am Tisch. Ich frage mich immer mehr: Zwar hab ich einen Körper, von dem ich weiß, zu wem er gehört, aber zu wem gehört mein Geist? Und was ist überhaupt mit meiner Seele? Wer ist sie überhaupt? Meinen Geist – müsste ich den nicht zuerst einfangen? Könnte ich nur mit einem so philosophischen Menschen wie mit dem Nepomuk reden! Und wenn ich ganz, ganz ehrlich bin: Versteht mich denn der Heigl überhaupt? Hat er nicht all die Jahre geschwiegen, weil er keine einzige wirkliche Antwort auf all meine Fragen wusste? Denke ich nicht, was keiner hier zu denken wagt? Oder bilde ich mir alles nur ein und bin dummdreist und eingebildet und auch nicht besser als jedes Holzscheitel? Ach, ich weiß gar nichts mehr! Und müsste doch grad jetzt so viel wissen, um zu überleben. Ich sollte nicht denken und grübeln, sondern mit dem Heigl sofort aufbrechen und fliehen, so lange es noch geht, so lange unsere Köpfe noch zu retten sind.

Jetzt ist der Heigl aufgewacht, hat zu mir herübergeschaut, gegrinst und gesagt, heut gäb es noch was zu feiern. Was meint er?

Aussage des Pfarrers Kaltbichler am 25. Juli 1854

Mit fünfhundert Mann hätt selbst der größte – Verzeihung – Depp den Heigl und die Res eines Tages ergreifen können. Es ist geradezu lächerlich, dabei von einem »Erfolg« zu sprechen. Im Prinzip ist das eine Bankrotterklärung der staatlichen Obrigkeit, wenn man solchen Individuen nur mit diesen Mitteln Herr wird. Aber der Herr Christoph hat ja keine Kritik vertragen und mich deshalb sogar versetzen lassen. Als ich jedoch aus der Ferne gehört habe, dass er immer mehr Soldaten zu uns schickt, hab ich beim Bischof persönlich vorgesprochen und um eine Einflussnahme gebeten, und zwar in der Form, dass ich wieder meiner alten Gemeinde diene. Da der Regierungskommissar nicht nur das Ansehen des Königs, sondern auch aller Obrigkeit, und damit der Kirche, so beschädigte, wurde meiner Bitte stattgegeben, und ich begann wieder im Bistum Regensburg, Bezirk Kötzting, zu wirken.

Sogar die heilige Sonntagsmesse wurde zu jener Zeit nicht mehr regelmäßig von allen besucht! Hätten bloß noch unsere Inquisitionsgerichte und ihre eifrigen Ermittler bestanden, dann hätten wir die Sünder schnell und ohne diese öffentliche Blamage gefangen! Denn der Gipfel war dann ja der Wirtshausbesuch des Heigl und der Res in Höfen. Vier Soldaten und etliche Höfener saßen im Wirtshaus, als der Heigl und die Res aus einer

Kutsche stiegen und die Gaststätte betraten. Fein gekleidet ließen sie sich neben einem Soldatentisch nieder. Der Heigl hatte die Frechheit, die Soldaten anzusprechen. Dass er den Heigl ganz in der Nähe vermute, dass der Räuber doch so schwer nicht zu fassen sein könne, dass er selbst ihn erst gestern gesehen habe. Die Soldaten wollten natürlich wissen, wo. Der Heigl beschrieb ihnen einen beschwerlichen Weg Richtung Kötzting, und die Soldaten brachen sogleich dorthin auf, obwohl der Christoph ihnen befohlen hatte, nichts zu unternehmen. Aber wer würde sich schon die Gelegenheit auf einen so außerordentlichen Fang entgehen lassen, zumal wenn man vorher schon zwei Monate untätig herumgehockt ist?

Kaum waren die Soldaten zum Wirtshaus hinaus, ließ der Heigl nach Musikanten rufen und feierte ein Fest, das alle seine bisherigen in den Schatten stellte. Bratwürste für jeden, Bier, Wein und Schnaps, so viel wie ein jeder trinken und essen konnte, spendierte er. Was es denn zu feiern gibt, hat ihn einer gefragt, und er hat gesagt: »Die Freiheit! Heut ist ihr schönster Tag.« Vermutlich hat der Heigl geahnt, es würde sein letztes Fest.

Christoph kam daraufhin auf die Idee, einen Steckbrief der Gesuchten anfertigen zu lassen. Wobei er damit auch seine liebe Not hatte – denn die Leute machten so unterschiedliche Angaben, dass zunächst jeder Zeichner daran verzweifelte. Aber irgendwann hingen in jedem Dorf und an den Bäumen entlang wichtiger Wegstrecken die Konterfeis der zwei. Darüber war die ausgesetzte Belohnung in dicken Zahlen gedruckt: hundert Gulden.

Tagebucheintrag der Therese Pritzl am 9. August 1851

Heut ist ein warmer Augusttag – und mich friert es trotzdem. Ich hab mir ein Fell um die Schultern geschlungen, den Eingang der Höhle gut mit einem Felsstück verschlossen und schreibe an unserem Tisch.

Es wird immer schwieriger, ins Tal zu gehen. Auch der Wirt und sein Sohn werden genau beobachtet, so dass wir auch immer weniger Informationen bekommen. Und überall hängen unsere Steckbriefe! Es ist gruselig, einen Weg zu gehen, wenn hinter jedem Baum schon wieder dein Bild lauern kann.

Gestern hab ich mich als Hüterbub verkleidet, eine Kappe tief über die Haare gezogen und in einer weiten Jacke meine Weiblichkeit versteckt. So bin ich zum Feld des Ramsrieder, das Annamirl hat mich auch gleich von weitem gesehen und mir ein Zeichen gegeben, dass die Kinder in Sicherheit sind. Ich hab noch ein wenig abseits gewartet, und in einer Pause ist das Annamirl zu mir gekommen, hat mir alles genau erzählt und mir zwei Laib Brot zugesteckt. In der Nacht bin ich wieder ins Tal und hab dem Lehrer aus Dankbarkeit Wild in den Hintereingang gelegt. Der Heigl dürft das alles nicht wissen – schlagen würd er mich für diesen Leichtsinn, aber keiner hat etwas bemerkt. Der Heigl ist ja Richtung Landshut aufgebrochen, um etwas zu erkunden, erst in ein paar Tagen will er wieder zurück sein. Geheimnisvoll hat das geklungen, als wie wenn er in Wirklichkeit etwas ganz anderes vorhätte. Gestern hab ich schon überlegt, ob er mich vielleicht jetzt einfach allein zurücklässt – aber nein, wie komm ich auf solche Gedanken, nie und nimmer würd er das tun!

Noch wissen sie offenbar nicht, dass wir auf dem Kaitersberg hausen – aber wenn sie diese Spur erst gefunden haben und den ganzen Fuß umstellen, so dass ich weder raus noch der Heigl rein kann? ... Alles Unsinn, ich muss mich beruhigen, so schnell läuft uns die Zeit auch nicht davon!

Aussage der Annamirl Leitner vor dem Straubinger Gericht am 26. Juli 1854

Es hätt nicht zum Heigl gepasst aufzugeben. Der Heigl ist einer, der alles bis zum Ende bringt. Und wo hätt er auch hin sollen? Der hat doch bei uns seine Wurzeln, tiefer als wie jede Eiche.

Angeblich ist er ja kurz vor der Festnahme noch in Landshut gewesen, um für sich und die Res dort was zu suchen. Und gefunden hätt der bestimmt was. Aber ich glaub, der Heigl wollt jetzt selbst einen Schlussstrich ziehen. Wenn er in die Landshuter Gegend umgesiedelt wär, dann wär ihm doch der Christoph mit seinen Männern dorthin nachgezogen. Und da hätten sie die Leut genauso schikaniert wie bei uns. Das wollt der Heigl verhindern, mein ich jedenfalls.

Aussage des Lehrers A. Stifter vor dem Straubinger Gericht am 26. Juli 1854

Ja, das stimmt, dass mir jemand kurz vor der Verhaftung noch mehrmals Wild vor den Hintereingang gelegt hat. Warum – das weiß Gott allein.

Wenn das Hohe Gericht jetzt meint, es hätt dafür eine Gegenleistung außer vielleicht das eine oder andere Vaterunser, das ich für die Räuber gebetet hab, gegeben, so frag ich zurück, was hätt denn ein Heigl von mir bekommen können? Was hätt ein armer Schullehrer wie ich ihm geben können? Die plausibelste Erklärung für die unerwarteten Präsente lautet wohl: eine späte Dankbarkeit für die Förderung der Res, der ich ja nicht nur Lesen und Schreiben beigebracht habe, sondern die ich auch in die Literatur eingeführt habe.

Tagebucheintrag der Therese Pritzl am 26. Juli 1854

Was hab ich heute geschwitzt, als der Lehrer seine Aussage machte und dabei rot im Gesicht wurde. Unser Schöngeist kann einfach überhaupt nicht lügen – aber trotzdem hat ihm das Gericht seine Aussage, er wüsste nicht, warum er Wild bekommen hat, nicht widerlegen können. Seine Begründung war haarsträubend – als ob ihm der Heigl dankbar dafür gewesen wär, dass er mich »in die Literatur« einführte! Was war der Heigl schon eifersüchtig auf die Bücher gewesen, gerade in den Zeiten, als ich so viel Englisch gelernt hab. Und als ob der Lehrer beten würde!

Nach seiner Aussage hat der mir auch noch heimlich einen Zettel zugesteckt: »Jacob und Josepha gedeihen prächtig im Kloster. Und keiner ahnt etwas. Nach dem Prozess wird das Annamirl sie wieder zu sich holen.« Ist der Lehrer auch gescheit genug, das dem Heigl zu flüstern, wenn sich eine Gelegenheit dazu ergibt? Bestimmt wird er sich auch sorgen, was aus unseren wunderbaren Kleinen noch wird, und hat mich doch im Nachhinein gelobt für meinen Plan, den ich mit dem Annamirl auf der Bank hinter dem Hühnerstall geschmiedet hab und den das Annamirl sogleich am nächsten Tag umgesetzt hat. Sie hat die Zwillinge zum Lehrer gebracht und der sie wiederum ins Kloster – ausgestattet mit unserem ganzen restlichen Geld, damit sie die beste Erziehung erhalten.

Log der Lehrer damals auch so schlecht, als er sie mit dem Gerücht versah, sie seien Bangaden des Fürsten, damit man sie nur ja gut behandelt? Oder war das in Anbetracht der zwanzig Gulden gar nicht nötig, denn welch einer vom untersten Stand kann schon den Kindern ein Jahresgehalt auf einmal beilegen?

Eben sind mir unsere letzten Tage in Freiheit vor dem geistigen Auge vorbeigezogen. Wie ich dem Lehrer das Wild gebracht habe und in der gleichen Nacht der Heigl aus der Landshuter Gegend zurückkam. Bis heute hab ich das Gefühl, da gibt es noch eine Ungereimtheit dieser letzten Tage, ein Geheimnis, etwas, das ich nicht verstehe und erst recht nicht benennen kann.

Als der Heigl da mitten in der Nacht zurückkam, wirkte er ganz ruhig, fast so, als hätt er mit sich etwas geklärt. Er hat mich in die Arme genommen, gestreichelt und gesagt, jetzt wird doch noch alles gut. Ich wollt wissen, was er meint, aber darauf hat er nicht geantwortet, nur angeschafft, dass wir in der nächsten Nacht »umziehen«. Ich wollt genauer wissen, wohin wir denn gehen – aber er hat bloß erwidert: »Wirst schon sehen!« Hat er mit seinem Instinkt damals vielleicht schon gespürt, dass wir verraten worden sind? Dass sich die Schergen bereits rund um den Kaitersberg zusammenzogen, um das ganze Gebiet zu durchkämmen?

Am nächsten Morgen haben sich die Tiere auch schon auffällig benommen, trampelten auf Pfaden, die sie sonst nie einnehmen, und stoben in Richtungen auseinander, die sie sonst nie wählten. Heigl und ich haben uns daraufhin tief in die Augen geschaut, uns umarmt und aneinander festgehalten. Ohne ein Wort war uns beiden klar, dass die Stunden gezählt sind. Wir sind in die Höhle zurück und haben sie so gut es geht von innen verschlossen. Ich hab darauf gewartet, dass der Heigl mich nun lieben will – aber wir haben uns nur wie Geschwister zärtlich aneinandergedrückt, ganz ernst, ohne Tränen, aber freilich auch ohne Heiterkeit. Wie anders sich ein Mensch dann doch verhält, wenn der Tod sich nicht nur am Friedhof des Nachbardorfes zeigt, sondern am eigenen Hauseingang vorbeischleicht. Das schreib ich nicht, weil ich jetzt mit allem rechne, sondern wir damals ja nicht gewusst haben, ob die Häscher uns nicht lieber tot als lebend fangen wollen, egal, ob wir uns ergeben oder Widerstand leisten.

Zusammengedrückt sind wir so auf unserem Felllager in unserem »Daheim« gesessen und haben uns einfach gespart, was man sich vielleicht sonst zum Trost sagen würde: dass die Zeit in Freiheit all das wert gewesen ist. Dass für die Kinder halbwegs gesorgt ist. Dass uns unsere Liebe niemand nehmen kann. Dass wir vielleicht anderen ein Vorbild sein können, gegen Ungerechtigkeit zu kämpfen. Nein, gar nichts haben wir geredet, bis der Heigl irgendwann zu unserem Geschirrregal geschaut hat und ganz trocken bemerkte: »Ich glaub, des müss ma mal putzen, des schaut recht dreckig aus.«

Ich hab so lachen müssen – und dann haben wir uns freilich doch noch geliebt, geliebt, geliebt …

La Presse (undatiertes Fundstück/ übersetzt aus dem Französischen)

Im Prozess um das bayerische Räuberpaar wurden mit Hilfe verschiedener Aussagen die letzten Tage vor der Festnahme rekonstruiert. Regierungskommissar Christoph hat jedoch nicht verraten, wer ihm den entscheidenden Hinweis gegeben hat, dass Heigl und Res sich in einer Höhle auf den Kaitersberg befanden. Auch auf mehrmaliges Nachfragen des vorsitzenden Richters Johannes Paulsen schweigt er dazu beharrlich. Gerade diese Antwort wäre man aber den Menschen hier schuldig, denn sie möchten wissen, wer aus ihren Reihen der »Judas« war.

Den entscheidenden Hinweis auf die Höhle am Kaitersberg nahm Christoph so ernst, dass er mit all seinen fünfhundert Mann im Morgengrauen des 4. Septembers 1851 den ganzen Fuß des Berges umstellen ließ. Stück für Stück durchkämmten die Gendarmen und Soldaten das Waldgebiet. Die Höhle war wohl trotzdem nicht so leicht zu finden, erst Blutspuren (vermutlich von einem erlegten Wild) in der Nähe gaben zwei Tage später das entscheidende Zeichen, dass hier Menschen in der Nähe hausten. Eigens aus Preußen bestellte und für den Einsatz vorbereitete Spürhunde erschnüffelten schließlich das für Menschen kaum zu entdeckende Versteck.

Heigl trat nach mehreren Salven aus den Gewehren und der Aufforderung, sich zu ergeben, dem Vernehmen nach schließlich unbewaffnet und mit erhobenen Händen aus der Höhle heraus, hinter ihm erschien Res. Beide ließen sich widerstandslos festnehmen und sind seitdem hier in Straubing inhaftiert, also seit nunmehr knapp über drei Jahren.

Der unbekannte Verräter und die problemlose Festnahme werfen einige Fragen auf. Warum floh das Paar nicht, nachdem es doch deutliche Zeichen für eine bevorstehende Verhaftung gab? Warum nahm jemand nach Jahren das »Judasgeld« – wie es hierzulande heißt – doch plötzlich? Auch das widerstandslose Ergeben scheint uns nicht zum Charakter eines Mannes zu passen, von dem mehrere die Aussage bezeugten: »Lieber sterb ich, als noch einmal in den Kerker zu gehen.«

Aussage des Ramsrieder Alois vor dem Straubinger Gericht am 27. Juli 1854

Freilich hätt ich tausend Gründe gehabt, um den Heigl hinzuhängen. Angefangen von der Geschichte mit dem Vater, der ihn immer bevorzugt hat. Über die Res, die ich noch nie leiden hab mögen. Bis hin zu der Anna vor allem, der der Heigl so übel mitgespielt hat. Ich hab es ja auch längst geahnt – wie eigentlich alle von uns –, dass die Res und der Heigl auf dem Kaitersberg in einer Höhle hausten. Aber das wär gegen meine Ehre gewesen, sie zu verraten. Und dazu kommt noch, daran sollten die Leut auch einmal denken, dass die Res meine Halbschwester ist. Blut ist immer noch dicker als Wasser.

Tagebucheintrag der Therese Pritzl am 27. Juli 1854

Mein liebes Tagebuch,

die Verhandlung geht dem Ende zu – und mein größtes Glück ist, dass sie nicht weiter nach den Kindern fragten. Sogar der Pfarrer hat nicht noch einmal die Zwillinge ins Gespräch gebracht – warum auch immer!
Aber werden wir je erfahren, wer uns verraten hat? Steht uns das überhaupt zu? Ist es eigentlich wichtig? Dass bei dieser Belohnung und dieser Übermacht und über all die Jahre einer zum Judas würd, war doch unvermeidlich, im Gegenteil, es ist erstaunlich, wie lange wir uns halten konnten.

Ich bereite noch eine Rede vor. Die Amsel, meine liebe Mama, schaut mir wieder durch die Gitterstäbe dabei zu und ermuntert mich hie und da mit einem Nicken ihres Kopfes oder auch mit einem heftigen Picken ihres gelben Schnabels. Im Falle eines Todesurteils werde ich versuchen, dich, liebes Tagebuch, heimlich dem Annamirl zukommen zu lassen. Jacob und Josepha haben dann vielleicht wenigstens ein Andenken an ihre Mutter. Ich mein es nicht aus Eitelkeit und Sentimentalität, sondern weil ich mir so gewünscht hätt, etwas von meiner Mutter bei mir tragen zu können – und wär es nur ein Kieselstein gewesen, den sie mir nach der Entbindung in die Hand gedrückt hätt und den ich festhalten könnt.

Für den Fall der Hinrichtung muss ich jetzt noch etwas notieren – auch wenn es pathetisch klingt –, ich liebe euch mehr als andere auf der Welt, mein Jacob, meine Josepha. Vielleicht hab ich als Mutter versagt, vielleicht habe ich mein ganzes Leben in einem falschen Glauben verspielt, vielleicht war mein Kopf zu rebellisch für diese Welt. Und vielleicht hat all dies überhaupt keine Aussagekraft, weil doch nur zählt, wie man handelt, und nicht, wie man denkt und fühlt. Das hat mich euer Vater, der Heigl, gelehrt – und dafür hab ich auch ihn immer geliebt, auch wenn ich es zwischenzeitlich manchmal bezweifelte. In der langen einsamen Zeit hier im Kerker habe ich das nun verstanden.

Vor dem Tod habe ich viel weniger Angst als davor, dass man euch schlimme Geschichten über mich erzählt und ihr euch für mich schämt.

Ich habe gewildert und geraubt und in Unzucht gelebt – aber nie einem Menschen auch nur ein Haar gekrümmt. Vielleicht wird in einer späteren Zeit dies eine größere Rollen spielen als die heutigen Gesetze, die doch die Oberen nur machen, um uns demütig klein zu halten. Denn, oh nein, sie sind nicht gottgegeben, die Gesetze, sondern einzelne Menschen machen sie – und nicht zum Wohle aller, sondern um sich eigene Vorteile zu sichern! Warum dürfen Bauern mit mehr als hundert Tagwerk Land jetzt plötzlich Wild schießen? Nur weil der Adel fürchtete, es könnte sonst noch zu einem schlimmen Aufstand kommen! Warum werden wildernde Tagelöhner dagegen immer noch mit fünfzehn Jahren Haft bestraft, obwohl sie aus der schieren Not heraus handeln? Ist das gerecht? Nein. Die Oberen wissen es und wenden deshalb alle Mittel an, um ihre Machenschaften durchzusetzen. Aber werden euch all diese Gesetze und meine Meinung dazu noch etwas sagen, wenn ihr groß seid? Spielt dann Wilderei in euren Gedanken überhaupt noch eine Rolle?

Was, wenn es einen Himmel gar nicht gibt? Wenn der Himmel in Wahrheit nur in jedem Tag Leben von uns liegt? Wenn es gar keinen Lohn und kein »Später« gibt, sondern nur das Erfülltsein jedes einzelnen Tages? Dann, mein lieber Jacob und meine liebe Josepha, hätte ich gar »recht« mit meinem Dasein. Es wär nicht so falsch gewesen, wie es mir doch grad immer wieder vorkommt. Dann wär ich zwar bloß zweiundzwanzig Jahre alt geworden – aber nicht die Quantität unserer Tage zählt, sondern die Qualität. Strebt nicht danach, dem Leben Jahre hinzuzufügen, sondern den Jahren Leben!

Lebt lieber leidenschaftlich und aus dem Tag heraus und nicht in Hinblick auf einen späteren Lohn, verheißt der nun ein langes Leben oder den Himmel. Hat schon jemals einer auf dem Totenbett die Summe seiner Arbeitstage auf dem Feld kleinkrämerisch gezählt? Hat er sich nicht vielmehr an all die Momente erinnert, die so lebendig und so bedeutend waren, dass man sie mit Fug und Recht »lebenswert« nennen kann?

Wüßt ich bloß ein bisserl mehr, was es mit der Welt auf sich hat! Über das Leben und mich! Das reut mich, nicht mehr gelesen zu haben, denn wenn ich auch so oder so irgendwann sterben muss, so hätt ich doch noch gern ein bisserl mehr von anderen Geistern im Diesseits erfahren mögen.

Aber viel, viel mehr noch reut mich, nicht bei euch zu sein, mich als Mutter um euch zu kümmern, auch wenn ich euch in den besten Händen weiß und alles daransetzte, dass man euch nichts antun kann, also dass in erster Linie niemand erfährt, wer eure Mutter und euer Vater ist.

Ich bereite mich auf das Schlimmste vor und bin zugleich doch froh, wenn es endlich ein Urteil gibt und ein wenig Gewissheit herrscht. Seit über drei Jahren bin ich allein mit meinen Gedanken und Gefühlen, allein in diesem Verlies, durchbrochen nur von den Verhandlungstagen, an denen man mich in den Gerichtssaal holt. Das Auftreten dort kostet sehr, sehr viel Kraft, wenn man so einsam tagaus und tagein nur mit seinen Gedanken verbringt. Ich wünschte mir so sehr, zuerst euch wieder zu sehen, zu herzen und zu liebkosen. Dicht gefolgt von dem Wunsch, ganz einfach durch einen Wald zu gehen, das Rauschen der Blätter zu hören, das weiche Moos unter den Füßen zu spüren und den Duft der Blumen und Zapfen zu riechen.

Sollte man mich hinrichten – und in Anbetracht des Schauprozesses ist mit allem zu rechnen –, so möchte ich euch eine Botschaft mit auf euren Weg geben: Geht jeden Tag hinaus, so weit euch eure Kraft trägt, und genießt mit jedem eurer Schritte die Freiheit, dieses kostbarste Gut, das wir ständig neu erkämpfen müssen.

Aktennotiz des Königlichen Gerichtsbeobachters Xaver Meierhuber am 27. Juli 1854 zu Straubing

Ich verstehe nicht, warum Eure Majestät zu keinen einzigen meiner Briefe und Notizen Stellung genommen hat. Warum haben Eure Majestät mich dann überhaupt hierhergeschickt? Aber sei es, wie es sei, ich werde meine Pflicht weiter erfüllen und Bericht erstatten.

Das Volk murrt und bäumt sich auf. Vor dem Gericht warteten Gesinde und Bauern den Juristen, Beamten und Beobachtern mit Mistgabeln auf und machten ein Betreten teilweise zum Spießrutenlauf.
Das Volk will den Namen des Denunzianten (»Judas«) wissen – nur das interessiert wirklich. Halten Eure Majestät es wirklich für klug, den Regierungskommissar Christoph weiter zu decken? Der Prozess hat seinen ganzen Dilettantismus und seine zahlreichen Fehler offengelegt. Nur durch die Unsummen, die er unser Land kostete, konnte er die Räuber dingfest machen. Und jetzt weigert er sich, diesen Namen preis zu geben! Ich appelliere aus meiner Liebe zum Vaterland heraus dringend an Eure königliche Hoheit, den Regierungskommissar in seinen Rahmen zu weisen. Soll das Volk doch den Verräter lynchen – für uns wäre es besser als jeder Staatsvertrag. Die Leute haben dann ein Gesicht und einen Namen – sie gingen auf den Verräter los und bezweifelten nicht mehr weiter unsere Autorität.

Aussage des Michael Heigl vor dem Straubinger Gericht am 28. Juli 1854

Wie lang dauert das alles noch? Es ist doch sowieso schon alles verhandelt. Könnt ihr nicht endlich einen Schlussstrich ziehen? Es ist doch längst alles gesagt und abgemacht! Lasst endlich die Anna und die Res gehen und köpft mich!

Brief der Annamirl an die Res vom 28. Juli 1854

Liebe Res,

wir rechnen mit allem in diesem Prozess, auch mit dem Schlimmsten. Deshalb haben der Lehrer (der auch diesen Brief für dich aufschreibt) und ich einen Plan ausgeheckt. Wir holen die Kinder für einen Tag aus dem Kloster, und ich bring sie morgen in den Gerichtssaal mit herein, damit du sie noch einmal sehen kannst. Wir glauben nicht, dass sie jemand wiedererkennt, sie haben sich ja schön verwachsen. Und wenn es wirklich dumme Fragen gibt, sag ich einfach, das sind die Enkelkinder meiner Schwester aus Bischofslohe.

Der Lehrer war schon im Kloster und hat alles für den Ausflug in die Wege geleitet. Dabei hat er erfahren, dass der Jacob wenig redet (er schlägt wohl nach dem Heigl), sich immer draußen herumtreibt und die größeren Buben zu Mutproben herausfordert, die die anderen nicht bestehen, nur er.

Neulich war er der Einzige, der sich getraut hat, von einem Misthaufen zur Bank vor dem Haus zu springen. Eine Schwester wollt ihn noch aufhalten, weil sie befürchtete, er könnt sich alle Knochen brechen – aber der Jacob ist sicher auf seinen zwei Füßen gelandet und ist seither der Anführer der Bubenbande im Kloster. Die Josepha wiederum interessiert sich jetzt schon für Buchstaben – so als hätt sie es von dir abgeschaut.

Jetzt muss ich dich aber auch noch warnen: Pass bloß auf, dass du morgen nicht zu sehr deinem Gefühl nachgibst und die Kinder zu lange anschaust, das würd auffallen!
Ich bet für dich,

dein Annamirl

Rede der Therese Pritzl am 29. Juli 1854 vor dem Straubinger Gericht

Ihr gebt mir noch einmal das Wort, das letzte Wort. Ich habe euch aber heute nichts mehr zu sagen. Ich möchte bloß den Kindern, die heute auch im Gerichtssaal anwesend sind, zurufen: »Traut euch, die Welt zu verändern.« Denn wenn ihr ein besseres Leben wünscht, dann muss jeder von euch mit anpacken. Freiheit, Brüderlichkeit und Gerechtigkeit wird es nicht vom Himmel regnen, nein, sie werden nur kommen, wenn ihr sie einzeln buchstabierend erkämpft.

La Presse vom 7. August 1854 (übersetzt aus dem Französischen)

Im Prozess um das bayerische Räuberpaar wurde unter großem Gedränge im Zuschauerraum ein Urteil gesprochen. Der Heigl wurde erwartungsgemäß zum Tod durch Enthauptung verurteilt, seine ehemalige Gefährtin Anna Gruber erhielt vier Jahre Arbeitslager, Therese Pritzl acht Monate Arbeitslager. Da die Untersuchungshaft auf die Strafen angerechnet wird, konnte die Res als freie Person den Gerichtssaal verlassen.

Heigl und Res blickten sich während der ganzen Urteilsverkündung unaufhörlich in die Augen. Selbst das Todesurteil gegen Heigl quittierten sie mit keinem Zucken. Anna Gruber brach beim Richterspruch in Tränen aus. Die Zuschauer nahmen die Urteile stoisch hin – nur Anna Grubers Strafe quittierten sie mit Pfiffen und Murren.

Heigl verließ den Saal mit erhobenem Haupt und lächelte der Menge zu. Wie auf eine geheime Verabredung hin riefen die Leute plötzlich dazu: »Lang lebe Heigl!«

Brief des Königlichen Gerichtsbeobachters Xaver Meierhuber am 7. August 1854 an König Maximilian II.

Eure Majestät,

der Richter hat Sie in einem gesonderten Schreiben bereits über die Urteile in Kenntnis gesetzt. Hat er auch berichtet, was das Volk dem Heigl zurief? »Lang lebe Heigl!« Es klang wie ein Schlachtruf, wie eine Hymne, wie ein Schwur.

Deshalb bitte ich Eure Majestät darum, über eine Begnadigung nachzudenken. Eure Majestät haben aus welchen Gründen auch immer meine bisherigen Schreiben ignoriert, aber dieses sollte man bitte sehr ernst nehmen! In lebenslanger Haft kann uns der Heigl weniger schaden denn als Toter auf dem Friedhof, der damit endgültig zu einem Märtyrer und fünfzehnten Nothelfer aufstiege.

Ergebenst Euer Diener

Xaver Meierhuber

Brief der Res an die Base Loni vom 9. Januar 1855

Liebe Loni,

nun kann ich doch schon viel früher zu dir nach Amerika kommen! Und mit mir natürlich der Jacob und die Josepha. Könntest du denn jetzt schon für mich nach einer Unterkunft und einer Arbeit Ausschau halten?

Stell dir vor, der Jacob wollte unbedingt die Höhle sehen, in der wir lebten, der Heigl und ich. Ich ging mit ihm den Kaitersberg hinauf, zeigte ihm den Bach, die alte Eiche und unseren Eingang. Drinnen in der Höhle waren sogar noch der Tisch, das Geschirrregal und ein Fell, wenn auch ziemlich ramponiert. Keiner hatte es während unserer Abwesenheit entfernt.

Der Jacob sah sich um, fürchtete sich nicht vor dunklen Ecken und durchstöberte – wie Kinder es eben tun – auch die entlegensten Winkel. Plötzlich kam er mit einen Beutel zu mir gelaufen und rief: »Da ist ein Schatz drin, Mama!« Ich glaubte es ihm nicht – doch als ich das Säckchen öffnete, fand ich hundert Gulden! Der Heigl muss das Geld stets vor mir versteckt gehalten haben – und nun können wir damit die Überfahrt schon viel früher bezahlen und haben auch etwas Gespartes, um uns im neuen Leben einzurichten.

Verzeih bitte, wenn ich mich wiederhole – aber ich weiß nicht mehr, ob ich dir im letzten Brief schon geschrieben habe, dass man den Heigl begnadigt hat. Er sitzt im Gefängnis in der Au in München. Ich weiß nicht, ob es für ihn wirklich eine Gnade ist. Vielleicht hat der König das auch nur getan, um die Leute zu beruhigen.

Gegen mich sind die Leute immer noch aufgebracht, weil sie die harte Strafe für Anna Gruber mir anlasten! Ich weiß doch selbst nicht, warum der Richter mit mir um so viel gnädiger verfahren ist! Aber die Waldler nehmen es mir übel. So wie sie mir schon die Schreiberei seinerzeit nie verziehen haben. Besonders der Ramsrieder Alois hetzt gegen mich im Wirtshaus. Nie mehr würd ich hier einen Fuß auf den Boden kriegen, ich könnt so anständig werden, wie ich wollt. Ich muss so schnell wie möglich weg – und möchte endlich eine Ruhe finden für mich und die Kinder. Dem Heigl hab ich es auch in den Kerker geschrieben, hoffentlich findet sich einer, der ihm das vorliest.

Deine Res

La Presse (undatiertes Fundstück/ übersetzt aus dem Französischen)

Wie wir heute erst erfahren haben, wurde der Räuber Heigl am vergangenen Dienstag, knapp ein Jahr nach seiner Begnadigung, von einem Mithäftling im Gefängnis in München erschlagen. Über die näheren Umstände konnten wir leider nichts Genaueres in Erfahrung bringen. Seine frühere Lebensgefährtin Anna Gruber ist mittlerweile aus dem Arbeitslager entlassen und zum Ramsrieder-Hof zurückgekehrt. Therese Pritzl ist nach Amerika ausgewandert und hat unserer Redaktion kürzlich eine Karte geschickt, auf der sie die Vermählung mit einem gewissen Levi Strauss bekanntgab. Sie würde sich völlig unpolitisch den Kindern widmen und mit ihrem neuen Mann energisch den Aufbau eines Geschäfts betreiben. Gerade hätten sie eine Fabrik gegründet, in der blaue Hosen für Arbeiter produziert werden.

Brief des Basti an die Res vom 22. Dezember 1904

Liebe Res,

noch immer redet man hier bei uns von dir und dem Heigl – in Liedern besingt man euren Mut und eure Klugheit. Du gerätst dabei zwar etwas in Vergessenheit, aber dafür hast du mit deinem Mann und deinen sieben Kindern in Amerika ja dein großes Glück gemacht, heißt es, mit den blauen Hosen.

Über die Veränderungen in deiner alten Heimat liest du bestimmt in den amerikanischen Zeitungen. Ich kann mir nicht vorstellen, dass du das Lesen aufgegeben hast.

Nun heißt es bei uns aber, du seist schwächlich und krank. Und auch ich werde immer älter, und ohnehin weiß keiner, wann die Stunde schlägt. Deshalb möchte ich dir nun noch ein Geheimnis anvertrauen, von dem keiner außer mir und meinem Vater – Gott hab ihn selig – wusste.

Der Heigl selbst ist drei Nächte vor eurer Verhaftung zum Regierungskommissar Christoph geschlichen, damals, als man glaubte, er suche in Landshut ein neues Quartier für euch. Er hat den Christoph am Kragen zur Stube hinausgezerrt und im Hinterhof unter vorgehaltener Büchse zu einem Vertrag gezwungen, den ich dann schriftlich festhalten musste, weil ich eben auch schreiben kann.

Er selbst, der Heigl, hat euch verraten und dafür die hundert Gulden bekommen. Er wollte, dass ihr mit dem Geld einen guten Grundstock zum Auswandern habt. Außerdem hat der Heigl dem Christoph noch abgehandelt, dass du nach der Verhandlung als freie Person aus dem Gerichtssaal gehen darfst, mit ihm, dem Heigl, würden sie dann machen können, was sie wollten. Der Christoph hat sich freilich auf seine Art und Weise gerächt, indem er die Untersuchungshaft und den Prozess so lange wie möglich hinausgezögert hat.

Das wollte ich dir vor meinem Tod noch mitgeteilt haben.

Dein Basti

… der Wirtssohn, der euch auch schon die Zettel an den Bachlauf legte, falls du nicht mehr weißt, wer ich bin!

Danksagung

Mein Dank gilt meiner Kollegin Michaela Karl für den Hinweis auf die Rote Res und meiner Lektorin Annette Weber für ihre Arbeit, Geduld und Treue.